LA LISTA

FREDERICK FORSYTH

LA LISTA

Traducción de
Luis Murillo Fort

PLAZA JANÉS

Título original: *The Kill List*

Primera edición: febrero, 2014

© 2013, Frederick Forsyth
© 2014, Penguin Random House Grupo Editorial, S. A.
 Travessera de Gràcia, 47-49. 08021 Barcelona
© 2014, Luis Murillo Fort, por la traducción

Printed in the United States of America - Impreso en Los Estados Unidos De America

ISBN: 978-84-01-34209-7
Depósito legal: B-28.555-2013

10 9 8 7 6 5 4 3 2

Dedicado al Cuerpo de Marines de Estados Unidos,
una unidad muy numerosa,
y a los Pathfinder británicos,
una mucho más pequeña.
Para la primera, Semper Fi,
y para la segunda, antes tú que yo.

Personajes

El Predicador, terrorista
El Rastreador, cazahombres
Zorro Gris, director de la unidad TOSA
Roger Kendrick, alias Ariel, genio informático
Ibrahim Samir, alias el Troll, genio informático
Javad, topo de la CIA en el ISI paquistaní
Benny, jefe de división del Mossad, sección Cuerno de África, Tel Aviv
Ópalo, agente del Mossad en Kismayo
Mustafa Dardari, propietario de Masala Pickles
Adrian Herbert, SIS
Laurence Firth, MI5
Harry Andersson, magnate sueco
Stig Eklund, capitán del *Malmö*
Ove Carlsson, cadete del *Malmö*
Al-Afrit, jefe de clan y pirata somalí
Gareth Evans, negociador
Ali Abdi, negociador
Emily Bulstrode, encargada de los refrigerios
Jamma, secretario particular del Predicador
David, Pete, Barry, Dai, Ricitos y Tim: los Pathfinder

Prefacio

En el oscuro y desconocido corazón de Washington hay una lista breve y secreta. En ella constan los terroristas considerados tan peligrosos para Estados Unidos, sus ciudadanos y sus intereses, que han sido condenados a muerte sin mediar intento alguno de detenerlos o juzgarlos o procesarlos como se debe. La llaman «la lista de asesinables».

Cada martes por la mañana se reúnen en el Despacho Oval el presidente y seis hombres, ni uno más, ni uno menos, para estudiar posibles enmiendas a esta lista. Entre ellos se encuentran el director de la CIA y el general de cuatro estrellas al mando del mayor y más peligroso comando de operaciones especiales del mundo: el J-SOC, que se supone que no existe.

Una fría mañana de primavera de 2014 un nuevo nombre fue añadido a la lista de la muerte. Se trataba de un hombre tan escurridizo que ni siquiera se conocía su verdadera identidad, y la enorme maquinaria antiterrorista estadounidense no disponía de ninguna fotografía. Al igual que Anuar al-Awlaki, el fanático estadounidense de origen yemení que predicaba el odio a través de internet y que estuvo en la lista hasta que fue eliminado en 2011 en el norte de Yemen por un misil disparado desde un drone, el nuevo elemento predicaba asimismo online. Sus sermones eran tan convincentes que muchos jóvenes musulmanes de la diáspora estaban convirtiéndose al islam ultrarradical y asesinando en su nombre.

Igual que Awlaki, el nuevo elemento hablaba también un

inglés perfecto. A falta de nombre, se le conocía como el Predicador.

La misión fue asignada al J-SOC, cuyo comandante en jefe la encomendó a la TOSA, una unidad tan en la sombra que el noventa y ocho por ciento de los oficiales estadounidenses en activo no había oído hablar nunca de ella.

La TOSA, de hecho, es una sección muy pequeña con base en el norte de Virginia encargada de perseguir a terroristas que intentan escabullirse de la justicia retributiva estadounidense.

Aquella tarde el director de la TOSA, conocido como Zorro Gris en todas las comunicaciones de carácter oficial, entró en el despacho de su cazador de hombres más experto y le dejó un papel encima de la mesa. Simplemente decía:

El Predicador. Identificar. Localizar. Destruir.

Justo debajo estaba la firma del comandante en jefe, el presidente de la nación, lo que la convertía en una Orden Ejecutiva. Una «O. E.».

El hombre que contemplaba fijamente la orden era un enigmático teniente coronel de cuarenta y cinco años perteneciente al Cuerpo de Marines de Estados Unidos, también conocido, tanto dentro como fuera del edificio, por un nombre en clave: el Rastreador.

PRIMERA PARTE

Misión

1

Si le hubieran preguntado, Jerry Dermott podría haber jurado con la mano en el corazón que jamás había hecho daño a nadie conscientemente en toda su vida y que no merecía morir. Pero eso no le salvó.

Era mediados de marzo en Boise, Idaho, y el invierno se resistía a emprender la retirada. Había nieve en las cumbres que rodeaban la capital del estado y el viento que soplaba procedente de las montañas aún era helado. Los transeúntes paseaban arrebujados en sus abrigos cuando el congresista salió de la sede del gobierno estatal, situada en el número 700 de West Jefferson Street.

Dejando atrás la suntuosa entrada y los muros de piedra arenisca del Capitolio, empezó a bajar la escalinata en dirección al coche que le esperaba. Saludó con su amabilidad habitual al agente que estaba junto a la garita y vio que Joe, su fiel chófer desde hacía muchos años, rodeaba la limusina para abrir la puerta trasera. No se fijó, en cambio, en el individuo bien abrigado que se levantaba de un banco de la acera y se ponía en movimiento.

El hombre llevaba un abrigo largo y oscuro sin abrochar, pero que mantenía cerrado con las manos hundidas en los bolsillos. Lucía una especie de gorro con dibujos geométricos y la única cosa rara para quien hubiera estado mirando, que no fue el caso, era que debajo del abrigo no llevaba vaqueros sino una especie de túnica blanca. Más adelante se determinó que la prenda era una *dishdasha* árabe.

Jerry Dermott estaba casi a la altura de la puerta abierta del coche cuando oyó que alguien decía: «Congresista». Él se volvió, y lo último que vio antes de morir fue un rostro oscuro con una expresión ausente, como si mirara un punto en la lejanía. El abrigo se abrió y la escopeta de cañones recortados apareció de debajo de la prenda.

La policía determinaría más adelante que ambos cañones fueron disparados simultáneamente y que los cartuchos contenían perdigones de gran calibre, no los pequeños para matar pájaros. El alcance era de unos tres metros.

Debido a la escasa longitud de los cañones, los proyectiles se dispersaron en un amplio radio. Varias bolitas de acero fueron más allá del blanco y algunas alcanzaron a Joe, haciéndolo girar y tambalearse hacia atrás. Él llevaba una pistola debajo de la americana, pero se cubrió instintivamente la cara con las manos y no llegó a usarla.

El agente que estaba en los escalones lo vio todo, sacó su revólver reglamentario y bajó corriendo. El agresor levantó los brazos (la mano derecha sujetaba todavía la escopeta) y gritó algo. El agente no podía saber si el segundo cañón había sido utilizado, así que disparó tres veces. A seis metros, y puesto que hacía prácticas de tiro con regularidad, difícilmente podía fallar.

Las tres balas impactaron en el pecho del hombre que gritaba, el cual salió despedido hacia atrás, chocó contra el maletero de la limusina, rebotó y cayó de bruces, muerto, junto a la acera. Varias personas aparecieron en el pórtico y vieron los dos cuerpos abatidos, al chófer mirándose las manos ensangrentadas y al policía en pie junto al agresor, apuntándolo con su revólver sujeto con ambas manos. Entraron corriendo en el edificio para pedir refuerzos.

Los dos cadáveres fueron trasladados al depósito de la ciudad, y Joe al hospital para ser atendido por los tres perdigonazos que le habían alcanzado en la cara. El congresista había fallecido a consecuencia de las más de veinte bolas de acero que habían penetrado en sus pulmones y su corazón. El agresor también estaba muerto.

El cadáver de este último, una vez desnudo sobre la losa del depósito, no aportó pistas sobre su identidad. No llevaba encima ninguna documentación y, extrañamente, no tenía más vello en el cuerpo que la barba. Sin embargo, dos personas reconocieron su fotografía en los periódicos vespertinos: el decano de un centro universitario en las afueras de la ciudad lo identificó como un alumno de origen jordano, y la patrona de una pensión lo reconoció como uno de sus inquilinos.

Los inspectores pusieron patas arriba su habitación y se llevaron muchos libros en árabe y un ordenador portátil. Una vez en el laboratorio técnico, la policía de Boise descargó el disco duro y se encontró con algo que ninguno de ellos había visto antes: una serie de discursos, o sermones, pronunciados por una figura enmascarada que predicaba en un inglés perfecto mirando a cámara con ojos centelleantes.

El mensaje era tan simple como despiadado. El «creyente verdadero» debía llevar a cabo su propia conversión, renegar de la herejía y abrazar la verdad musulmana; en la intimidad de su alma, sin confiarse ni confiar en nadie, debía convertirse a la *yihad* e incorporarse al ejército de soldados leales a Alá. Debía entonces buscar alguna persona importante al servicio del Gran Satanás, acabar con ella y luego morir como un *shahid*, un mártir, a fin de subir y habitar eternamente en el paraíso de Alá. Esa era la consigna de los sermones que transmitían todos el mismo mensaje.

La policía remitió las pruebas a la oficina local del FBI, y esta a su vez envió el expediente a la central de Washington en el edificio J. Edgar Hoover. Nadie se sorprendió en el cuartel general del FBI: ya habían oído hablar del Predicador.

1968

La señora Lucy Carson se puso de parto el 8 de noviembre y la llevaron directamente a la maternidad del Hospital de la Marina en Camp Pendleton, California, donde ella y su marido estaban destinados. Dos días más tarde nació su primero y el que sería su único hijo varón.

Le pusieron Christopher por el abuelo paterno, pero como al veterano oficial de marines todo el mundo lo llamaba Chris, para evitar confusiones se decidieron por el apodo Kit. La alusión al legendario Kit Carson de los tiempos de la frontera era pura coincidencia.

Fortuita fue también la fecha de nacimiento: 10 de noviembre, día de la fundación del Cuerpo de Infantes de la Marina de Estados Unidos en 1775.

El capitán Alvin Carson se encontraba entonces en Vietnam, donde los combates eran feroces y lo seguirían siendo durante casi cinco años más. Pero como le faltaba poco para terminar su período de servicio, obtuvo permiso para reunirse en Navidad con su mujer y sus dos hijas pequeñas y así conocer a su hijo recién nacido.

Tras Año Nuevo regresó a Vietnam hasta que, finalmente, en 1970 volvió a la base en creciente expansión de Pendleton. Su siguiente destino fue, de hecho, en el mismo Pendleton, donde se quedaron tres años, tiempo en el cual su hijo aprendió a andar y cumplió cuatro años y medio.

Lejos de la peligrosa jungla vietnamita, el matrimonio Carson llevó la clásica vida castrense entre la zona de viviendas de los casados, el despacho del capitán, el club de la base, el economato y la iglesia. Y Carson pudo enseñar a su hijo a nadar en el puerto deportivo Del Mar. A veces rememoraba aquellos años en Pendleton como una época dorada.

En 1973 fue transferido a otro destino «en familia», esa vez a Quantico, justo a las afueras de Washington DC. En aquel entonces Quantico no era más que un lugar agreste infestado de mosquitos y garrapatas, donde un niño podía dedicarse a perseguir ardillas y mapaches en el bosque.

Los Carson estaban todavía allí cuando Henry Kissinger y el norvietnamita Le Duc Tho se reunieron cerca de París y sellaron los acuerdos que pondrían oficialmente punto final a la década de matanzas que ahora conocemos como guerra de Vietnam.

Carson regresó por tercera vez al Sudeste asiático, recién ascendido a comandante. En la región seguía latente la amenaza del ejército norvietnamita, que se disponía a invadir el sur del país y quebrantar así los acuerdos de París. Pero Carson fue repatriado al poco tiempo, justo antes de la huida en desbandada desde la azotea de la embajada para coger el último avión que salía del aeropuerto.

Durante aquellos años su hijo Kit pasó por las fases normales de un chaval estadounidense: liga infantil de béisbol, boy-scouts, colegio. En el verano de 1976 el comandante Carson y su familia fueron destinados a una tercera y enorme base de marines: Camp Lejeune, en Carolina del Norte.

En su calidad de segundo oficial al mando de un batallón, el comandante Carson abandonó el cuartel general del Octavo de Marines en la calle «C» para ir a vivir con su mujer y sus hijos a la zona residencial para oficiales casados. En ningún momento hablaron acerca de qué le gustaría ser de mayor al pequeño Kit. Había crecido en el seno de dos familias: los Carson y el Cuerpo de Marines. Se daba por sentado que seguiría los pasos del abuelo y del padre: iría a la escuela de oficiales y vestiría el uniforme.

De 1978 a 1981 el comandante Carson fue por fin destinado a un puesto marítimo largamente ansiado: Norfolk, la gran base conjunta de la Armada y los marines en el lado sur de la bahía de Chesapeake, en el norte de Virginia. La familia vivía en la base, y el comandante se embarcó como oficial de marines a bordo del *Nimitz*, orgullo de la flota de portaaviones. Allí fue testigo del fracaso de la operación Eagle Claw (o Desert One, como se la conoce también), el intento frustrado de rescatar a los diplomáticos estadounidenses secuestrados en Teherán por «estudiantes» al servicio del ayatolá Jomeini.

Desde el puente del *Nimitz*, a través de sus prismáticos de largo alcance, el comandante Carson observó los ocho enormes helicópteros Sea Stallion que se alejaban hacia la costa para reforzar a los boinas verdes y los rangers encargados de rescatar a los rehenes y transportarlos a un lugar seguro.

Y también vio cómo la mayoría de ellos, regresaban en condiciones penosas. Primero los dos helicópteros que se averiaron sobrevolando la costa iraní porque no disponían de filtros para la arena y se habían topado con una tormenta de polvo. Luego los que volvían con los heridos de cuando uno de los *choppers* había chocado contra el parabrisas de un Hercules y explotado en una gran bola de fuego. Ese recuerdo, y la insensata estrategia que fue la causa de todo, le dejarían un mal sabor en la boca para siempre.

Desde el verano de 1981 hasta 1984 Alvin Carson, ahora teniente coronel, estuvo destinado en Londres con su familia como agregado de los marines en la embajada de Grosvenor Square. Kit ingresó en la American School de St. John's Wood. Más adelante el muchacho recordaría con agrado aquellos tres años en Londres. Era la época de la pareja Margaret Thatcher y Ronald Reagan y su poderosa asociación.

Se produjo la invasión y la liberación de las islas Malvinas. Una semana antes de que los paracaidistas británicos entraran en Port Stanley, Reagan hizo una visita de Estado a Londres. Charlie Price fue nombrado embajador y se convirtió en el norteamericano más popular de la ciudad. Todo eran fiestas y bailes, y en una recepción en la embajada Carson y su familia fueron presentados a la reina Isabel. Kit, que entonces tenía catorce años, se enamoró por primera vez de una chica; y su padre cumplió los veinte años en el Cuerpo de Marines.

Ascendido a teniente coronel, Carson se hizo cargo del Segundo Batallón, Tercer Regimiento de marines, y la familia fue trasladada a Kaneohe Bay, en las islas Hawai, un lugar radicalmente opuesto a Londres. Además de practicar surf, buceo de superficie, saltos de trampolín y pesca, el muchacho empezó a interesarse cada vez más por las chicas.

A los dieciséis años se había convertido en todo un atleta, y sus notas evidenciaban que poseía además un cerebro muy despierto. Cuando un año más tarde su padre fue ascendido a la división de Operaciones y enviado de nuevo al continente, Kit Carson había alcanzado el rango de Águila en los scouts y había ingresado en el Centro de Adiestramiento de Oficiales de la Reserva. Lo que esperaban sus padres de él se había cumplido: Carson hijo seguía los pasos de su padre para convertirse en oficial de marines.

De vuelta en Estados Unidos sintió la llamada universitaria. Lo enviaron a estudiar al Centro William and Mary de Williamsburg, Virginia, donde estuvo interno durante cuatro años y se especializó en historia y química. Y hubo también tres largas vacaciones de verano que dedicó a la escuela de paracaidismo, la de buceo y la de Candidatos a Oficiales de Quantico.

Se graduó en la primavera de 1989 con veinte años y obtuvo, simultáneamente, su licenciatura y su galón de subteniente en el Cuerpo. Sus progenitores asistieron orgullosos a la ceremonia. Carson padre era ya general de una estrella.

El primer destino de Kit Carson fue la Escuela Básica, hasta Navidad, y luego la Academia de Oficiales de Infantería hasta marzo de 1990, donde se licenció. El siguiente paso fue la Escuela de Rangers de Fort Benning, Georgia, y con su título de ranger fue enviado a Twentynine Palms, California.

Allí asistió al Centro de Combate Tierra/Aire, siendo destinado al Primer Batallón, Séptimo Regimiento, en la misma base. Entonces, el 2 de agosto de 1990, un tal Sadam Husein invadió Kuwait. Los marines estadounidenses volvieron a la guerra, y con ellos el teniente Kit Carson.

1990

En cuanto se decidió que la invasión de Kuwait por parte de Sadam Husein era inaceptable, una gran coalición dispuso sus efectivos a lo largo de la desértica frontera que separa Irak de Arabia Saudí, desde el golfo Pérsico en el este hasta la frontera jordana en el oeste.

Los marines intervinieron como fuerza expedicionaria comandada por el general Walter Bloomer, dentro de la cual estaba la Primera División al mando del general Mike Myatt. Mucho más abajo en el escalafón se hallaba el teniente segundo Kit Carson. La división fue destinada al extremo oriental del frente de la coalición; a su derecha solo tenían las azules aguas del Pérsico.

El primer mes, un agosto de calor indescriptible, fue de una actividad febril. La división entera, con sus blindados y su artillería, tuvo que desembarcar y desplegarse a lo largo del sector que debía cubrir. Una gran flota de buques mercantes arribó al hasta entonces puerto petrolífero de Al-Jubail a fin de descargar lo necesario para equipar, alojar y mantener pertrechada a toda la división. Hasta septiembre Kit Carson no conoció su primera misión. La entrevista fue con un mordaz comandante cuyo rango y veteranía seguramente habían sido pasados por alto y al que no se veía demasiado contento por ello.

El comandante Dolan leyó con calma el historial del nuevo oficial, hasta que encontró algo chocante. Levantó la vista.

—¿Vivió de pequeño en Londres?

—Sí, señor.

—Qué raros son, los cabrones. —Dolan terminó de leer detenidamente el historial y cerró la carpeta—. Aquí al lado, hacia el oeste, tenemos a la Séptima Brigada Blindada. Se hacen llamar Ratas del Desierto. Ya le digo, son muy raros. Mira que llamar ratas a sus propios soldados.

—En realidad es un jerbo, señor.

—¿Un qué?

—Un jerbo. Es un pequeño mamífero parecido a la mangosta. Ese apodo se lo ganaron combatiendo a Rommel en el desierto libio durante la Segunda Guerra Mundial. Él era el Zorro del Desierto. El jerbo es más pequeño, pero muy escurridizo.

El comandante Dolan no dio muestras de estar impresionado.

—No se haga el listo conmigo, teniente. Sea como sea, resulta que hemos de llevarnos bien con esas ratas. Le he propuesto al general Myatt enviarlo a usted como uno de nuestros oficiales de enlace. Puede retirarse.

Las tropas de la coalición hubieron de pasar cinco meses más achicharrándose en aquel desierto mientras las fuerzas aéreas aliadas se encargaban de «degradar» al ejército iraquí en un cincuenta por ciento, una estrategia que el general Norman Schwarzkopf, al mando de la operación conjunta, había exigido para pasar a la ofensiva. Durante una parte de esos meses, y tras presentarse al general británico Patrick Cordingley, que mandaba la Séptima Acorazada, Kit Carson sirvió de enlace entre ambos contingentes.

Muy pocos soldados estadounidenses lograron desarrollar un mínimo interés, o sentir cierta empatía, respecto a la cultura nativa de los saudíes. Carson, que era de natural curioso, fue una excepción. Entre los británicos encontró a dos oficiales que sabían un poco de árabe y se aprendió de memoria unas cuantas frases y expresiones. Cuando iba a Al-Jubail escuchaba las cinco llamadas diarias a la oración y se fijaba en cómo la gente se postraba una y otra vez, con la frente pegada al suelo, para cumplir el ritual.

Carson acostumbraba a saludar a los saudíes a los que tuvo ocasión de conocer con un «*Salaam alaikhum*» (la paz esté contigo), a lo que ellos respondían: «*Alaikhum as-Salaam*» (contigo esté la paz). Todos se sorprendían de que un extranjero se tomara esa molestia; a partir de ahí, la simpatía estaba asegurada.

Al cabo de tres meses la brigada británica aumentó hasta convertirse en una división y el general Schwarzkopf la desplazó más hacia el este, para gran disgusto del general Myatt. Cuando las fuerzas terrestres se movieron por fin, la batalla fue breve, intensa y cruenta. Los blindados iraquíes fueron machacados por los tanques Challenger II británicos y los Abrams estadounidenses. La superioridad aérea fue absoluta, como venía sucediendo desde hacía meses.

La infantería de Sadam había sido pulverizada a base de bombardeos masivos de los B-52 norteamericanos; los soldados salían en manada de las trincheras con las manos en alto. Para los marines la ofensiva consistió en una carga sobre Kuwait, donde fueron recibidos con vítores, y una última escaramuza en la frontera iraquí, que el alto mando les ordenó no traspasar. La campaña por tierra duró apenas cinco días.

El teniente Carson debía de haber hecho las cosas bien. A su regreso, en el verano de 1991, tuvo el honor de ser transferido al Pelotón 81 mm en calidad de mejor teniente del batallón. Carson, que a todas luces parecía destinado a seguir subiendo en el escalafón, hizo entonces —por primera vez, aunque no sería la última— algo bastante fuera de lo común. Pidió, y le fue concedida, una beca Olmsted. Cuando le preguntaron por el motivo de su solicitud, dijo que quería que lo enviaran al Instituto de Lenguas Extranjeras, un centro del departamento de Defensa situado en el Presidio de Monterey, California. Tras ser preguntado más a fondo por sus motivaciones, acabó reconociendo que su deseo era aprender bien el árabe. Fue una decisión que más adelante le cambiaría por completo la vida.

Sus superiores se quedaron un tanto estupefactos, pero accedieron a la petición. Con la beca bajo el brazo, Carson pasó su primer año en Monterey y los dos siguientes como interno en la Universidad Americana de El Cairo. Una vez allí descubrió que era el único marine y el único militar que había entrado en combate. Durante su estancia en la capital egipcia, el 26 de febrero de 1993 un yemení de nombre Ramzi Yousef intentó volar una de las torres del World Trade Center de Manhattan. No lo consiguió, pero, sin que el gobierno norteamericano fuera consciente de ello, había prendido la mecha de la *yihad* islámica contra Estados Unidos.

En aquel tiempo no había prensa digital, pero el teniente Carson pudo seguir la investigación desde el otro lado del Atlántico por radio. Se quedó tan perplejo e intrigado que finalmente fue a hacer una visita a la persona más sabia de cuantas había conocido en Egipto. Jaled Abdulaziz era profesor en la Universidad de Al-Azhar, uno de los grandes centros del mundo islámico dedicado al estudio del Corán. Recibió al joven norteamericano en sus dependencias del campus.

—¿Por qué lo han hecho? —preguntó Kit Carson.

—Porque os odian —dijo el anciano con serenidad.

—Pero ¿cuál es la razón? ¿Qué les hemos hecho?

—¿A ellos personalmente? ¿A sus países? ¿A sus familias? Nada, salvo quizá distribuir dólares. Pero eso no es la cuestión. Con el terrorismo esa nunca es la cuestión. Con el terrorismo, sea Al-Fatah o Septiembre Negro o la nueva ola supuestamente religiosa, lo primero es la rabia y el odio. Luego viene la justificación. Para el IRA es el patriotismo; para las Brigadas Rojas, la política; para el yihadismo salafista, la piedad. O una presunta piedad.

Jaled Abdulaziz estaba haciendo té para dos en su hornillo portátil.

—Pero ellos afirman seguir las enseñanzas del sagrado Corán. Sostienen que están obedeciendo al profeta Mahoma, que están sirviendo a Alá.

El anciano profesor sonrió mientras el agua rompía a hervir. Se había fijado en la inclusión de la palabra «sagrado» antes de Corán. Una muestra de cortesía, pero sin duda bienvenida.

—Joven, yo soy lo que se llama un *hafiz*, un término utilizado para referirse a aquel que ha memorizado los 6.236 versículos del libro sagrado. A diferencia de la Biblia, que fue escrita por centenares de autores, nuestro Corán lo escribió (mejor dicho, lo dictó) una sola persona. Y, sin embargo, existen pasajes que parecen contradecirse.

»Lo que hacen los yihadistas es sacar de contexto una o dos frases, distorsionarlas un poco más y así fingir que tienen una justificación divina. Pues no. En ninguna parte de nuestro libro sagrado se dice que haya que masacrar a mujeres y niños para complacer a aquel que llamamos Alá, el Misericordioso, el Compasivo. Todos los extremistas lo hacen, e incluyo a cristianos y judíos. Que no se nos enfríe el té. Hay que tomarlo muy caliente.

—Pero, profesor, esas contradicciones... ¿Nadie las ha analizado, explicado, racionalizado?

El anciano sirvió más té al joven norteamericano. Tenía sirvientes, pero le gustaba hacerlo él mismo.

—Constantemente —dijo—. Durante mil trescientos años muchos eruditos han estudiado y redactado comentarios sobre el libro del que estamos hablando. Se los conoce colectivamente como el Hadith. Hay unos cien mil comentarios.

—¿Los ha leído usted?

—No todos. Harían falta unas diez vidas para ello. Pero sí he leído muchos. Y he escrito dos.

—Uno de los terroristas, el jeque Omar Abdul Rahman, al que llaman el clérigo ciego, era… bueno, es también un estudioso del Corán.

—Un estudioso que se equivoca. En todas las religiones los hay.

—Déjeme que se lo pregunte otra vez. ¿Por qué odian?

—Porque ustedes no son ellos. Todo cuanto les es ajeno les produce una profunda ira: judíos, cristianos, aquellos a quienes llamamos *kuffar*, los infieles que no quieren convertirse a la única religión verdadera. Pero también odian a aquellos que no son lo bastante musulmanes. En Argelia los yihadistas arrasan aldeas de *fellagha* o campesinos, incluidos mujeres y niños, en su guerra santa contra Argel. No lo olvide nunca, teniente: primero la rabia y el odio; después la justificación, la pose de una gran piedad, pura farsa.

—¿Y usted, profesor?

El anciano suspiró.

—Los detesto y los desprecio, teniente. Porque cogen el rostro de mi amado islam y lo presentan al mundo contorsionado por la rabia y el odio. Pero el comunismo murió, y Occidente es débil e interesado, se mueve por el placer y la codicia. Habrá muchos que presten oídos al nuevo mensaje.

Kit Carson miró el reloj. Pronto sería la hora de la oración para el profesor. Se puso de pie. El anciano se dio cuenta y sonrió. Se levantó también y acompañó al joven hasta la puerta. Cuando ya se marchaba, lo llamó.

—Teniente, mucho me temo que mi amado islam haya entrado en una larga y oscura noche. Usted es joven y verá cómo acaba todo, *inshallah*. Yo rezo para no ser testigo de ello.

Tres años más tarde el viejo profesor moría en su cama. Pero los asesinatos en masa habían dado comienzo en Arabia Saudí con la explosión de una bomba de gran potencia en un bloque de pisos ocupado mayormente por estadounidenses. Un tal Osama bin Laden había abandonado Sudán y regresado a Afganistán en calidad de invitado de honor del nuevo régimen talibán, que había arrasado el país. Y Occidente continuaba sin tomar medidas para defenderse, y seguía disfrutando de los años de la langosta.

En la actualidad

En verano la pequeña población rural de Grangecombe, en el condado inglés de Somerset, atraía a unos pocos turistas que paseaban por sus adoquinadas calles del siglo XVII. Por lo demás, aparte de las carreteras que iban a las playas y calas del sudoeste, era un lugar bastante tranquilo. Pero tenía su historia y una cédula real y un ayuntamiento y un alcalde. En abril de 2014 quien estaba al frente del consistorio era el señor Giles Matravers, un sastre retirado a quien ese año le tocaba por turno ocupar la alcaldía y tener el privilegio de lucir el collar, la capa ribeteada de pieles y el tricornio propios del cargo.

Y así ataviado inauguraba una nueva Cámara de Comercio justo detrás de High Street cuando un individuo se separó del grupito de espectadores, salvó rápidamente los diez o doce metros que lo separaban de él y, sin que nadie pudiera reaccionar a tiempo, le clavó un cuchillo de carnicero en el pecho.

Había allí dos agentes de policía, aunque ninguno de ellos iba armado. El alcalde moribundo fue atendido por el secretario del ayuntamiento y algunos de los presentes, pero fue en vano. Los policías redujeron al asesino, que no hizo el menor intento por escapar. Se limitó a gritar algo que nadie entendió pero que, posteriormente, expertos reconocieron como la frase «*Allahu akhbar*» (Alá es grande).

Uno de los policías recibió una cuchillada en la mano al intentar desarmar al agresor, quien finalmente fue reducido por los dos agentes uniformados. Poco después llegaban varios inspectores desde Taunton, la capital del condado, y procedían a abrir una investigación. En la comisaría, el agresor se negó obstinadamente a responder las preguntas. Como iba vestido con una *dishdasha* hasta los pies, hicieron venir de la jefatura del condado a un agente que hablaba árabe, pero tampoco logró gran cosa.

El hombre fue identificado: trabajaba de reponedor en el supermercado local y vivía en un pequeño cuarto en una pensión. Su casera reveló que el individuo era iraquí. Al principio se pensó que el atentado podía ser fruto de la rabia ante lo que estaba sucediendo en su país, pero desde el Ministerio del Interior informaron de que había llegado al país como refugiado y había solicitado asilo político. Algunos jóvenes de la localidad declararon que, hasta hacía tres meses, Farouk, a quien llamaban Freddy, iba a fiestas, bebía alcohol y salía con chicas, pero que luego había cambiado, se volvió muy callado y renegó de su anterior manera de vivir.

En su habitación apenas encontraron nada, aparte de un ordenador portátil cuyo contenido habría resultado de lo más familiar a la policía de Boise, Idaho. Sermones y más sermones de un enmascarado sentado delante de una especie de telón de fondo con inscripciones coránicas, instando al devoto a acabar con los *kuffar*. Los desconcertados policías de Somerset visionaron una docena de esos sermones, ya que el predicador hablaba un inglés prácticamente desprovisto de acento alguno.

Mientras el asesino, todavía mudo, comparecía ante el juez, el expediente y el portátil fueron enviados a Londres. La policía metropolitana remitió los detalles al Ministerio del Interior, que hizo una consulta al MI5, el servicio de seguridad británico. Habían recibido ya un informe de su enlace en la embajada de Reino Unido en Washington en relación con un incidente ocurrido en Idaho.

1996

A su regreso a Estados Unidos, el capitán Kit Carson estuvo destinado durante tres años en Camp Pendleton, el lugar donde nació y pasó los cuatro primeros años de su vida. Durante ese tiempo su abuelo paterno, un coronel retirado que había combatido en Iwo Jima, murió en su casa de Carolina del Norte, si bien tuvo el orgullo de presenciar, poco antes de fallecer, el ascenso a general de una estrella de su hijo.

Kit Carson conoció y se casó con una enfermera de la Armada que trabajaba en el mismo hospital donde él había nacido. Susan y él intentaron tener un hijo, pero al cabo de tres infructuosos años los análisis mostraron que ella era estéril. Decidieron adoptar, pero no por el momento. Luego, en el verano de 1999, Carson fue asignado a la escuela militar de Quantico y ascendido a comandante un año más tarde. Poco después de la graduación, él y su mujer fueron trasladados de nuevo, esa vez a Okinawa, en Japón.

Fue allí, muchas franjas horarias al oeste de Nueva York, mirando el último telediario antes de acostarse, cuando, sin dar crédito a sus ojos, contempló las imágenes de lo que al poco tiempo se conocería como el 11-S de 2001.

Junto con otros oficiales se pasó toda la noche viendo, en silencio, una y otra vez, los planos a cámara lenta de los dos aviones estrellándose contra la torre norte primero, y la torre sur después, del World Trade Center.

A diferencia de quienes lo acompañaban, él sabía árabe, conocía el mundo árabe y las complejidades de la religión islámica, a la que pertenecían más de mil millones de habitantes de este planeta.

Se acordó del profesor Abdulaziz, de sus pausados ademanes al servir el té, de cómo profetizó una larga y oscura noche para el orbe islámico. Y para el mundo en general. A su alrededor oyó comentarios cada vez más airados según se iban conociendo detalles del atentado terrorista. Diecinueve árabes —entre ellos, quince saudíes— habían sido los autores. Recordó la franca sonrisa de los comerciantes de Al-Jubail cuando él los saludaba en árabe. ¿Eran la misma gente?

El regimiento formó al alba para escuchar las palabras de su comandante. Fue un mensaje escueto. Estaban en guerra y el Cuerpo de Marines, como siempre, defendería a la nación cuando, donde y como el mando lo creyera necesario.

El comandante Kit Carson pensó amargamente en los años perdidos, cuando ataques reiterados contra intereses estadounidenses en África y Oriente Próximo habían conducido a toda una semana de indignación por parte de los políticos, pero no a una admisión radical de la magnitud de la matanza que se estaba preparando en una red de cuevas afganas.

Calibrar el trauma que el 11-S significó para Estados Unidos y su ciudadanía es tarea imposible. Todo había cambiado, nada volvería a ser como antes. En cuestión de veinticuatro horas, el gigante despertó por fin.

Habría venganza, Carson era consciente de ello, y quería participar; pero le quedaban varios años por delante en aquella isla japonesa.

Sin embargo, lo que cambió para siempre la historia de Estados Unidos iba a cambiar también la vida de Kit Carson. Lo que él no sabía era que en Washington uno de los funcionarios más antiguos de la CIA, un veterano de la Guerra Fría llamado Hank Crampton, estaba hurgando en los archivos de las Fuerzas Armadas a la caza de una clase especial de hombre. La operación recibió el nombre de Scrub, y lo que Crampton andaba buscando eran oficiales en activo que supieran árabe.

En su oficina del edificio N.º 2, complejo de la CIA en Langley, Virginia, los datos fueron introducidos en una serie de ordenadores capaces de examinarlos con muchísima más rapidez que la vista o el cerebro humanos. Nombres e historiales fueron desplegándose en la pantalla, la mayoría de ellos para ser descartados, y solo unos cuantos pasaron el filtro.

Un nombre en particular hizo que apareciera una estrellita intermitente en la esquina superior de la pantalla. Comandante de marines, beca Olmsted, Instituto de Lenguas Extranjeras de Monterey, dos años en El Cairo, dominio del árabe. ¿Dónde está?, preguntó Crampton. En Okinawa, respondió el ordenador. Pues le necesitamos aquí, sentenció Crampton.

Requirió tiempo y unos cuantos gritos. El Cuerpo opuso resistencia, pero la CIA llevaba las de ganar. El director de la agencia responde solo ante el presidente, y George Tenet gozaba de la confianza de George W. Bush. El Despacho Oval rechazó las protestas del Cuerpo de Marines. Carson fue transferido, de manera sumaria aunque temporal, a la CIA. Él no deseaba cambiar de Cuerpo, pero de ese modo podría salir de Okinawa, así que juró reincorporarse a los marines en cuanto le fuera posible.

El 20 de septiembre de 2001 un Starlifter despegó de la isla rumbo a California. En la parte de atrás viajaba un comandante de marines. Él sabía que el Cuerpo cuidaría de Susan; más adelante se encargarían de alojarla en su base de Quantico, no muy lejos de Langley, donde él iba a estar.

Desde California, el comandante Carson fue trasladado a la base Andrews de la Fuerza Aérea, cerca de Washington, de donde partió para dirigirse al cuartel general de la CIA a fin de recibir órdenes.

Hubo entrevistas, hubo exámenes de árabe, hubo un cambio obligado a ropa de paisano y, por último, un despachito en el edificio N.º 2, a años luz de los cargos importantes de la agencia, que ocupaban las plantas superiores del edificio N.º 1 original.

Le dieron un montón de papeles con mensajes en árabe emitidos por radio, para que los leyera y comentara. Eso irritó a Carson. Era un trabajo para la Agencia de Seguridad Nacional con sede en Fort Meade, Maryland, en la carretera de Baltimore. Ellos eran los especialistas en escuchas clandestinas y en criptología. Él no se había hecho marine para analizar partes informativos de Radio El Cairo.

Pero entonces corrió un rumor por el edificio. Por lo visto el mulá Omar, líder del gobierno talibán, se negaba a entregar a los culpables del atentado contra la Torres Gemelas. Osama bin Laden y todo su movimiento, Al Qaeda, permanecerían a salvo en Afganistán. Y el rumor era: vamos a invadir.

Los detalles eran escasos pero precisos en varios puntos. La Armada desplegaría su flota en el golfo Pérsico a fin de proporcionar apoyo aéreo masivo. Pakistán cooperaría, pero a regañadientes y poniendo un montón de condiciones. Sobre el terreno, Estados Unidos solo tendría a las Fuerzas Especiales. Sus homólogos británicos estarían también allí.

La CIA, aparte de contar con espías, agentes y analistas, tenía una sección dedicada a lo que en el oficio se conoce como «medidas activas», un eufemismo para denominar el peliagudo asunto de matar personas.

Kit Carson decidió dar un paso al frente, y no se anduvo con rodeos. Fue a ver al jefe de la SAD, la división de actividades especiales, y le dijo sin más: «Me necesitan».

—Señor, yo no sirvo de nada sentado todo el día en esta especie de gallinero. Puede que no hable pastún ni dari, pero nuestros verdaderos enemigos son terroristas de Bin Laden, todos ellos árabes. Puedo escuchar lo que dicen. Puedo interrogar a prisioneros, leer sus notas e instrucciones escritas. Me necesitan con ustedes en Afganistán, aquí no hago ninguna falta.

Había conseguido un aliado. Lo transfirieron. Cuando el presidente Bush anunció formalmente la invasión el día 7 de octubre, las primeras unidades de la SAD estaban ya en camino para reunirse con la Alianza del Norte antitalibán. Y Kit Carson iba con ellos.

2

La batalla de Shah-i-Kot empezó mal y fue a peor. El comandante Carson, agregado a la SAD, debería haber estado de regreso a casa cuando su unidad recibió el aviso.

Había estado presente en Mazar-e-Sharif cuando los prisioneros talibanes se sublevaron, y los uzbekos y los tayikos de la Alianza del Norte los acribillaron a balazos. Había visto cómo los talibanes apresaban a su compañero de unidad Johnny «Mike» Spann y lo golpeaban hasta morir. Desde el otro extremo del enorme recinto había visto cómo los británicos del Special Boat Service salvaban a Dave Tyson, colega de Spann, de un destino similar.

Luego vino la ofensiva hacia el sur para invadir la antigua base aérea soviética de Bagram y tomar Kabul. Se había perdido los combates en el macizo de Tora Bora, cuando el señor de la guerra afgano pagado por los norteamericanos (pero no lo suficiente) los traicionó, dejando que Osama bin Laden y su séquito de guardias cruzaran la frontera hacia Pakistán.

Hacia finales de febrero fuentes afganas revelaron que seguía habiendo algunos fanáticos en el valle de Shah-i-Kot, en la provincia de Paktia. Una vez más la información era inexacta: no eran un puñado, sino centenares.

Al ser afganos los talibanes derrotados, tenían a donde ir: sus aldeas y pueblos natales. Allí podían escabullirse sin dejar rastro. Pero los miembros de Al Qaeda eran árabes, uzbekos y, los más feroces de todos, chechenos. No hablaban pastún y la gente del pueblo afgano los odiaba, de manera que solo podían rendirse o morir peleando. Casi todos eligieron esto último.

El mando estadounidense reaccionó al chivatazo con un plan a pequeña escala, la operación Anaconda, que fue asignada a los SEAL de la Armada. Tres enormes Chinook repletos de efectivos despegaron rumbo al valle, que se suponía vacío de combatientes.

El helicóptero que iba en cabeza se disponía a tomar tierra, con el morro levantado y la cola baja, la rampa abierta por detrás y a solo un par de metros del suelo, cuando los emboscados de Al Qaeda dieron el primer aviso. Un lanzagranadas hizo fuego. Estaba tan cerca que el proyectil atravesó el fuselaje del helicóptero sin explotar. No había tenido tiempo de cargarse, así que lo único que hizo fue entrar por un costado y salir por el otro sin tocar a nadie, dejando un par de boquetes simétricos.

Pero lo que sí hizo daño fue el incesante fuego de ametralladora desde el nido situado entre las rocas salpicadas de nieve. Tampoco hirió a nadie de a bordo, pero destrozó los controles del aparato al horadar la cubierta de vuelo. Gracias a la habilidad y la genialidad del piloto, pocos minutos después el moribundo Chinook ganaba altura y recorría cuatro kilómetros hasta encontrar un sitio más seguro donde proceder a un aterrizaje forzoso. Los otros dos helicópteros se retiraron también.

Pero un SEAL, el suboficial Neil Roberts, que se había desenganchado de su cable de amarre, resbaló en un charquito de fluido hidráulico y cayó a tierra. Resultó ileso, pero inmediatamente fue rodeado por miembros de Al Qaeda. Los SEAL jamás abandonan a uno de los suyos, esté vivo o muerto. Poco después de aterrizar regresaron en busca de Roberts, al tiempo que pedían refuerzos por radio. Había empezado la batalla de Shah-i-Kot. Duró cuatro días, y se saldó con la muerte del suboficial Neil Roberts y otros seis estadounidenses.

Había tres unidades lo bastante cerca como para acudir a la llamada: un pelotón de SBS británicos por un lado y la unidad de la SAD por el otro; pero el grupo más numeroso era un batallón del 75 Regimiento de Rangers.

Hacía un frío endemoniado, estaban a muchos grados bajo cero. La nieve, empujada por el viento incesante, se clavaba en los ojos. Nadie entendía cómo los árabes habían podido sobrevivir en aquellas montañas; pero el caso era que allí estaban, y dispuestos a morir hasta el último hombre. Ellos no hacían prisioneros ni esperaban serlo tampoco. Según testigos presenciales, salieron de hendiduras en las rocas, de grutas invisibles y nidos de ametralladoras ocultos.

Cualquier veterano puede confirmar que toda batalla degenera rápidamente en un caos, y en Shah-i-Kot eso sucedió más rápido que nunca. Las unidades se separaron de su contingente, los soldados de sus unidades. Kit Carson se encontró de repente a solas en medio de la ventisca.

Vio a otro estadounidense (pudo identificarlo por lo que llevaba en la cabeza: casco, no turbante) también solo, a unos cuarenta metros. Un hombre vestido con túnica surgió del suelo y disparó contra el soldado con su lanzagranadas. Esa vez la granada sí estalló; no dio en el blanco sino que explotó a los pies del soldado. Carson lo vio caer.

Carson abatió al del lanzagrandas con su fusil. Aparecieron dos enemigos más y se lanzaron sobre él al grito de «*Allahu akhbar*». Los derribó a ambos, al segundo de ellos cuando estaba a solo seis palmos de la punta de su cañón. Fue hasta donde había caído su compatriota. Estaba vivo, pero gravemente herido. Una astilla del proyectil le había cercenado prácticamente el tobillo izquierdo; el pie, dentro de la bota, colgaba de un par de tendones y un jirón de carne. Ni rastro del hueso. El soldado se hallaba en ese primer estado de shock que precede a la agonía.

Las ropas de ambos hombres estaban salpicadas de nieve,

pero Carson distinguió una insignia de ranger. Intentó comunicarse con alguien por radio pero solo obtuvo interferencias. De la mochila que el herido llevaba a la espalda sacó el estuche de primeros auxilios y le inyectó en la pantorrilla la dosis entera de morfina.

El ranger empezó a sentir dolor y sus dientes rechinaron. Luego, al hacer efecto la morfina, quedó en un estado de semiinconsciencia. Carson sabía que si permanecían allí morirían los dos. Con la ventisca no se veía a más de veinte metros. Finalmente se echó al herido a la espalda, como si fuera un bombero, y se puso en marcha.

Caminaba por el peor de los terrenos posibles: rocas lisas gigantescas y bajo un palmo de nieve, sintiendo a cada momento el miedo de romperse una pierna. Aparte de sus propios ochenta kilos de peso más los veintisiete de la mochila, estaba cargando con ochenta kilos de ranger (la mochila de este la había dejado atrás); además de fusil, granadas de mano, munición y agua.

No supo, una vez a salvo, lo que había tardado en salir de aquel valle mortal. En un momento dado el efecto de la morfina pasó y tuvo que descargar al ranger y administrarle su propia dosis. Al cabo de una eternidad oyó el traqueteo de un motor. Con unos dedos que habían perdido ya el tacto, sacó su bengala, rasgó el envoltorio con los dientes y la sostuvo en alto apuntando en la dirección del ruido.

Más tarde los tripulantes del Blackhawk de rescate le dijeron que pensaron que les estaban disparando, tan cerca de la cabina llegó la luz. Luego, al mirar hacia abajo, vieron brevemente a dos hombres de las nieves, uno de ellos inconsciente y el otro agitando el brazo. Posarse en tierra era demasiado peligroso. El Blackhawk se mantuvo suspendido a unos dos palmos del suelo nevado mientras dos médicos provistos de una camilla sujetaban con correas al ranger herido y lo subían a bordo. Su compañero empleó las últimas fuerzas que le quedaban para montarse en el aparato y acto seguido perdió el conocimiento.

El Blackhawk los condujo hasta Kandahar, que por entonces no era todavía la enorme base aérea estadounidense en que se convertiría después. Pero había allí un pequeño hospital. Llevaron al ranger herido a triaje y a continuación a cuidados intensivos. Kit Carson supuso que ya no le vería nunca más. Al día siguiente el ranger, tumbado y sedado, hizo un largo viaje hasta la base estadounidense de Ramstein, en Alemania, que dispone de un hospital de primera.

Finalmente el teniente coronel Dale Curtis perdió el pie izquierdo. No hubo forma humana de salvarlo. Tras una limpia amputación —poco más que terminar el trabajo que había empezado la granada talibán—, Curtis se vio cojo, con un muñón en el pie, un bastón en una mano y la perspectiva de un final inminente a su carrera como ranger. Cuando estuvo en condiciones de viajar, fue trasladado al Walter Reed, a las afueras de Washington, para someterse a terapia posbélica y para que le colocaran una prótesis. El comandante Kit Carson no volvería a verle hasta muchos años después.

El jefe de la CIA en Kandahar solicitó órdenes a sus superiores y Carson fue trasladado en avión a Dubai, donde la agencia cuenta con una presencia muy numerosa. Carson era el primer testigo ocular del Shah-i-Kot y hubo de someterse a una larga sesión informativa ante un grupo de oficiales de alto rango. Había interrogadores de los marines, de la Armada y de la CIA.

En el club de oficiales conoció a un hombre de edad similar a la suya, un capitán de fragata destinado en Dubai, ciudad que cuenta asimismo con una base naval estadounidense. Cenaron juntos. El capitán le reveló que pertenecía al NCIS, el servicio de investigación criminal de la Marina.

—¿Por qué no te unes a nosotros cuando vuelvas a casa? —le preguntó a Carson.

—¿Hacer de poli? No creo. Pero gracias.

—Somos más importantes de lo que piensas —insistió el capitán—. No somos un hatajo de marinos con ganas de prolongar su permiso de estancia en tierra. Estamos hablando de crímenes mayores, de seguir la pista a delincuentes que han robado millones. Hay diez grandes bases navales en lugares donde se habla árabe. Sería todo un reto para ti.

Fue la palabra «reto» lo que convenció a Kit Carson. Los marines pertenecen al ámbito de la Armada, así que sería como entrar a servir en un organismo mayor. Cuando regresara a Estados Unidos, probablemente le pondrían otra vez a analizar material en árabe en el edificio N.º 2 de Langley. Así pues, solicitó entrar en el NCIS y lo reclutaron.

De este modo abandonó la CIA para volver al seno de los marines. Consiguió un destino en Portsmouth, Newport News, Virginia, donde a Susan no tardaron en hacerle un hueco en el hospital de la Armada para que pudieran estar juntos.

Portsmouth le permitió asimismo hacer visitas frecuentes a su madre, sometida a terapia por el cáncer de mama que tres años más tarde la llevaría a la tumba. Y cuando su padre, el general Carson, se retiró poco después de enviudar, Kit pudo estar cerca de él también. El general se mudó a un pueblo de jubilados cerca de Virginia Beach, en la costa, donde podía jugar al golf y departir con otros marines retirados.

Durante los cuatro años que estuvo en el NCIS, Carson persiguió y llevó a los tribunales a diez importantes fugitivos con cargos pendientes. En 2006 consiguió reintegrarse al Cuerpo con el rango de teniente coronel y fue destinado a Camp Lejeune, en Carolina del Norte. Cuando Susan atravesaba Virginia en coche para reunirse con él, murió en un accidente provocado por un conductor borracho que perdió el control de su vehículo y chocó frontalmente contra el de ella.

El tercer asesinato en un mes acabó con la vida de un veterano oficial de la policía de Orlando, Florida. Había salido de su casa un bonito día de primavera y estaba inclinándose para abrir la puerta de su coche cuando alguien lo apuñaló por la espalda y le atravesó el corazón. Antes de morir, el policía logró sacar su pistola y disparar dos veces contra su agresor, que falleció en el acto.

Las pesquisas subsiguientes identificaron al asesino como un joven nacido en Somalia al que también se le había concedido asilo político por razones humanitarias, y que trabajaba en la brigada municipal de limpieza.

Algunos miembros de su equipo testificaron que en los dos últimos meses había cambiado mucho, mostrándose cada vez más reservado y distante, y muy crítico con el estilo de vida estadounidense. Al final se había vuelto tan intratable que sus compañeros del camión de la basura lo condenaron al ostracismo, atribuyendo su estado de ánimo a un sentimiento de añoranza por su país de origen.

No era así. La causa, como reveló el registro efectuado en su vivienda, fue su conversión al yihadismo radical, aparentemente derivada de su obsesión por una serie de sermones que su casera pudo oír a través de la puerta. Un informe completo enviado a la sucursal del FBI en Orlando fue remitido posteriormente al edificio Hoover en Washington DC.

Allí nadie se sorprendió. Era la misma historia de siempre: una conversación privada e íntima tras la escucha de horas y horas de sermones online pronunciados por un predicador de Oriente Próximo que hablaba un inglés impecable, y luego el impredecible y caprichoso asesinato de un destacado ciudadano de la comunidad; era la cuarta vez (que ellos supiesen) que sucedía en Estados Unidos, a lo que se sumaban dos casos similares ocurridos con anterioridad en Reino Unido.

Los datos habían sido cotejados ya con la CIA, el Centro Nacional Antiterrorista y el departamento de Seguridad Nacional. Todas las agencias estadounidenses que luchaban, siquiera remotamente, contra el terrorismo islámico habían incorporado la información, pero ninguna pudo aportar la menor pista. ¿Quién era aquel hombre? ¿De dónde procedía, cuál era su nacionalidad? ¿Dónde grababa sus sermones? Se le puso el apodo del Predicador, y al poco tiempo estaba ya en la lista de objetivos más buscados.

Estados Unidos había sido el destino de una diáspora de más de un millón de musulmanes procedentes, ellos mismos o sus padres, de Oriente Próximo y Asia central. Era una enorme reserva de conversos en potencia al yihadismo radical del Predicador, cuyos sermones llamaban implacablemente a que asestaran un único golpe contra el Gran Satanás para así poder gozar de la dicha eterna junto a Alá.

Al fin se habló del Predicador en una de las habituales reuniones de los martes por la mañana en el Despacho Oval, y de ahí pasó a la lista de la muerte.

La gente afronta la aflicción de diversas maneras. Para algunos, solo la histeria y los alaridos demostrarán la sinceridad de su dolor. Otros reaccionan sumiéndose en público en un llanto callado e impotente. Pero hay quienes sufren su dolor en la intimidad, como un animal herido.

Penan a solas, o con algún pariente próximo o compañero a quien abrazarse, y comparten sus lágrimas con la pared. Kit Carson fue a ver a su padre a su nuevo hogar de jubilado, pero Lejeune quedaba lejos y no pudo quedarse mucho tiempo.

A solas en la base, en su casa vacía, se entregó de lleno al trabajo y puso su cuerpo al límite con solitarias carreras campo traviesa y sesiones de máquinas en el gimnasio hasta que el dolor físico embotó el dolor interno, y fue el propio oficial médico de la base quien tuvo que decirle que se lo tomara con tranquilidad.

Carson fue uno de los cerebros del programa Combat Hunter, un cursillo donde los marines aprendían técnicas de búsqueda y persecución en entornos salvajes, rurales y urbanos. El lema era: ser siempre el cazador, nunca convertirse en presa. Pero mientras él estaba en Portsmouth y Lejeune, estaban sucediendo cosas muy importantes.

El 11-S había provocado un cambio radical en las Fuerzas Armadas estadounidenses y en la actitud del gobierno ante cualquier posible amenaza, por pequeña que fuese, contra el país. El grado de alerta nacional estaba dando paso a la paranoia. El resultado fue una inaudita expansión del mundo de la «inteligencia». De las dieciséis agencias existentes en Estados Unidos se pasó a más de un millar.

Se calcula que en 2012 el número de estadounidenses con acceso a información supersecreta rondaba los 850.000. Más de mil doscientas organizaciones gubernamentales y dos mil compañías privadas estaban trabajando en proyectos de alto secreto relacionados con el antiterrorismo y la seguridad nacional en unas diez mil ubicaciones repartidas por todo el país.

En 2001, el objetivo era que ninguna de las agencias básicas de inteligencia volviera a negarse a compartir sus datos con las otras, lo cual había permitido que diecinueve fanáticos se infiltraran a través de las grietas para cometer asesinatos en masa. Pero diez años más tarde, y a un coste que llevó al colapso de la economía nacional, el resultado apenas si había variado. La enorme y compleja maquinaria de autodefensa originaba unos cincuenta mil informes secretos al año, demasiados para ser leídos, y mucho menos analizados, entendidos, sintetizados o cotejados. ¿Qué se hacía con todo ese material? Archivarlo.

El crecimiento más espectacular se produjo en el J-SOC, el mando conjunto de operaciones especiales, una agencia que ya existía antes del 11-S, pero como estructura básicamente defensiva y muy poco conocida. Dos hombres iban a convertirla en el más numeroso, agresivo y mortífero ejército privado del mundo.

La palabra «privado» está justificada, ya que se trata de un instrumento personal del presidente y de nadie más. Puede llevar a cabo operaciones de guerra encubierta sin necesidad de solicitar la aprobación previa del Congreso; su presupuesto de muchos miles de millones de dólares queda al margen del Comité de Gastos del Senado, y tiene licencia para matar a quien sea sin levantar el menor revuelo en la oficina del fiscal general. Todo se hace en el máximo secreto.

El primero en reinventar el J-SOC fue el secretario de Defensa Donald Rumsfeld. Este político implacable y ambicioso estaba resentido por los privilegios y el poder de la CIA. Según su carta fundacional, la CIA necesitaba ser responsable única y exclusivamente ante el presidente de la nación, no ante el Congreso. Con sus unidades SAD podía llevar a cabo operaciones encubiertas y letales en el extranjero con el visto bueno de su director. Eso era poder, poder con mayúsculas, y Rumsfeld ansiaba tener otro tanto. Pero el Pentágono está sujeto en gran medida al Congreso y a su ilimitada capacidad para interferir.

Rumsfeld necesitaba un arma libre de la supervisión del Congreso si realmente quería rivalizar con George Tenet, el director de la CIA. Esa arma fue el J-SOC, solo que completamente transformado.

Con la aquiescencia del presidente George W. Bush, el J-SOC fue ampliándose, no únicamente en tamaño sino también en presupuesto y poderes. De entrada absorbió a todas las Fuerzas Especiales del Estado. Eso incluía al Team Six de los SEAL (los comandos que posteriormente acabarían con Osama bin Laden), la DELTA Force nacida de los Boinas Verdes, el 75 Regimiento de Rangers y el Regimiento de Operaciones Especiales de la fuerza aérea (llamados Night Stalkers, helicópteros de largo alcance), entre otros. Y también incorporó la unidad TOSA.

En el verano de 2003, mientras Irak ardía de punta a punta y prácticamente todas las miradas estaban pendientes de lo que ocurría allí, sucedieron dos cosas que culminaron la transformación del J-SOC. El general Stanley McChrystal fue nombrado nuevo comandante en jefe. Si alguien pensó que el J-SOC seguiría desempeñando un papel de puertas adentro y poco más, estaba equivocado. Y luego, en septiembre de ese mismo año, el secretario Rumsfeld consiguió el beneplácito del presidente, quien firmó la O. E.

La Orden Ejecutiva era un documento de ochenta páginas, y muy escondido entre ellas había algo parecido a un decreto presidencial, el decreto más importante de Estados Unidos, pero sin términos concretos. Lo que venía a decir la orden era esto: «Tenéis carta blanca».

Más o menos por las mismas fechas un coronel de los rangers llamado Dale Curtis estaba terminando su año sabático y de convalecencia a resultas de las heridas recibidas en combate. Había logrado dominar de tal manera la prótesis que llevaba donde antes estuvo su pie izquierdo, que apenas si se le notaba la cojera. A pesar de ello, el 75 de Rangers no era para hombres con prótesis: su carrera militar parecía acabada.

Pero al igual que los SEAL, un ranger jamás deja a otro en la estacada. El general McChrystal era también ranger, del 75 Regimiento, y oyó hablar del coronel Curtis. Acababa de tomar posesión del cargo de todo el J-SOC y eso incluía a la TOSA, cuyo comandante en jefe estaba a punto de retirarse. El puesto de oficial al mando no tenía por qué ser un destino de combate; podía ser un trabajo de despacho. La reunión fue muy breve, y el coronel Curtis no se lo pensó dos veces.

En el mundo del espionaje se dice que si quieres mantener algo en secreto es mejor no intentar esconderlo, porque algún reptil de la prensa lo olerá. Ponle un nombre inofensivo y describe el trabajo como algo aburrido. Así pues, TOSA son las siglas en inglés para la unidad de actividades de soporte para operaciones técnicas. Ni «agencia» ni «administración» ni nada parecido. Una actividad de soporte podía significar desde cambiar una bombilla hasta eliminar a incómodos políticos del Tercer Mundo. En este caso, se trata más bien lo segundo.

La TOSA existía ya mucho antes del 11-S. Capturó, entre otros, al famoso narcotraficante colombiano Pablo Escobar. A eso se dedica. Es el brazo cazahombres al que acudir cuando los demás no saben qué hacer. No son más de doscientas cincuenta personas en total y su sede está en el norte de Virginia, en un recinto camuflado como laboratorio químico. No se admiten visitas.

Para que sea aún más secreto, cambia de nombre a menudo. Se ha llamado simplemente «la Actividad», pero también Grantor Shadow, Centra Spike, Torn Victor, Cemetery Wind y Gray Fox. Este último, «Zorro Gris», tuvo bastante éxito y finalmente quedó como nombre en clave del comandante en jefe. En cuanto tomó posesión de su cargo, el coronel Dale Curtis desapareció para convertirse en Zorro Gris. Más adelante la unidad volvería a cambiar de nombre, Actividad de Apoyo a Inteligencia, pero cuando la última palabra empezó a llamar demasiado la atención, cambió de nuevo... a TOSA.

Zorro Gris llevaba ya seis años en su cargo cuando en 2009 su mejor cazahombres se jubiló, y con la cabeza llena de los secretos más confidenciales se fue a vivir a una cabaña en Montana para dedicarse a pescar truchas. El coronel Curtis solo podía cazar o pescar sentado a una mesa, pero un ordenador y todos los códigos de acceso a la maquinaria de defensa del país le dan a uno una buena ventaja. Al cabo de una semana de búsqueda apareció en la pantalla una cara que le hizo saltar del asiento: el teniente coronel Christopher «Kit» Carson, el hombre que lo había sacado del infierno de Shah-i-Kot.

Leyó su historial. Soldado en primera línea de combate, estudios universitarios, arabista, políglota, cazahombres. Se dispuso a hacer una llamada telefónica.

Kit Carson no quería abandonar el Cuerpo por segunda vez, pero por segunda vez la decisión no dependió de él.

Una semana más tarde hacía su entrada en el despacho que Zorro Gris ocupaba en un edificio de escasa altura situado en medio de un bosque del norte de Virginia. Se fijó en que el hombre que se acercaba para saludarlo cojeaba, en el bastón apoyado en un rincón, en las insignias del 75 de Rangers.

—¿Se acuerda de mí? —dijo el coronel.

Kit Carson recordó aquel viento helado, las enormes rocas bajo sus botas de combate, el peso casi sobrehumano que cargaba a la espalda, el cansancio que le pedía rendirse a la muerte.

—Ha pasado mucho tiempo —dijo.

—Sé que no quiere dejar el Cuerpo, pero le necesito. Por cierto, dentro de este edificio solo utilizamos nombres de pila. Para los demás, el teniente coronel Carson ha dejado de existir. Para el mundo entero, fuera de este complejo, usted es simplemente el Rastreador.

A lo largo de esos años, seis de los enemigos más buscados de Estados Unidos fueron localizados personal o indirectamente por el Rastreador. Para empezar Baitullah Mehsud, talibán paquistaní, liquidado por un drone en una granja del Waziristán meridional en 2009; Abu al-Yazid, fundador de Al Qaeda que había financiado el ataque a las Torres Gemelas, abatido por otro drone en Pakistán un año más tarde.

Fue el Rastreador quien identificó a Al-Kuwaiti como el emisario personal de Bin Laden. Aviones espía siguieron su largo trayecto en coche a través de Pakistán hasta que, sorprendentemente, en lugar de dirigirse hacia las montañas lo hizo en dirección contraria, para identificar unas instalaciones en Abbottabad.

A continuación Anuar al-Awlaki, el americano-yemení que predicaba en inglés en la red. Lo encontraron porque invitó a su colega norteamericano Samir Khan, director de la publicación yihadista *Inspire*, a reunirse con él en el Yemen septentrional. Y por último Al-Quso, rastreado hasta su pueblo natal en el sur del Yemen. Otro drone disparó un misil Hellfire que entró por la ventana de su alcoba mientras él dormía.

Las yemas de los árboles empezaban a brotar cuando en 2014 Zorro Gris entró en la oficina del Rastreador con un decreto presidencial que un mensajero había traído por la mañana desde el Despacho Oval.

—Otro predicador cibernético, Rastreador. Pero es un caso muy raro: ni nombre ni cara. Escurridizo al máximo. Es todo tuyo. Cualquier cosa que necesites, solo tienes que pedirlo. El decreto lo autoriza todo.

Y se marchó cojeando.

Había un dossier muy fino. El primer sermón online databa de hacía dos años, poco tiempo después de que el primer ciberpredicador muriera con sus compañeros en una cuneta en el norte del Yemen, el 2 de septiembre de 2011. Mientras que Awlaki, nacido y criado en Nuevo México, tenía un claro acento norteamericano, el Predicador parecía más bien inglés.

Dos laboratorios lingüísticos habían tratado de identificar el acento para localizar su procedencia. Uno de esos laboratorios se encuentra en Fort Meade, Maryland, sede de la enorme NSA, la agencia de seguridad nacional. En él están los escuchas que pueden intervenir cualquier retazo de conversación vía móvil, fijo, fax, correo electrónico o radio en cualquier parte del mundo. Pero, además, hacen traducciones de un millar de idiomas y dialectos y descifran todo tipo de códigos.

El otro laboratorio pertenece al ejército y está en Fort Huachuca, Arizona. Ambos centros llegaron a similares conclusiones: se trataba probablemente de un paquistaní de familia culta y con estudios superiores. En los finales de ciertas palabras el Predicador hacía unos cortes bruscos que evidenciaban un origen colonial británico. Pero había un problema.

A diferencia de Awlaki, que hablaba a cara descubierta y mirando a cámara, el nuevo orador no mostraba nunca el rostro. Llevaba puesto un *shemagh* árabe tradicional, pero se cubría la cara remetiendo el extremo de la tela por el otro lado. Solo se veían los ojos, centelleantes. Según el informe, la tela podía distorsionar ligeramente la voz, lo cual hacía aún más difícil concretar. Echelon, nombre en clave del ordenador capaz de identificar todo tipo de acentos, se negaba a hacer afirmaciones categóricas sobre el origen de la voz.

El Rastreador pasó el aviso habitual a todas las comisarías y agencias para recabar cualquier información, por insignificante que fuera. Su llamamiento lo recibirían fuera del continente veinte servicios de espionaje implicados en la lucha contra el fundamentalismo islámico. Empezando por los británicos. Especialmente los británicos. Ellos habían gobernado Pakistán y conservaban allí buenos contactos. El SIS, el servicio secreto británico, estaba muy bien implantado en Islamabad y colaboraba estrechamente con la aún más voluminosa maquinaria de la CIA. Todos recibirían el mensaje.

El segundo paso era reunir toda la biblioteca de sermones de la página web yihadista. Eso supondría haber de escuchar durante horas y horas los sermones que el Predicador había estado lanzando al ciberespacio a lo largo de casi dos años.

El mensaje era muy simple, y tal vez por esa razón el Predicador sumaba tantos conversos a la causa de su yihadismo extremista. Para ser un buen musulmán, decía a la cámara, uno tenía que amar sincera y profundamente a Alá, loado sea su nombre, y a su profeta Mahoma, descanse en paz. Pero las palabras solas no bastaban. El creyente verdadero debía sentir el impulso de convertir su amor en actos concretos.

Unos actos que solo podían consistir en castigar a los que hacían la guerra a Alá y su pueblo, la *umma* musulmana. Y los mayores enemigos de Alá eran el Gran Satanás (Estados Unidos) y el Pequeño Satanás (Reino Unido). Merecían ser castigados por lo que habían hecho y hacían a diario, y ejercer ese castigo era un mandato divino.

El Predicador instaba a sus oyentes y espectadores a que evitasen confiar en los demás, ni siquiera en quienes afirmaban pensar igual que ellos. Incluso dentro de la propia mezquita había traidores dispuestos a denunciar al creyente verdadero a cambio del oro de los *kuffar*.

Por consiguiente, el creyente verdadero debía convertirse al islam verdadero en la intimidad de su propia conciencia y no confiar en nadie. Debía rezar a solas y no escuchar a nadie más que al Predicador: este le mostraría el camino verdadero. Y ese camino pasaba por que cada converso asestara un duro golpe contra el infiel.

Advertía contra acciones muy complejas en las que intervinieran muchos cómplices y sofisticados productor químicos, pues alguien podía detectar la compra o el almacenamiento de componentes para una bomba, o uno de los conspirados podía traicionarlos. Las cárceles de los infieles estaban repletas de hermanos que habían sido vigilados, espiados o traicionados por gente supuestamente de fiar.

El mensaje del Predicador era tan simple como letal. Todo creyente verdadero debía identificar a un destacado *kaffir* de la sociedad en la que se encontrara viviendo y mandarlo al infierno, mientras que él mismo, bendecido por Alá, debía morir con la certeza de alcanzar el paraíso para toda la eternidad.

Era una ampliación de la filosofía simplista del «Just do it» de Awlaki, solo que mejor expresada y más persuasiva. Su premisa era tan sencilla que hacía mucho más fácil decidir y actuar en solitario. El aumento de asesinatos inesperados en los dos países señalados demostraba que, aunque el mensaje calara únicamente en un escaso uno por ciento de los musulmanes jóvenes, seguía habiendo un ejército de millares.

El Rastreador esperó reacciones por parte de las agencias estadounidenses y sus homólogas británicas, pero nadie había oído hablar de ningún «Predicador» en tierras musulmanas. El apelativo se lo había adjudicado Occidente, a falta de otro nombre con el que llamarle. Pero de alguna parte había tenido que salir, eso era obvio. En algún sitio tenía que vivir, desde algún sitio emitía sus sermones, algún nombre tenía que tener.

Al final se convenció de que las respuestas estaban en el ciberespacio. Pero los expertos informáticos de Fort Meade, todos ellos de altísimo nivel, se habían dado por vencidos. Quienquiera que estuviese lanzando sermones al ciberespacio conseguía que fueran imposibles de rastrear y localizar, cambiando constantemente su lugar de procedencia y diseminándolos por todos los rincones del planeta en un centenar de posibles ubicaciones… todas ellas falsas.

Aunque la gente de seguridad diera su visto bueno, el Rastreador descartaba llevar a nadie a su escondite en el bosque. El secretismo que impregnaba a toda la unidad había calado en él también. Tampoco le gustaba tener que ir a otras oficinas del área de Washington, y procuraba evitarlo. Prefería ser visto únicamente por la persona con la que quería hablar. Sabía que estaba ganándose fama de raro y poco convencional, pero prefería los bares o restaurantes de carretera. Anónimos y sin rostro, tanto los establecimientos como sus clientes. En uno de esos locales, en la carretera de Baltimore, se reunió con el informático número uno de Fort Meade.

Se sentaron a una mesa frente a sendos cafés imbebibles.

Se conocían de anteriores investigaciones. El hombre a quien el Rastreador había citado tenía fama de ser el mejor detective informático de la agencia de seguridad nacional, que no es decir poco.

—¿Cómo es que no lo encontráis? —preguntó el Rastreador.

El hombre de la NSA frunció el entrecejo y negó con la cabeza mientras la camarera permanecía cerca, dispuesta a llenarle la taza otra vez. Finalmente se alejó. Cualquiera que hubiese estado observando habría visto a dos hombres de mediana edad, uno atlético y el otro con la palidez del que trabaja en oficinas sin ventanas, y con varios kilos de más.

—Porque es un tipo muy listo —respondió finalmente. Detestaba que se le escaparan.

—Explícate —dijo el Rastreador—. En cristiano, si puede ser.

—Probablemente graba los sermones con una videocámara digital o un ordenador portátil. Hasta ahí, todo normal. Emite a través de una página web llamada Hejira, que es como se denomina la huida de Mahoma desde La Meca hasta Medina.

El Rastreador mantuvo el semblante serio. No necesitaba explicaciones sobre el islam.

—¿Puedes localizar la fuente de Hejira?

—No es necesario. No es más que un canal. Se lo compró a una pequeña empresa de Nueva Delhi que ya ha cerrado. Cuando quiere retransmitir un nuevo sermón al mundo lo envía a través de Hejira, pero mantiene secreta la localización haciendo que salga siempre desde un lugar de origen distinto, en diferentes puntos del globo terráqueo, y rebotándolo desde un centenar de ordenadores cuyos propietarios no saben absolutamente nada del papel que juegan en esto. Resumiendo: el sermón podría provenir de cualquier parte.

—¿Y cómo impide que se lo localice siguiendo la línea de desviaciones?

—Mediante un servidor proxy para crear un falso protocolo de internet. La IP es como tu dirección con el código postal. Luego, en el servidor proxy, ha introducido un *malware* o una *botnet* para rebotar el sermón por todo el mundo.

—Traduce.

El hombre de la NSA suspiró. Se pasaba la vida hablando en jerga informática con personas que sabían exactamente a qué se refería en todo momento.

—*Malware*. «Mal» lo dice todo. Un virus. «Bot» viene de robot, una cosa que se ocupa de todo sin hacer preguntas ni revelar para quién trabaja.

El Rastreador meditó sus palabras.

—Entonces ¿la poderosa NSA se ha dado por vencida?

Al superinformático del gobierno no le hizo gracia la pregunta, pero asintió con la cabeza.

—Seguiremos intentándolo, por supuesto.

—El tiempo corre. Quizá tendré que probar en otro sitio.

—Como quieras.

—Te voy a pedir un favor. Trata de controlar tu lógico disgusto. Y ahora imagina que tú fueras el Predicador. ¿Quién no querrías para nada que estuviera siguiéndote los pasos? ¿Quién haría que te echaras a temblar de preocupación?

—Alguien que fuese mejor que yo.

—¿Existe ese alguien?

El hombre del NSA suspiró.

—Puede. En alguna parte ahí fuera. Seguramente alguien de la nueva generación. Tarde o temprano los veteranos acaban siendo superados por un chaval imberbe en todos los ámbitos de la vida.

—¿Conoces a algún imberbe de esos? ¿Se te ocurre alguno en concreto?

—Bueno, conocerle, no, pero hace poco oí hablar en un congreso de un jovencito. Es de aquí, de Virginia. Mi informador me dijo que no había acudido porque vive con sus padres y no sale nunca de casa. Y nunca quiere decir nunca. Es un bicho raro. Apenas habla. Y se pone hecho un manojo de nervios cuando tiene que tratar con este mundo, pero en el suyo se mueve con la habilidad y el arrojo de un piloto de caza.

—¿Qué mundo es el suyo?

—El ciberespacio.

—¿Algún nombre? ¿Dirección?

—Supuse que me lo preguntarías. —Sacó un papel del bolsillo y se lo pasó. Después se puso de pie—. Si resulta que no sirve, la culpa no es mía. Fue solo un rumor, chismorreos entre frikis informáticos.

Una vez a solas el Rastreador se terminó los muffins y el café. En el aparcamiento de la cafetería echó un vistazo al papel. Roger Kendrick. Y una dirección en Centreville, Virginia, una de las muchas pequeñas ciudades satélite surgidas en las dos décadas anteriores y que, a raíz del 11-S, se llenaron de gente que solo iba a la gran ciudad a trabajar.

Todo rastreador, todo detective, sea cual sea la presa, dondequiera que tenga lugar la cacería, necesita un golpe de suerte. Uno al menos. Kit Carson fue afortunado. Iba a tener dos.

El primero vendría de un extraño adolescente a quien le daba miedo abandonar el desván de la casa que sus padres tenían en un barrio pobre de Centreville, Virginia; y el otro de un viejo campesino afgano cuyo reumatismo le estaba obligando a dejar el fusil y bajar de las montañas.

3

La única cosa fuera de lo normal o audaz que había hecho en su vida el teniente coronel Musharraf Ali Shah, del ejército regular paquistaní, había sido casarse. Y no por el matrimonio en sí, sino por la chica a la que desposó.

En 1979, con veinticinco años y soltero, había estado brevemente destinado en el glaciar de Siachen, una región agreste y salvaje en el extremo septentrional del país, justo en la frontera con la India, el enemigo mortal de Pakistán. Más adelante, entre 1984 y 1999, tendría lugar una pequeña pero enconada guerra fronteriza en el Siachen; sin embargo, en aquella época era solo un lugar frío e inhóspito, un destino duro para cualquier militar.

El entonces teniente Ali Shah era punjabí, como la mayoría de sus compatriotas, y daba por hecho, al igual que sus padres, que se casaría «bien», probablemente con la hija de un oficial de alto rango (un empujoncito en su carrera) o de un rico comerciante (un empujoncito en su cuenta corriente).

En cualquiera de los dos casos habría tenido suerte, dada su falta de carisma. Ali Shah era de los que obedecen las órdenes al pie de la letra, un hombre muy convencional, ortodoxo, sin la menor imaginación. Pero en aquellas escarpadas montañas conoció y se enamoró de una chica del lugar, una belleza deslumbrante llamada Soraya. Y, sin la autorización ni la bendición de su familia, se casó con ella.

Por el contrario, la familia de ella se alegró, pensando que el matrimonio con un oficial del ejército regular traería consigo un ascenso social a las grandes ciudades de la llanura. Tal vez una casa grande en Rawalpindi o incluso en Islamabad. Pero, ay, Musharraf Ali Shah no era ninguna lumbrera, aunque su empeño lo llevaría, al cabo de treinta años, a alcanzar el grado de teniente coronel. En 1980 tuvieron un hijo, al que llamaron Zulfikar.

El teniente Ali Shah estaba en la infantería blindada cuando obtuvo el grado de oficial en 1976, a los veintidós años. Al término de su primer destino en Siachen regresó a casa con su nueva esposa ya en avanzado estado de gestación, y fue nombrado capitán. Le asignaron una modesta casita en la zona para oficiales de Rawalpindi, en el complejo militar situado a escasos kilómetros de la capital, Islamabad.

No iba a haber más comportamientos chocantes. Como cualquier oficial del ejército paquistaní, cada dos o tres años Ali Shah tenía un destino nuevo, que podía ser «duro» o «suave». Un destino en ciudades como Rawalpindi, Lahore o Karachi se consideraba suave y era «con familia». Que a uno lo enviaran a la guarnición de Multan, o a Kharian, o a Peshawar en la embocadura del paso Jáiber hacia Afganistán, o al valle del Swat infestado de talibanes, se consideraba un destino duro y era para oficiales sin acompañamiento. Durante todos esos destinos, el pequeño Zulfikar empezó a ir a la escuela.

Cada plaza fuerte paquistaní cuenta con una escuela para los hijos de los oficiales, pero las hay de tres niveles. En el inferior están las del gobierno; luego vienen las públicas del ejército; y, para gente con medios, están las escuelas privadas de élite. La familia Ali Shah no tenía dinero aparte del muy humilde salario del padre, así que Zulfikar estudió en escuelas del ejército. Tienen fama de ser bastantes buenas, muchas esposas de oficiales ejercen como maestras, y además son gratuitas.

El chico aprobó el examen de ingreso a la universidad del

ejército a los quince años, y se matriculó en ingeniería por orden de su padre. Así se aseguraría un empleo y/o un puesto de oficial. Eso fue en 1996. Pero, en su tercer año universitario, los padres empezaron a notar cambios en su hijo.

El entonces comandante Ali Shah era, por supuesto, musulmán, practicante pero no exageradamente devoto. Le resultaba inconcebible no asistir a la mezquita todos los viernes o saltarse la hora de la plegaria. Pero hasta ahí llegaba su devoción. Solía vestir de uniforme por razones de prestigio, pero si tenía que ir de paisano recurría a la indumentaria masculina nacional: los pantalones ceñidos y la chaqueta larga abotonada que conforman el *salwar kameez*.

Reparó en que su hijo empezaba a dejarse una barba descuidada y a llevar el bonete calado de los devotos. Se postraba las cinco veces diarias de rigor, y no se privaba de censurar a su padre y salir hecho una furia de la habitación cuando lo veía tomarse un whisky, la bebida de rigor del cuerpo de oficiales. Sus padres pensaron que aquel fervor religioso sería una fase pasajera.

Zulfikar empezó a interesarse por obras que hablaban de Cachemira, el disputado territorio fronterizo que venía envenenando las relaciones entre Pakistán y la India desde 1947. Fue derivando después hacia el extremismo violento de Lashkar-e-Taiba, el grupo terrorista que más tarde sería responsable de la matanza de Bombay.

Su padre intentó consolarse pensando que el muchacho acabaría los estudios en un año e ingresaría en el ejército, o bien encontraría trabajo como ingeniero cualificado, una profesión muy solicitada en Pakistán. Pero en el verano de 2000 Zulfikar suspendió los exámenes finales, un desastre que su padre achacó a las horas de estudio perdidas para dedicarlas al Corán; a eso y a aprender árabe, la única lengua permitida para el estudio del libro sagrado.

Fue la primera de una serie de acaloradas discusiones entre padre e hijo. El comandante recurrió a todos los contactos que tenía a mano, alegando que el chico había estado enfermo y que merecía la oportunidad de repetir los exámenes. Y entonces llegó el 11-S.

Como prácticamente todo el mundo que tenía en casa un aparato de televisión, la familia al completo contempló horrorizada cómo los aviones se estrellaban contra las Torres Gemelas. Todos menos Zulfikar, quien demostró vehementemente su júbilo mientras la cadena de televisión pasaba una y otra vez las imágenes. Fue entonces cuando sus padres se percataron de que, además de su inflamado fervor religioso, la lectura constante de los primeros propagandistas de la *yihad*, Sayyid Qutb y su discípulo Azzam, y el odio hacia India, su hijo había desarrollado también un intenso odio contra Norteamérica y Occidente.

Aquel invierno Estados Unidos invadió Afganistán y, al cabo de seis semanas, la Alianza del Norte, con la ayuda de las Fuerzas Especiales y la aviación estadounidenses, había derrocado al régimen talibán. Mientras Osama bin Laden, huésped de los talibanes, cruzaba la frontera con Pakistán en una dirección, el extravagante líder tuerto mulá Omar huía hacia la provincia paquistaní de Beluchistán y establecía su gran consejo, la *shura*, en la ciudad de Quetta.

Para el gobierno paquistaní esto distó mucho de ser un grave dilema ético. En el ejército y, de hecho, en todas las Fuerzas Armadas paquistaníes, quien mandaba realmente era la rama Inter-Services Intelligence, más conocida como ISI. No había un solo militar en Pakistán que no temiera al ISI. Y también fue el ISI quien creó el movimiento talibán.

Es más, un porcentaje altísimo de los oficiales de dicho servicio de inteligencia pertenecían al ala extremista del islam y de ningún modo iban a abandonar a los talibanes, ni a sus compinches de Al Qaeda, para mostrar su lealtad a Estados Unidos. Por mucho que trataran de fingir lo contrario. De ahí nació la herida abierta que ha enturbiado desde entonces las relaciones entre Pakistán y Estados Unidos. No era solo que el alto mando del ISI supiera que Bin Laden se escondía en aquel recinto amurallado de Abbotabad; es que ellos mismos lo construyeron para él.

A principios de la primavera de 2002, una importante delegación del ISI viajó hasta Quetta para entrevistarse con el mulá Omar y su *shura* local. En circunstancias normales no se habrían molestado en invitar al modesto comandante Ali Shah, pero es que había un pequeño problema: los dos generales del ISI no hablaban palabra de pastún, mientras que el mulá y sus seguidores no tenían ni idea de urdu. El comandante Ali Shah tampoco hablaba pastún, pero su hijo sí.

La esposa del comandante era patán, una etnia de las montañas del norte, y su lengua materna era el pastún. Su hijo, que hablaba correctamente ambos idiomas, acompañó a la delegación del ISI henchido de orgullo por semejante honor. De vuelta en Islamabad tuvo la última de aquellas acaloradas trifulcas con su padre, quien permaneció muy rígido mirando por la ventana mientras su hijo se marchaba hecho una furia. Jamás volvieron a verlo.

La persona que se encontró el señor Kendrick padre cuando fue a abrir la puerta de su casa iba vestida de uniforme. No de gala, sino con ropa de camuflaje bien planchada y un gran surtido de galones, insignias y condecoraciones. El hombre se quedó muy impresionado.

Eso era lo que buscaba. Al trabajar en la TOSA, el Rastreador casi nunca se ponía todas sus galas por no llamar la atención, y en su nuevo entorno eso era algo que evitaba a toda costa. Pero el señor Jimmy Kendrick era conserje de una escuela local. Se ocupaba del mantenimiento de la calefacción y de barrer los pasillos. No estaría acostumbrado a que llamara a su puerta un coronel de marines. Era lógico que se quedara boquiabierto.

—¿Señor Kendrick?

—Sí, soy yo.

—Coronel Jackson. ¿Está Roger en casa? —James Jackson era uno de los alias que el Rastreador más utilizaba.

Por supuesto que estaba en casa. Nunca salía. Su hijo único era para Jimmy Kendrick una dolorosa decepción. Sufría de agorafobia aguda y le aterrorizaba abandonar el nido de su escondite en el desván y la compañía de su madre.

—Claro. Arriba, en su cuarto.

—¿Podría hablar un momento con él, por favor?

Kendrick acompañó al marine uniformado al desván. No era una casa grande; dos habitaciones en la planta baja, dos arriba y una escalera de aluminio que conducía a una zona abuhardillada. El padre llamó en dirección al desván.

—Roger, hay una persona que desea verte. Baja.

Se oyeron pasos y un rostro apareció en el hueco de arriba. Era una cara pálida, de criatura nocturna habituada a la penumbra; joven, vulnerable, ansioso. Tendría unos dieciocho o diecinueve años, aspecto nervioso, y evitaba establecer contacto visual. Parecía mirar a un punto de la moqueta entre los dos hombres de abajo.

—Hola, Roger. Me llamo Jamie Jackson. Necesito que me asesores. ¿Podemos hablar un momento?

El muchacho pareció meditarlo muy seriamente. No parecía sentir la menor curiosidad, tan solo asimilar la presencia de un extraño que le hacía una petición.

—Bueno —dijo—. ¿Quiere subir?

—Ahí arriba no hay sitio —murmuró el padre. Luego, alzando la voz, añadió—: Baja tú, hijo. —Y al Rastreador—: Será mejor que hablen en su habitación. No le gusta bajar al salón cuando su madre no está en casa. Trabaja de cajera en la tienda de comestibles.

Roger Kendrick descendió por la escalera de aluminio, entró en su cuarto y se sentó en el borde de la cama, mirando al suelo. El Rastreador acercó la única silla que había. Aparte de un pequeño armario y una cómoda, eso era todo. Roger vivía realmente en el desván. El Rastreador miró un momento al padre y este se encogió de hombros.

—Síndrome de Asperger —dijo.

Estaba claro que se sentía superado por la enfermedad del muchacho. Otros tenían hijos que salían con chicas y aprendían el oficio de mecánico de coches.

El Rastreador hizo un gesto de cabeza cuyo significado fue muy claro.

—Betty no tardará. Le pediré que prepare café —dijo el señor Kendrick. Y salió.

El informático de Fort Meade le había contado que el chaval era peculiar, pero sin especificar hasta qué punto ni en qué sentido. Previamente a su visita, el Rastreador se había informado sobre el síndrome de Asperger y la agorafobia, el miedo a los espacios abiertos.

Al igual que en el síndrome de Down y la parálisis cerebral, aquellos dos trastornos también presentaban casos graves y casos leves. Tras unos minutos de charla trivial con Roger Kendrick, quedó claro que no era necesario tratarle ni hablarle como a un crío.

El muchacho era presa de una invencible timidez en presencia de otras personas, intensificada por su miedo al mundo exterior. Pero el Rastreador pensó que, si podía llevar la conversación al terreno en que el adolescente se sentía cómodo —esto es, el ciberespacio—, su carácter podía cambiar mucho. Y no se equivocaba.

Se acordó del hacker británico Gary McKinnon. Cuando el gobierno de Estados Unidos quiso llevarlo a juicio, Londres insistió en que era una persona demasiado frágil para viajar, mucho menos para ir a la cárcel. Pero McKinnon había penetrado en las entrañas más profundas de la NASA y el Pentágono, atravesando los más sofisticados cortafuegos como un cuchillo corta la mantequilla.

—Roger, en alguna parte, escondido en el ciberespacio, hay un hombre que odia nuestro país. Lo llaman el Predicador. Da sermones a través de la red, en inglés, pidiendo a la gente que se convierta a su credo y mate a ciudadanos estadounidenses. Mi trabajo consiste en encontrarlo y detenerlo. —Hizo una pausa—. Pero no puedo. Ahí fuera, en el ciberespacio, es mucho más listo que yo. De hecho se considera más listo que nadie.

Reparó en que el chico había dejado de arrastrar los pies. Por primera vez levantó la vista y le miró. Estaba considerando regresar al único mundo al que la cruel madre naturaleza lo había destinado a habitar. El Rastreador abrió una bolsa pequeña y sacó un lápiz de memoria.

—Ese hombre transmite a través de la red, Roger, pero mantiene totalmente en secreto su protocolo de internet; nadie conoce su paradero. Si lográramos averiguar dónde está, podríamos pararle los pies.

El muchacho jugueteó con el lápiz de memoria entre sus dedos.

—El motivo de mi visita, Roger, es pedirte que nos ayudes a dar con él.

—Podría intentarlo —dijo por fin.

—Dime, Roger, ¿qué equipo tienes ahí arriba?

El joven se lo explicó. Sin ser de lo peor del mercado, era material normal y corriente, comprado en tienda.

—Si alguien viniera y te preguntara, ¿qué te gustaría tener? ¿Cuál sería el equipo de tus sueños, Roger?

El chico pareció revivir. Sus facciones delataron su repentino entusiasmo. Volvió a establecer contacto visual.

—Lo que más me gustaría —dijo— sería un sistema de procesador de seis núcleos con 32 gigas de RAM para alimentar una distribución Red Hat Enterprise Linux, versión seis o más alta.

Al Rastreador no le hizo falta tomar nota. El diminuto micrófono disimulado entre sus condecoraciones lo estaba grabando todo. Suerte de eso, porque no tenía ni idea de qué le estaba diciendo el chaval. Pero los cerebritos seguro que sí.

—Veré qué se puede hacer —añadió poniéndose de pie—. Echa un vistazo al material. Es posible que no consigas descifrarlo, pero te agradeceré que lo intentes.

Al cabo de dos días una furgoneta con tres hombres y cargada con equipo informático del más caro y sofisticado llegaba al barrio pobre de Centerville y aparcaba frente a la casa. Apretujados en el desván, lo instalaron todo y luego se marcharon, dejando a un muy vulnerable chico de diecinueve años pegado a un monitor con la sensación de que acababan de transportarlo al cielo cibernético.

Después de visualizar una docena de sermones de la web yihadista, empezó a teclear.

El asesino se agachó junto a su escúter fingiendo que examinaba el motor, mientras un poco más abajo el senador salía de su casa, metía los palos de golf en el maletero y se sentaba al volante. Eran las siete de una espléndida mañana de principios de verano. El senador no se fijó en el hombre de la motocicleta que lo seguía.

Al asesino no le hacía falta mantenerse cerca pues había hecho el recorrido otras dos veces, no vestido como iba en ese momento sino con vaqueros y una cazadora con capucha, mucho menos llamativo. Siguió al coche del senador los ocho kilómetros hasta el campo de golf de Virginia Beach. Esperó hasta ver cómo aparcaba, cogía los palos y entraba en el club.

El asesino cruzó la entrada, torció a la izquierda por Linkhorn Drive y se internó en la arboleda. Doscientos metros más allá giró de nuevo a la izquierda por Willow Drive. Otro vehículo venía en sentido contrario, pero no se fijó en él a pesar de su atuendo.

Llevaba puesta una *dishdasha* blanca como la nieve, larga hasta los pies y, en la cabeza rapada, un gorro también blanco de ganchillo. Tras dejar atrás varias casas residenciales, emergió de la arboleda en el punto en que el *tee* de salida del quinto hoyo, conocido como Cascade, se cruza con Willow Drive. Abandonó la calzada y tiró la moto a la crecida maleza lindante con la calle del cuarto hoyo, llamado Bald Cypress.

En otros hoyos había ya personas jugando, pero estaban absortas en sus partidas y no repararon en él. El joven vestido de blanco echó a andar despacio por la calle Bald Cypress hasta llegar a la altura del puente sobre el riachuelo, se adentró en los arbustos hasta quedar fuera de la vista y esperó. Por sus anteriores observaciones sabía que quién estuviera jugando un *round* tendría que acercarse por la calle del hoyo cuatro y cruzar el puente.

Llevaba agazapado ya una media hora. Dos parejas habían completado la calle antes de continuar hacia el *tee* de Cascade. Los observó pasar sin salir al descubierto. Entonces lo vio. El senador estaba jugando un partido a dos con un hombre mayor, más o menos de su misma edad. En el club se había puesto una cazadora verde, muy parecida a la que llevaba su oponente.

En el momento en que los dos ancianos procedían a cruzar el puente, el joven de blanco salió de la espesura. Ninguno de los dos golfistas aminoró el paso, si bien ambos le miraron con cierto interés. Fue por cómo iba vestido, y quizá también por su aire de serena indiferencia. Avanzó hacia los dos norteamericanos hasta que, cuando se encontraba a unos diez pasos de distancia, uno de ellos dijo: «¿Necesitas ayuda, hijo?».

Fue entonces cuando el joven sacó la mano derecha del

interior de su *dishdasha* y alargó el brazo como quien ofrece algo. Ese «algo» era una pistola. Los golfistas no tuvieron la menor oportunidad. El joven, un tanto confuso por la semejanza de las cazadoras y de las gorras de visera larga, disparó dos veces contra cada uno de ellos, casi a quemarropa.

Una bala erró el tiro y nunca fue encontrada. Dos impactaron en el pecho y la garganta del senador, matándolo al instante. El otro proyectil penetró a la altura del esternón del segundo hombre. Ambos golfistas se desplomaron, uno detrás de otro. El agresor levantó la vista hacia el cielo matutino de un azul desvaído, murmuró «*Allahu akhbar*», se introdujo el cañón del arma en la boca y disparó.

Las dos parejas de la partida a cuatro estaban abandonando el *green* del cuarto hoyo. Según declararon más tarde, al volverse tras oír los disparos pudieron ver la sangre que salía despedida de la cabeza del suicida antes de que este se desplomara en el suelo. Dos de ellos acudieron a la carrera. Un tercero, que estaba ya montado en el carrito, dio media vuelta y aceleró el silencioso motor eléctrico en dirección a la escena del crimen. El cuarto jugador se quedó mirando unos segundos, boquiabierto, y luego sacó un móvil y llamó a la policía.

La llamada fue recibida en el centro de comunicaciones situado detrás de la jefatura de policía en Princess Anne Road. El operador de servicio anotó los detalles básicos y avisó a jefatura y al departamento de servicios médicos de urgencia. En ambos casos el personal conocía sobradamente el club de golf Princess Anne y no hicieron falta indicaciones.

El primero en llegar al lugar fue un coche policial que estaba patrullando por la calle Cincuenta y cuatro. Desde Linkhorn Drive los agentes pudieron ver la multitud que empezaba a congregarse en la calle del cuarto hoyo, y sin pensárselo dos veces atravesaron el césped en el vehículo. Diez minutos después llegaba desde jefatura el inspector Ray

Hall para hacerse cargo del caso. Los agentes habían acordonado ya la escena del crimen para cuando llegó una ambulancia del Pinehurst Centre en Viking Drive, situado a unos cinco kilómetros de distancia.

El inspector determinó que dos de los hombres estaban muertos. Al senador lo reconoció porque su foto salía de vez en cuando en los periódicos y por una ceremonia de entrega de condecoraciones a policías celebrada hacía seis meses.

El joven de la poblada barba negra, que los aterrorizados testigos presenciales identificaron como el asesino, yacía muerto a unos veinte pasos de sus víctimas, con el arma todavía en la mano derecha. El segundo golfista, con un disparo en el pecho, parecía estar gravemente herido, pero respiraba. El inspector se apartó para que los sanitarios hicieran su trabajo. Eran tres, más el conductor de la ambulancia.

Les bastó una ojeada para saber que solo uno de los cuerpos tendidos en la hierba aún cubierta de rocío necesitaba cuidados. Los otros dos podían esperar hasta que se los llevaran al depósito. Y tampoco había motivo para intentar una reanimación, como con un ahogado o un intoxicado por gas. En la jerga de los sanitarios, aquel era un caso de «cargar y para casa».

Llevaban a bordo el ALS, el equipo de soporte vital avanzado y lo necesitarían para estabilizar al herido y conseguir que aguantara el trayecto a toda pastilla hasta el Hospital General Virginia Beach. Lo subieron a la ambulancia y partieron con la sirena aullando.

Cubrieron los casi cinco kilómetros hasta First Colonial Road en menos de cinco minutos. Era temprano y fin de semana, no había mucho tráfico. La sirena apartó a los pocos vehículos que circulaban por la carretera y el conductor mantuvo el acelerador a fondo hasta el final.

En la parte trasera de la ambulancia dos sanitarios estabilizaron lo mejor que pudieron al hombre que agonizaba, mientras informaban por radio de todos los detalles de su estado. Un equipo de trauma los esperaba ya en la entrada de urgencias.

Una vez dentro pusieron a punto un quirófano y el personal médico se dispuso a operar. El cirujano cardiovascular Alex McCrae llegó a toda prisa del comedor del hospital, donde había dejado su desayuno a medias.

Mientras tanto, en la calle del cuarto hoyo el inspector Hall se enfrentaba a dos cadáveres, una muchedumbre de perplejos y aterrorizados ciudadanos de Virginia Beach y un buen puñado de enigmas. Mientras su compañero Lindy Mills se encargaba de anotar nombres y direcciones, él se ocupó de comprobar los pocos datos de que disponían. En primer lugar, todos los testigos oculares insistían en que solo había un asesino y que este se había suicidado tras el doble crimen. No parecía que hubiera que molestarse en buscar un cómplice. Cerca de allí acababan de descubrir un escúter tirado entre los arbustos.

En segundo lugar, todos los testigos eran gente madura y sensata, con la cabeza bien amueblada y por lo tanto fiables. A partir de ahí empezaban los misterios, siendo el primero de ellos: ¿qué demonios acababa de pasar y por qué?

Lo que estaba claro era que en la tranquila y aburrida Virginia Beach, donde nunca ocurría nada, jamás había pasado nada parecido. ¿Quién era el asesino, y quién era el hombre que en ese momento estaba luchando por su vida?

El inspector abordó primero la segunda de las cuestiones. Quienquiera que fuese el herido, debía de vivir en alguna parte, quizá tendría mujer y familia esperando, algún pariente tal vez. Teniendo en cuenta el orificio que había visto en su pecho, lo más probable era que hubiese que requerir la presencia de algún familiar esa misma noche.

Ninguna de las personas al otro lado de la cinta que rodeaba la escena del crimen parecía saber quién era el hombre que había estado jugando con el senador. La cartera y la billetera, a menos que estuviesen en el club, debían de haber partido con la ambulancia. Ray Hall dejó a Lindy Mills y a los dos agentes de uniforme ocupados con la rutina de la investigación y pidió que lo llevaran en un carrito hasta el club. Allí, el encargado, que estaba blanco como la cera, le resolvió uno de los enigmas. El compañero de juego del difunto senador era un general retirado. Estaba viudo y vivía solo en una comunidad privada para jubilados situada a pocos kilómetros. Una rápida consulta a la lista de miembros del club sirvió para conocer las señas del general.

Hall llamó a Lindy por el móvil. Le pidió que uno de los agentes se quedara en el campo de golf y que el otro fuera a buscarlo con el coche patrulla.

De camino, el inspector llamó por radio a su capitán. Jefatura se ocuparía de los medios de comunicación, que empezaban ya a llegar con una batería de preguntas para las que aún no había respuesta. Jefatura se encargaría también de la triste tarea de comunicar la muerte del senador a su esposa, antes de que se enterara por la radio o la televisión.

Le dijeron también que una segunda ambulancia, con un equipamiento más básico, estaba en camino para recoger los dos cadáveres y llevarlos al depósito, donde el forense estaba preparándose ya para examinarlos.

—La prioridad es el asesino, capitán —dijo Hall por el micrófono—. Esa prenda que lleva me suena a fundamentalista islámico. Al parecer actuaba solo, pero podría haber otros. Necesitamos saber quién era, si actuaba en solitario o si pertenecía a algún grupo.

Mientras él investigaba en casa del general, quería que tomaran las huellas dactilares del asesino y las cotejaran con el sistema automatizado de identificación de huellas, AFIS, y que comprobaran la matrícula del escúter en el registro estatal de vehículos. Sí, lo sabía, era fin de semana; habría que sacar a unas cuantas personas de la cama y ponerlas a trabajar. Cortó la conexión.

Estaba claro que en el complejo residencial cuya dirección constaba en los archivos del club de golf nadie conocía aún lo sucedido en la calle del cuarto hoyo, conocida como Bald Cypress. Habría unos cuarenta bungalows dispuestos entre jardines y zonas arboladas, con un pequeño lago en el centro y la vivienda del encargado de la comunidad de jubilados.

El conserje acababa de desayunar y se disponía a cortar el césped de su jardín. Se quedó blanco de la impresión y tuvo que sentarse en una butaca de exterior, mientras murmuraba: «Dios mío, Dios mío». Pasada la primera impresión, fue a coger una llave que guardaba en el vestíbulo y acompañó al inspector Hall hasta el bungalow del general.

Era una vivienda de aspecto muy cuidado, rodeada de césped en perfecto estado y con arbustos floridos en vasijas de terracota; todo de buen gusto sin resultar excesivo. Dentro reinaba el orden y la pulcritud; se notaba que allí vivía un hombre amante de la disciplina y las cosas bien hechas. Hall procedió a llevar a cabo la desagradable tarea de hurgar en las pertenencias de otra persona. El encargado hizo lo que pudo por ayudar.

El general de marines había llegado a la comunidad cinco años atrás, después de que su mujer muriera de cáncer. ¿Familia?, preguntó Hall mientras rebuscaba en su mesa cartas, pólizas de seguro, algún dato sobre posibles parientes. Al parecer el general guardaba sus documentos más personales en un banco o en el bufete de un abogado. El encargado decidió llamar al mejor amigo del general entre los vecinos de la comunidad, un arquitecto jubilado que vivía allí con su esposa y que solía invitar al militar a degustar auténtica comida casera.

El arquitecto atendió personalmente la llamada y escuchó la noticia conmocionado y horrorizado. Quería ir enseguida al hospital de Virginia Beach, pero el inspector se puso al teléfono y le convenció de que no fuera porque no le dejarían ver al herido. ¿Sabía si el general tenía algún familiar?, le preguntó. El arquitecto dijo que tenía dos hijas que vivían en el oeste, y también un hijo, oficial de marines, concretamente teniente coronel, pero que desconocía su paradero.

De regreso en la jefatura, Hall se reencontró con Lindy Mills y con su propio coche sin distintivos. Había novedades. El escúter pertenecía a un estudiante de veintidós años cuyo nombre sonaba claramente árabe, o a alguna variante del árabe. Era ciudadano estadounidense, de Dearborn, Michigan, y en la actualidad estudiaba ingeniería en un centro superior situado unos veinticinco kilómetros al sur de Norfolk. Del registro estatal de vehículos le habían enviado una fotografía.

El individuo de la imagen no llevaba una barba poblada y su rostro estaba intacto, a diferencia del que Ray Hall había visto sobre la hierba del campo de golf. Aquella cara pertenecía a una cabeza sin la parte de atrás y distorsionada por la presión del proyectil al explotar. Aun así, se le parecía bastante.

Llamó al cuartel general del Cuerpo de Marines, situado junto al cementerio de Arlington, enfrente de Washington DC, en la otra orilla del Potomac. Se mantuvo a la espera hasta que por fin le pasaron con un comandante de Asuntos Públicos. Hall le explicó quién era, desde dónde telefoneaba y, brevemente, lo sucedido en el campo de golf Princess Anne hacía cinco horas.

—No —dijo—. No pienso esperar todo el fin de semana. Me da igual dónde esté. Necesito hablar con él de inmediato, comandante, ahora mismo. Será un milagro si su padre vuelve a ver la luz del día.

Hubo una larga pausa. Finalmente, la voz se limitó a añadir:

—No se aleje del teléfono, inspector. Yo mismo u otra persona nos pondremos en contacto con usted lo antes posible.

Fueron tan solo cinco minutos. Una voz diferente, otro

comandante, pero esta vez de Expedientes Personales. Dijo que el oficial con quien quería hablar no estaba localizable.

Hall empezaba a echar humo.

—Oiga, a menos que esté en el espacio exterior o en el fondo de la fosa de las Marianas, estoy seguro de que se le puede localizar. Usted y yo lo sabemos. Ya tiene el número de mi móvil. Hágame el favor de pasárselo a él y decirle que me llame, y cuanto antes.

Dicho esto, colgó. Ya todo dependía de ellos, de los marines.

Salió de jefatura con Lindy camino del hospital; el almuerzo consistiría en una barrita energética y un refresco. Una comida de lo más sana. Al llegar a First Colonial tomó la calle lateral, extrañamente conocida como Will o Wisp Drive, y rodeó el edificio hasta la entrada de ambulancias en la parte de atrás. Su primera parada fue el depósito de cadáveres. El forense estaba terminando su trabajo.

Había dos cuerpos tendidos en sendas camillas metálicas, cubiertos con sábanas. Un ayudante se disponía a introducirlos en la cámara frigorífica. El forense le dijo que esperara y retiró una de las sábanas. El inspector miró aquel rostro; estaba desfigurado y cubierto de cicatrices, pero sí, era el mismo joven de la foto del registro de vehículos. La negra barba apuntaba hacia lo alto, los ojos estaban cerrados.

—¿Ha averiguado quién es? —preguntó el forense.

—Sí.

—Pues ya sabe más que yo. Aunque tal vez se va a llevar una sorpresa.

Bajó la sábana hasta los tobillos del muerto.

—¿Ve algo raro?

Ray Hall tardó en responder.

—Que no tiene vello. Aparte de la barba, claro.

El forense volvió a subir la sábana e hizo una seña a su ayudante para que retirase la camilla y la metiera en la cámara.

—En persona no lo he visto nunca, pero sí en un documental. Hace dos años, en un seminario sobre fundamentalismo islámico. Es un signo de purificación ritual, un paso previo antes de entrar en el paraíso de Alá.

—¿Un terrorista suicida?

—Sí, pero no con bomba —respondió el forense—. Elimina a un elemento importante del Gran Satanás y las puertas de la felicidad eterna se abren para todo aquel que pueda cruzarlas como *shahid*, como mártir. Aquí no lo vemos muy a menudo, pero es muy corriente en Oriente Próximo, Pakistán y Afganistán. Nos dieron una conferencia sobre eso en el seminario.

—Ya, pero este había nacido aquí —dijo el inspector.

—Pues está claro que alguien lo convirtió a la causa. A propósito, los del laboratorio ya le han tomado las huellas dactilares. Aparte de eso, el asesino no llevaba nada más encima. Bueno, aparte del arma, que creo que ya está en balística.

La siguiente parada del inspector Hall fue en el piso de arriba. Encontró al doctor Alex McCrae en su despacho, almorzando tarde un sándwich de atún y queso fundido de la cafetería.

—¿Qué quiere saber, inspector?

—Todo —respondió Hall.

Y el cirujano se lo explicó.

Cuando el general llegó gravemente herido a urgencias, el doctor ordenó de inmediato una solución intravenosa. Después comprobó las constantes vitales: saturación de oxígeno, pulso y presión sanguínea.

Su anestesista buscó y encontró un buen acceso venoso a través de la yugular, en la que introdujo una cánula de gran calibre e inmediatamente puso en marcha un suero salino seguido de dos unidades de sangre tipo cero negativo para mantenerlo con vida. Por último envió una muestra de sangre del paciente al laboratorio para una prueba cruzada.

Después de estabilizar al herido, aun de manera provisional, la preocupación más urgente del doctor McCrae era averiguar el estado del interior de la cavidad torácica. Era evidente que tenía alojada una bala, pues el orificio era claramente visible, pero no se veía la salida.

Se debatió entre los rayos X o un escáner, pero optó por no mover al paciente y hacer una radiografía deslizando la placa bajo el cuerpo inconsciente, y luego tomando la imagen desde arriba.

Pudo ver así que la bala había alcanzado el pulmón y que estaba alojada muy cerca del hilio, la raíz del pulmón. Había tres opciones. Un *bypass* cardiopulmonar era una de ellas, pero se corría el riesgo de dañar todavía más el órgano.

La segunda alternativa consistía en una intervención quirúrgica invasiva e inmediata para extraer la bala. Pero eso era muy arriesgado también, pues se desconocía el verdadero alcance de los daños.

Optó por la tercera opción: dejar pasar veinticuatro horas sin hacer nada, con la esperanza de que, si bien la reanimación había supuesto para el viejo general una importante merma de energías, tal vez se lograra una recuperación parcial a base de ir reanimando y estabilizando al herido. Eso permitiría realizar después una intervención invasiva con mayores probabilidades de éxito.

Así pues llevaron al general a cuidados intensivos, y para cuando el inspector fue a hablar con el médico, ya estaba completamente rodeado de tubos.

Uno salía de la yugular, en un lado del cuello, y en el otro estaba la cánula intravenosa. Luego estaban los tubos de ambas fosas nasales, para asegurar un suministro constante de oxígeno. La presión sanguínea y el pulso podían controlarse en un monitor situado junto a la cabecera de la cama.

Por último, por debajo de la axila izquierda, entre la quinta y la sexta costillas, tenía un drenaje. Era para interceptar la constante pérdida de aire del pulmón dañado y dirigirlo a un recipiente de cristal que estaba colocado en el suelo, lleno de agua en su tercera parte. El aire expelido podía así abandonar la cavidad torácica para entrar bajo el agua y emerger en forma de burbujas a la superficie.

Pero luego no podía volver al espacio pleural, pues ello habría colapsado los pulmones y matado al paciente. De momento continuaría inhalando oxígeno por los tubos de las fosas nasales.

El inspector Hall se marchó cuando le dijeron que no habría forma humana de hablar con el general en los próximos días. En el aparcamiento, detrás de la entrada de ambulancias, le pidió a Lindy que se pusiera al volante. Quería hacer unas llamadas.

La primera fue al Willoughby College, donde el asesino, Mohammed Barre, había estudiado. Le pasaron con la encargada de admisiones. Cuando preguntó si era cierto que el señor Barre había estudiado allí, la encargada respondió que sí sin dudarlo un instante. Y cuando le contó lo que había pasado en el campo de golf, el silencio subsiguiente fue de perplejidad.

Los medios de comunicación no tenían aún los datos sobre la identidad del asesino de aquella mañana. Hall dijo a la encargada que tardaría unos veinte minutos en llegar al *college*. Iba a necesitar los expedientes de todo el alumnado y libre acceso a las habitaciones de los estudiantes. Y le pedía que no informara a nadie, en especial a los padres del alumno en cuestión, que vivían en Michigan.

La siguiente llamada fue al equipo de identificación de huellas dactilares. Sí, habían recibido un juego completo y acababan de pasarlas por el AFIS. No había coincidencias; el estudiante muerto no estaba en la base de datos.

De haber sido extranjero, habrían tenido sus datos en Inmigración, por la solicitud de visado. Cada vez estaba más claro que el tal Barre era ciudadano norteamericano de padres inmigrantes. Sí, pero ¿de qué país? ¿La familia era musulmana, o acaso él era un converso y se había cambiado el nombre?

La tercera llamada fue a balística. El arma era una Glock 17 automática, de fabricación suiza, con el cargador lleno y cinco balas disparadas. Estaban intentando localizar al propietario que constaba en el registro; no se apellidaba Barre y vivía cerca de Baltimore, Maryland. ¿Robada? ¿Comprada? En ese momento llegaron al *college*.

El estudiante muerto era de ascendencia somalí. Los que lo conocían afirmaron haberlo visto cambiar en los últimos seis meses; de ser un alumno normal, abierto y espabilado, había pasado a no hablar apenas con nadie, siempre a la suya. El motivo de fondo parecía ser religioso. Había otros dos estudiantes musulmanes en el centro, pero ellos no habían experimentado semejante metamorfosis.

El asesino y suicida había dejado de usar cazadoras y vaqueros y empezado a llevar túnicas. Luego pidió que le dejasen tiempo para rezar cinco veces al día, algo que le fue concedido sin el menor reparo. La tolerancia religiosa era absoluta. Y poco después se dejó crecer una barba negra y poblada.

Por segunda vez ese mismo día, Ray Hall se vio rebuscando entre las pertenencias de otra persona, aunque por un motivo totalmente diferente. Aparte de libros de texto de ingeniería, el resto de los papeles eran textos islámicos en árabe. El inspector no entendió nada, pero se los guardó. La clave estaba en el ordenador. Al menos ahí Ray Hall sabía qué terreno pisaba.

Encontró sermones y más sermones, no en árabe sino en un inglés muy correcto y persuasivo. Rostro encapuchado, dos ojos centelleantes, llamadas a la sumisión y a la entrega absoluta para servir a Alá, pelear por él, morir por él. Y, sobre todo, matar por él.

Hall, que nunca había oído hablar del Predicador, cerró el portátil y se lo incautó. Firmó el formulario donde constaban todos los artículos confiscados y abandonó el *college* dando autorización para informar a los padres, pero pidió que lo avisaran en el momento en que decidiesen ir a recoger los efectos personales de su hijo. Él, mientras tanto, pondría al corriente personalmente a la policía de Dearborn. Regresó a jefatura, con dos bolsas de basura repletas de libros, papeles y el portátil.

Había más datos en el ordenador, por ejemplo una búsqueda en Craigslist de alguien que vendiera una pistola. Seguro que no habían firmado ningún recibo, cosa que podía acarrear al vendedor una acusación muy grave. Pero ya habría tiempo para eso.

A las ocho de la tarde le sonó el móvil. Una voz se identificó como el hijo del general gravemente herido. No dijo desde dónde llamaba, solo que había recibido la noticia y que se dirigía hacia allá en helicóptero.

Era ya de noche. Detrás de jefatura había un espacio abierto, pero los reflectores no estaban encendidos.

—¿Cuál es la base de la Armada más cercana? —preguntó la voz.

—La de Oceania —respondió Hall—. ¿Puede conseguir permiso para aterrizar allí?

—Puedo, sí —dijo la voz—. Estaré ahí dentro de una hora.

—Iré a recogerle.

En el transcurso de la primera media hora, Hall consultó los archivos policiales buscando asesinatos similares ocurridos recientemente, y le sorprendió comprobar que había habido cuatro. El del campo de golf era el quinto. En dos de los anteriores, el asesino se había quitado la vida en el acto. En los otros dos, el autor había sido arrestado y estaba a la espera de juicio por homicidio en primer grado. Todos actuaron en solitario. Y todos se habían convertido al extremismo islámico escuchando sermones online.

Recogió al hijo del general en Oceania a las nueve en punto y lo llevó en coche al hospital de Virginia Beach. Por el camino le explicó lo que había sucedido desde las siete y media de la mañana.

El hombre lo acribilló a preguntas en relación con lo encontrado en la habitación de Mohammed Barre, y luego murmuró: «El Predicador». Ray Hall pensó que se refería a una profesión, no a un nombre en clave.

—Eso parece —dijo.

No volvieron a cruzar palabra hasta llegar al hospital.

La recepcionista avisó a alguien de que había llegado el hijo del general que estaba en la UCI y Alex McCrae bajó de su despacho. Mientras se dirigían a la planta de cuidados intensivos, el doctor explicó que la gravedad de la herida había excluido toda posibilidad de operar.

—Existe una pequeña probabilidad de que se recupere —dijo—, pero la situación es crítica.

El hijo entró en la habitación en penumbra, arrimó una silla y contempló el rostro envejecido de su padre, aislado en una zona especial y conectado a una máquina. Estuvo allí sentado toda la noche, cogiéndole de la mano.

Eran casi las cuatro de la madrugada cuando los ojos del general se abrieron. Su pulso se aceleró. Lo que el hijo no podía ver era el recipiente de cristal que había en el suelo, detrás de la cama. Estaba llenándose rápidamente de roja sangre arterial. En alguna parte, dentro de aquel pecho, se había producido la rotura de un conducto mayor. El general se desangraba demasiado rápido como para sobrevivir.

El hijo notó una leve presión en las manos. Su padre, con la vista fija en el techo, movió los labios.

—Semper Fi, hijo —musitó.

—Semper Fi, papá.

La línea del monitor dejó de dibujar picos irregulares para convertirse en una raya horizontal. El sonido intermitente se transformó en un gemido continuo. Un equipo de emergencia hizo su entrada en la habitación. El doctor McCrae, que iba con ellos, pasó junto al hijo del general, sentado todavía al lado de la cama, y miró el frasco de detrás de la cama. Hizo un gesto con el brazo al equipo de emergencia al tiempo que negaba con la cabeza. Los hombres se marcharon.

Pocos minutos más tarde el hijo se puso de pie y salió de la habitación. No dijo nada, tan solo se despidió del cirujano con un movimiento de cabeza. En la UCI una enfermera cubrió el rostro del difunto con la sábana. El hijo bajó las cuatro plantas por la escalera hasta el aparcamiento.

El inspector Hall, que estaba en su coche a unos veinte metros de allí, oyó algo y despertó de su ligero sueño. El hijo del general cruzó a pie el aparcamiento, se detuvo y levantó la vista. Faltaban aún dos horas para que amaneciera. El cielo estaba negro, no había luna. Allá en la lejanía titilaban las estrellas: duras, brillantes, eternas.

Esas mismas estrellas, invisibles en un cielo azul claro, estarían contemplando desde lo alto a otro hombre, un hombre oculto en un agreste paraje de arena.

El hijo, con la cabeza vuelta hacia las estrellas, dijo algo. El inspector Hall no llegó a entenderlo. Lo que el Rastreador dijo fue:

—Has convertido esto en un asunto personal, Predicador.

SEGUNDA PARTE

Venganza

4

El Rastreador, acostumbrado a un universo de identidades ocultas y nombres en clave, había adjudicado a su nuevo ayudante el seudónimo de Ariel. Le pareció gracioso recurrir al duendecillo de *La tempestad* de Shakespeare, aquel que podía volar sin ser visto y hacer todas las travesuras que le vinieran en gana.

Porque aunque Roger Kendrick lo pasara mal en el mundo real, se transformaba y era feliz sentado frente al valiosísimo equipo informático de última generación que le habían proporcionado los contribuyentes. Como le había dicho su enlace en Fort Meade, el chico se convertía en un piloto de caza, ahora a los mandos del mejor y más caro interceptor que existía.

Invirtió dos días enteros en analizar la estructura que el Predicador había montado para ocultar su dirección IP y en identificar su ubicación. Visionó también unos cuantos sermones y se convenció enseguida de una cosa: el genio informático que había preparado aquello no era aquel individuo encapuchado que predicaba el odio. Había otra persona, su rival directo, el piloto enemigo: experto, escurridizo, capaz de detectar el menor error que pudiera cometer y luego eliminarlo.

Su ciberenemigo, algo que solo Ariel sabía, era Ibrahim Samir, de nacionalidad británica y ascendencia iraquí, con estudios en el UMIST, el Instituto de Ciencia y Tecnología de la

Universidad de Manchester. Kendrick lo bautizó mentalmente como el Troll.

Era él, el Troll, quien había inventado un servidor proxy para crear la falsa dirección IP que permitía a su jefe ocultar su verdadera ubicación. Pero tenía que haber habido una dirección IP real, al menos una vez, en el inicio de la campaña, y si Ariel daba con ella podría situar el origen de los sermones en cualquier punto del globo terráqueo.

También descubrió enseguida que existía una especie de base de admiradores; los discípulos entusiastas podían publicar mensajes dirigidos al Predicador. Decidió apuntarse.

Se dio cuenta de que no lograría engañar al Troll a menos que inventara un álter ego perfecto en todos sus detalles. Ariel creó a un joven norteamericano de nombre Fahad, hijo de inmigrantes jordanos, nacido y criado en el área de Washington. Pero primero investigó.

Buscó los antecedentes del difunto terrorista Al-Zarqawi, un jordano que fue jefe de Al Qaeda en Irak hasta que los cazas de las Fuerzas Especiales acabaron con él. En internet encontró infinidad de datos biográficos. Había nacido en la aldea jordana de Zarqa. Ariel se inventó unos padres que eran del mismo poblado y vivían en la misma calle. Si alguien le preguntaba, podía recurrir a la información disponible en internet.

Se creó, o recreó, a sí mismo. Había nacido dos años después de que sus padres llegasen a Estados Unidos. Podía utilizar el mismo colegio donde había estudiado realmente, ya que en él había varios alumnos musulmanes.

Y también estudió el islam en cursos internacionales online, e identificó la mezquita a la que presuntamente habrían ido él y sus padres, así como el nombre del imán. Después solicitó registrarse en la base de admiradores del Predicador. Hubo preguntas, no por parte del Troll en persona sino de un discípulo californiano. Las respondió. Pasaron unos días. Y finalmente fue aceptado. A todo esto, Ariel tenía su propio *malware*, su virus, a punto para ser utilizado.

En la oficina de ladrillo visto en la aldea próxima a Ghazni, capital de la provincia afgana del mismo nombre, había cuatro combatientes talibanes. Estaban sentados en el suelo, como preferían, no en sillas.

Iban arrebujados en sus túnicas y capas pues, aunque era ya el mes de mayo, un viento helado bajaba de las montañas y el edificio propiedad del gobierno no disponía de calefacción.

Sentados también se hallaban tres funcionarios de Kabul y los dos oficiales *feringhee* de la OTAN. Los talibanes no sonreían. Nunca sonreían. La única vez que habían visto con sus propios ojos a un soldado *feringhee* (extranjero, blanco) había sido a través de la mira de un Kaláshnikov. Pero si estaban en la aldea era porque habían decidido bajar de las montañas y dejar atrás esa vida.

En Afganistán existe un programa poco conocido que responde al nombre de Reintegración. Se trata de una empresa conjunta del gobierno de Kabul y la OTAN, dirigida sobre el terreno por un general de división británico llamado David Hook.

Los expertos en inteligencia militar son conscientes desde hace tiempo de que para vencer a los talibanes no basta con conseguir un gran número de bajas. En cuanto los mandos angloamericanos se congratulan por haber «eliminado» a doscientos o trescientos enemigos, aparecen otros tantos talibanes dispuestos a todo.

Algunos son campesinos. La mayoría de estos se ofrecen voluntarios porque algún familiar (y en la sociedad afgana una familia puede abarcar hasta trescientos miembros) ha resultado muerto por un misil mal dirigido o a causa de un error de elección del blanco por parte de un caza o un mortero. Otros, en cambio, son obligados a combatir por los ancianos de su tribu. Pero todos ellos son muy jóvenes, apenas unos críos.

Jóvenes son también los estudiantes paquistaníes que llegan a docenas procedentes de las madrasas, donde durante años no hacen otra cosa que estudiar el Corán y escuchar a los imanes extremistas, hasta que están listos para combatir y morir.

Pero el ejército talibán era distinto a cualquier otro. Sus unidades son extremadamente endogámicas y están formadas por miembros de la misma zona donde actúan. Y el respeto, por los jefes veteranos, es absoluto. Si se elimina a estos, se reconvierte a los jefes del clan y se involucra a los dirigentes tribales, una comarca entera puede abandonar la lucha de un día para otro.

Durante años, miembros de las Fuerzas Especiales tanto de Estados Unidos como británicas se han hecho pasar por gente de las montañas que se han escondido en las colinas para asesinar a los líderes talibanes de medio y alto rango. Opinan que los pobres lugareños no son el verdadero problema.

Paralelamente a los cazadores de la noche, el programa Reintegración busca «convencer» a veteranos para que acepten la rama de olivo que les tiende el gobierno de Kabul. Aquel día, en la aldea de Qala-e-Zai, el general Hook y su ayudante, el capitán australiano Chris Hawkins, representaban a la ISAF, la fuerza internacional de asistencia a la seguridad en Afganistán. Habían convencido a los cuatro jefes talibanes sentados en cuclillas contra la pared a que abandonaran las montañas y volvieran a la vida pacífica en su aldea.

Pero, como en toda pesca, tiene que haber un cebo. El «reintegrado» debe asistir a un cursillo de desadoctrinamiento. A cambio recibe una casa gratis, unas cuantas ovejas que le permitan reanudar las labores de pastoreo, una amnistía y el equivalente afgano a cien dólares semanales. El propósito de la reunión, aquella luminosa pero fría mañana de mayo, era intentar convencer a los veteranos de que la propaganda religiosa que les había sido inculcada durante años se basaba en falsedades.

Su lengua era el pastún, de modo que no podían leer directamente el Corán; y, como todos los terroristas no árabes, se habían convertido gracias a lo que habían oído decir a sus instructores yihadistas, muchos de los cuales se hacían pasar por imanes o mulás cuando no lo eran en absoluto. Así pues, un *maulvi*, o mulá pastún, se hallaba presente para explicar a los veteranos el engaño del que habían sido objeto, y que el Corán era en realidad un libro que abogaba por la paz, cuyos escasos pasajes en los que se hablaba de «matar» habían sido sacados de contexto por los terroristas.

Y en un rincón había un televisor, objeto que ejercía en los montañeses una gran fascinación. No emitía un programa de televisión normal, sino el contenido de un DVD de un reproductor conectado al televisor. El hombre que hablaba en la pantalla lo hacía en inglés, pero el mulá disponía de un mando para detener la reproducción, explicar lo que acaba de decir el predicador y demostrarles que, según el libro sagrado, aquello no eran más que disparates.

Uno de los hombres acuclillados en el suelo se llamaba Mahmud Gul y ya era un mando importante en la época del 11-S. No había cumplido los cincuenta, pero trece años en las montañas le habían pasado factura; su rostro bajo el turbante negro estaba arrugado como una nuez, y sus manos, aquejadas de artritis incipiente, se retorcían como zarpas.

Había sido adoctrinado desde muy joven, aunque no para combatir contra británicos y norteamericanos, que como él sabía los habían ayudado a liberarse de los rusos. Lo poco que conocía de Bin Laden y sus árabes no le gustaba. Había tenido noticias de lo ocurrido en el centro de Manhattan años atrás, y no lo aprobaba. Él se había hecho talibán para luchar contra los tayikos y los uzbekos de la Alianza del Norte.

Pero los norteamericanos no comprendían la ley del *pashtunwali*, la norma sagrada entre anfitrión y huésped que prohibía al mulá Omar entregar a sus huéspedes de Al Qaeda en tan misericordiosas manos. De ahí que invadieran Afganistán. Por esa razón Mahmud Gul había combatido contra ellos. Y había seguido haciéndolo. Hasta ahora.

Se sentía viejo y cansado. Había visto morir a muchos hombres. Él mismo había librado de su sufrimiento a algunos con su propia arma, cuando las heridas eran tan graves que la única perspectiva era agonizar entre terribles dolores unas horas o unos días más.

Había matado a muchachos británicos y norteamericanos, pero no recordaba a cuántos. Le dolían los huesos, sus manos parecían cada vez más unas garras. La cadera, medio destrozada desde hacía muchos años, le hacía sufrir durante los largos inviernos en la montaña. La mitad de su familia había muerto y no veía a sus nietos más que durante alguna escapada nocturna antes de regresar a las cuevas.

Quería dejarlo. Trece años eran suficientes. Se acercaba el verano. Ansiaba disfrutar del calor y jugar con los niños. Quería que sus hijas le llevaran de comer, como es propio cuando uno se hace viejo. Había decidido, pues, aceptar la oferta del gobierno (amnistía, una casa, ovejas, un subsidio) incluso si eso implicaba escuchar a un mulá exaltado y a un predicador enmascarado en la televisión.

Una vez apagado el televisor, el mulá siguió perorando y Mahmud Gul susurró algo en pastún. Chris Hawkins estaba sentado junto a él y conocía la lengua, pero no el dialecto rural de Ghazni. Creía haber oído bien, pero no estaba del todo seguro. Cuando la perorata llegó a su fin y el mulá regresó precipitadamente a su coche con sus guardaespaldas, tomaron té. Era un té negro, fuerte, y los oficiales *feringhee* habían traído azúcar, lo cual estaba bien.

El capitán Hawkins se acuclilló al lado de Mahmud y bebieron en callada camaradería. Después, el australiano preguntó:

—¿Qué es eso que has dicho cuando acabó de hablar el predicador?

Mahmud Gul repitió la frase. Despacio, de forma alta y clara. Solo podía significar una cosa.

«Conozco esa voz», había dicho.

Hawkins tenía que permanecer dos días más en Ghazni y luego debía asistir a otra reunión de reintegración en otra aldea. Después regresaría a Kabul. Tenía un amigo en la embajada británica que, si no se equivocaba, estaba metido en el MI6, el servicio secreto de inteligencia británico. Pensó que debía comentárselo.

Ariel estaba en lo cierto con respecto al Troll. Aquel iraquí de Manchester estaba poseído por una desmesurada arrogancia. En el ciberespacio era el mejor, y lo sabía. Todo lo que tocaba tenía el sello de la perfección. Ponía todo su empeño en ello. Era su seña de identidad.

No solamente grababa los sermones del Predicador, sino que se ocupaba de hacerlos circular por el ciberespacio para que los visionaran desde sabe Dios cuántos monitores. Y controlaba también la base de admiradores, cada vez más numerosa. Sometía a los aspirantes a intensas comprobaciones antes de aceptar un comentario o dignarse emitir una respuesta. Con todo, no detectó el pequeño virus que se infiltraba en su programa desde un diminuto y oscuro desván de Centreville, Virginia. Tal como estaba previsto, el virus empezó a hacer efecto una semana más tarde.

Lo único que hizo el *malware* de Ariel fue ralentizar la página web del Troll, de forma periódica aunque poco significativa. El resultado fueron breves pausas en la transmisión de la imagen mientras el Predicador hablaba. El Troll detectó enseguida las minúsculas deficiencias que privaban a su trabajo de la perfección acostumbrada. No podía aceptarlo de ningún modo. Aquello le irritó, y acabó enfureciéndolo.

Intentó corregirlo, pero el efecto seguía allí. Decidió que, si la web había desarrollado una anomalía, crearía una segunda página y asunto concluido. Y eso hizo. El siguiente paso era transferir la base de admiradores a la nueva web.

Antes de crear el servidor proxy para generar una falsa dirección de protocolo de internet, el Troll tenía una dirección real, la que le servía como correo electrónico. Para trasladar toda la base de admiradores de la primera página web a la segunda, tenía que volver a pasar por la verdadera IP. Sería cosa de una centésima de segundo, puede que menos.

Sin embargo, en el curso de esa transferencia, la IP original quedó expuesta durante un nanosegundo antes de volver a desaparecer. Pero Ariel estaba al acecho en espera de que se abriese esa minúscula ventana. La IP le proporcionó un país, pero había conseguido además un servidor: France Telecom.

Si los superordenadores de la NASA no iban a suponer ningún obstáculo para Gary McKinnon, la base de datos de France Telecom tampoco iba a detener a Ariel por mucho tiempo. Al día siguiente había entrado ya en ella, sin ser visto ni detectado. Como un ladrón experto, volvió a salir sin dejar el menor rastro. Ahora tenía ya una latitud y una longitud: una ciudad.

Debía enviar un mensaje al coronel Jackson, pero no sería tan tonto de hacerle llegar la noticia por correo electrónico. Había oídos por todas partes, allí también.

El capitán australiano acertó en dos cosas: el comentario del veterano talibán era, en efecto, digno de ser mencionado; y su amigo sí formaba parte de la nutrida y activa unidad del SIS en la embajada británica. La reacción al chivatazo fue inmediata. Convenientemente encriptada, la información fue enviada a Londres, y de allí a la TOSA.

Por un lado, Reino Unido había sufrido también tres asesinatos inducidos por el Predicador anónimo. Por otro, ya se había divulgado un aviso a todas las agencias amigas. Dado que se sospechaba que el misterioso Predicador procedía de Pakistán, los centros del SIS en Islamabad y la vecina Kabul estaban especialmente en alerta.

Antes de veinticuatro horas, un Grumman Gulfstream 500 del J-SOC con un solo pasajero había despegado del aeródromo de Andrews, a las afueras de Washington. Repostó en Fairford, la base que las Fuerzas Aéreas de Estados Unidos tenían en Gloucestershire, Reino Unido, y más tarde en la de Doha, Qatar. La tercera parada fue en la base que Estados Unidos mantenía aún en la enorme conurbación de Bagram, al norte de Kabul.

El Rastreador decidió no entrar en la capital afgana. No le hacía falta, y su transporte estaba más seguro y vigilado en Bagram que en el aeropuerto internacional de Kabul. Pero todo lo que necesitaba había llegado antes que él. Si el programa de Reintegración tenía algún tipo de restricción presupuestaria, eso afectaba al J-SOC. El dólar imponía su ley. El capitán Hawkins fue traído en helicóptero hasta Bagram. Después de repostar, el mismo aparato los llevó, junto con una unidad de protección perteneciente a una compañía de rangers, hasta Qala-e-Zai.

Hacia el mediodía, bajo un agradable sol de primavera, tomaron tierra cerca del poblado. Encontraron a Mahmud Gul haciendo lo que desde hacía años deseaba hacer: jugar con sus nietos sentado al sol.

Al ver el Blackhawk que se cernía rugiendo sobre la era comunal y a los soldados que bajaron del aparato, las mujeres se metieron rápidamente en casa y cerraron puertas y postigos. Los hombres, silenciosos y con rostro adusto, permanecieron en la única calle del lugar observando cómo los *feringhee* entraban en su aldea.

El Rastreador ordenó a los rangers que permanecieran junto al aparato. Acompañado únicamente por el capitán Hawkins, para que lo presentara y le hiciera de intérprete, avanzó por la calle saludando con la cabeza a un lado y a otro mientras pronunciaba el tradicional «*Salaam*». Varios lugareños le respondieron, reacios. El australiano sabía cuál era la casa de Mahmud Gul. El veterano estaba sentado fuera. Varios niños echaron a correr alarmados. Solo una niñita de tres años, más curiosa que asustada, se agarró a la túnica de su abuelo y los miró con unos ojos grandes como platos. Los dos blancos se sentaron cruzando las piernas frente al veterano soldado y le ofrecieron sus saludos. Este les correspondió.

El afgano miró hacia uno y otro lado de la calle. No había militares a la vista.

—¿No tienen miedo? —les preguntó.

—Me consta que he venido a ver a un hombre pacífico —dijo el Rastreador.

Hawkins lo tradujo al pastún. Mahmud Gul asintió y luego gritó algo hacia la calle.

—Le está diciendo a la gente de la aldea que no hay peligro —susurró Hawkins.

Con solo las pausas necesarias para traducir, el Rastreador le recordó a Mahmud Gul la sesión con el equipo de Reintegración el viernes anterior después de los rezos. Los ojos del afgano no pestañearon siquiera. Finalmente hizo un gesto de asentimiento.

—Aunque han pasado muchos años, la voz era la misma.

—Pero por la televisión hablaba en inglés, y usted no entiende el inglés. ¿Cómo lo supo?

Mahmud Gul se encogió de hombros.

—Por su forma de hablar —dijo, como si no hicieran falta más explicaciones.

En el caso de Mozart lo llamaron «oído absoluto», la capacidad de registrar y recordar sonidos con total exactitud. Gul tal vez fuera un campesino analfabeto, pero él también poseía oído absoluto, y resultó que estaba en lo cierto.

—Cuénteme cómo sucedió, por favor.

El viejo desvió la mirada hacia el paquete que el estadounidense había traído consigo.

—Es el momento de los regalos —dijo el australiano en voz baja.

—Perdón —dijo el Rastreador.

Aflojó el cordel y extendió lo que el paquete contenía. Dos pieles de bisonte compradas en una tienda de souvenirs de indios americanos. Forradas de borreguillo.

—Hace mucho tiempo, la gente de mi país cazaba bisontes por su carne y su piel. Es el cuero más caliente que se conoce. Envuélvase en una de estas cuando llegue el invierno. Por la noche, ponga una debajo, y tápese con la otra. No volverá a tener frío.

En el arrugado rostro del veterano afloró una sonrisa, la primera que el capitán Hawkins le había visto. Solo le quedaban cuatro dientes, pero bastaron para componer una amplia sonrisa. Pasó las yemas de los dedos por la piel de bisonte. No habría sido más feliz ni con el joyero de la reina de Saba. Así pues, les contó la historia.

—Fue luchando contra los americanos justo después de que nos invadieran para derrocar al gobierno del mulá Omar. Tayikos y uzbekos salían a docenas de su enclave en el nordeste. Hubiéramos podido con ellos, pero tenían americanos entre ellos, y los *feringhee* dirigían a los aviones que lanzaban bombas y cohetes desde el cielo. Los soldados podían hablar con los aviones y decirles dónde estábamos, así que casi todas las bombas dieron en el blanco. Fue horrible.

»Al norte de Bagram, mientras nos retirábamos del valle de Salang, quedé al descubierto y un avión enemigo abrió fuego contra mí. Conseguí esconderme detrás de unas rocas, pero luego, cuando se alejó, vi que me había dado en la cadera. Mis hombres me transportaron hasta Kabul. Una vez allí me subieron a un camión y continuamos hacia el sur.

»Dejamos atrás Kandahar y atravesamos la frontera de Pakistán en Spin Boldak. Los paquistaníes eran amigos y nos dieron refugio. Llegamos a Quetta. Y allí por fin un médico pudo examinarme la cadera y hacerme una primera cura.

»Llegada la primavera ya podía andar otra vez. Entonces era joven y fuerte, el hueso roto soldó rápido y bien. Pero me dolía mucho y tenía que llevar una muleta bajo el brazo. Por aquella época me invitaron a la *shura* de Quetta y tuve ocasión de participar en el consejo con el mulá Omar.

»Aquella primavera vino también a Quetta una delegación de Islamabad para entrevistarse con el mulá. Había dos generales, pero no hablaban pastún, solo urdu. Uno de los oficiales había traído a su hijo para que les hiciera de intérprete. Aunque era apenas un crío, hablaba muy bien el pastún, con un ligero acento de la región del Siachen. Los generales punjabíes nos dijeron que fingirían estar colaborando con los americanos pero que nunca nos abandonarían, que jamás les permitirían acabar con el movimiento talibán. Y así ha sido.

»Conversé un poco con el muchacho de Islamabad, el mismo que hablaba en esa pantalla blanca. Era él, el enmascarado. Por cierto, tiene los ojos de color ámbar.

El Rastreador le dio las gracias y se alejó por la calle en dirección a la era. Los hombres, sentados o de pie, le vieron pasar en silencio. Las mujeres atisbaban tras los postigos. Los niños se escondían detrás de sus padres y tíos. Pero nadie interrumpió su marcha.

Los rangers estaban desplegados en círculo en torno al

Blackhawk. Abrieron paso a los dos oficiales y subieron al aparato. El helicóptero despegó entre una nube de polvo y paja rumbo a Bagram. En la base había habitaciones más o menos cómodas para oficiales, y también buena comida, pero nada de alcohol. El Rastreador necesitaba una sola cosa: dormir diez horas. Mientras recuperaba el sueño perdido, su mensaje llegó a la estación de la CIA en la embajada de Kabul.

Antes de partir de Estados Unidos le habían asegurado al Rastreador que la CIA, a pesar de las rivalidades interdepartamentales, estaría «de su lado» para ofrecerle la máxima cooperación. Eso le sería muy útil por dos motivos.

El primero era que la agencia estaba muy bien implantada en Kabul y en Islamabad, ciudad en la que era muy probable que cualquier estadounidense de visita fuera vigilado muy de cerca por la policía secreta; el segundo era que en su central de Langley la CIA disponía de una inmejorable infraestructura para crear documentación y pasaportes falsos.

Para cuando despertó, el subjefe de la estación de la CIA había llegado ya en avión desde Kabul, tal como él había solicitado. El Rastreador tenía una lista de peticiones, de las que el agente tomó debida nota. Los detalles serían encriptados previamente a su envío a Langley, le aseguró el hombre de la CIA. Una vez que los documentos solicitados estuvieran disponibles, un correo se los traería personalmente desde Estados Unidos.

Cuando el hombre de la CIA hubo regresado a Kabul, volando en helicóptero desde los barracones de Bagram hasta la embajada en la capital, el Rastreador subió a bordo del jet privado del J-SOC que lo estaba esperando y viajó hasta la base estadounidense en Qatar, a orillas del golfo Pérsico. En ningún archivo oficial quedaría constancia de que alguien apellidado Carson había puesto jamás un pie en el país.

Y lo mismo ocurría en Qatar. Podría pasar los tres días que tardarían en prepararle en Langley los documentos que necesitaba dentro del perímetro de la base militar. En cuanto aterrizaron a las afueras de Doha, el Rastreador despidió al Grumman V para que regresara a Estados Unidos. Y una vez en el interior de la base, reservó dos billetes de avión.

Uno era de una línea local de bajo coste para cubrir el trayecto hasta Dubai, y estaba a nombre del señor Christopher Carson. El otro, solicitado desde una agencia de viajes diferente ubicada en un hotel de cinco estrellas, era un billete de British Airways en clase preferente para ir de Dubai a Washington haciendo escala en Londres, a nombre de un tal John Smith. Cuando recibió el mensaje que estaba esperando, el Rastreador tomó el avión para hacer el breve recorrido hasta el aeropuerto internacional de Dubai.

Una vez en tierra fue directamente a la sala de tránsito. Dubai era el principal núcleo aeroportuario de todo Oriente Próximo, y su enorme centro comercial libre de impuestos estaba repleto de pasajeros. Sin necesidad de molestar a nadie de la ventanilla de asistencia, entró en la sala de tránsito para clase turista.

El mensajero de Langley estaba esperando donde habían acordado, junto al servicio de caballeros. Intercambiaron las convenidas contraseñas en voz baja. Un método pasado de moda, con más de cien años de antigüedad, pero que sigue funcionando. Buscaron un rincón tranquilo y se sentaron en sendas butacas.

Ambos llevaban únicamente equipaje de mano. Los trolleys no eran idénticos, pero eso importaba poco. El mensajero llevaba consigo un pasaporte estadounidense auténtico a nombre de John Smith, así como el billete con destino al continente americano a ese mismo nombre ficticio. Recibirá la tarjeta de embarque en la ventanilla correspondiente de British Airways de la planta inferior. John Smith, llegado en un vuelo de Emirates, partiría hacia Estados Unidos tras una escala extraordinariamente breve y en una compañía aérea distinta, pero nadie iba a enterarse.

Se estrecharon la mano. Lo que el Rastreador le dio al mensajero en ese intercambio era irrelevante. Lo que recibió fue una maleta de ruedas con camisas, trajes, artículos de aseo, zapatos y la parafernalia habitual en un viajero de corta estancia. Entre la ropa y las novelas de intriga adquiridas en el aeropuerto había dinero, recibos y cartas confirmando que su portador era un tal Daniel Priest.

El Rastreador le pasó al mensajero todos los papeles que tenía a nombre de Carson, y que también regresarían a Estados Unidos de forma inadvertida. A cambio recibió una cartera con los documentos que la CIA había tardado tres días en preparar.

Había un pasaporte a nombre de Daniel Priest, periodista del *Washington Post*, así como un visado en regla expedido por el consulado paquistaní en Washington que permitía al señor Priest la entrada en Pakistán. Eso quería decir que la policía paquistaní estaría al corriente de su llegada y esperándole. Para todo gobierno conflictivo, los periodistas son personas de sumo interés.

Había una carta del director del *Post* confirmando que el señor Priest estaba preparando una importante serie de artículos bajo el título: «Islamabad: la creación de una próspera ciudad moderna». Y había también un billete de regreso vía Londres.

Había tarjetas de crédito, un permiso de conducir, los papeles y las tarjetas plastificadas de rigor en un ciudadano estadounidense respetuoso de la ley y profesional serio, además de la confirmación de su reserva en el hotel Serena de Islamabad, y de que el coche del hotel le estaría esperando.

El Rastreador sabía muy bien que no debía salir por el vestíbulo de aduanas del aeropuerto al impresionante caos humano del exterior para verse obligado a tomar algún taxi destartalado.

El mensajero le había entregado también el resguardo de su tarjeta de embarque del vuelo Washington-Dubai y el billete no utilizado para ir de Dubai a «Slammy», como se conoce a Islamabad entre las Fuerzas Especiales.

Un registro a fondo de su habitación, cosa que podía darse casi por segura, solo revelaría que el señor Priest era un corresponsal extranjero procedente de Washington, que su visado estaba en regla y que tenía un motivo válido para estar en Pakistán; más aún, que su intención era permanecer unos cuantos días en el país y posteriormente regresar a su hogar.

Completado el intercambio de identidades y «claves», el Rastreador y el mensajero se dirigieron hacia los diferentes mostradores en el piso de abajo a fin de conseguir la tarjeta de embarque para sus respectivos vuelos.

Era cerca de medianoche, pero el vuelo EK612 del Rastreador no despegaba hasta las 3.25 de la madrugada. Decidió volver a la sala de tránsito para hacer tiempo, pero cuando fue a la puerta de salidas le quedaba aún una hora por delante, de modo que se dedicó a observar a los otros pasajeros. Si se había producido algún soplo, debía estar prevenido para adelantarse a los acontecimientos.

Tal como sospechaba, los pasajeros de clase turista eran casi todos peones de albañil paquistaníes que regresaban de los obligados dos años de trabajos prácticamente forzados. La mafia de la construcción tiene por costumbre confiscar el pasaporte del obrero a su llegada y solo se lo devuelve al término del contrato.

Durante ese tiempo los peones viven en tugurios infames, trabajando hasta el agotamiento bajo un calor infernal a cambio de un mísero salario, parte del cual procuran enviar a casa. Mientras se apretujaban para subir al avión, le llegó un primer tufillo a sudor rancio aromatizado al curri, parte fundamental de la dieta paquistaní. Por suerte, los pasajeros fueron enseguida separados según el billete —clase turista y clase business— y el Rastreador pudo relajarse cómodamente instalado en una butaca bien tapizada, en compañía de hombres de negocios paquistaníes y del golfo de Arabia.

El vuelo duró poco más de tres horas. El Boeing 777 de Emirates aterrizó a las 7.30 de la mañana, hora local. Mientras se deslizaban por la pista vio pasar el C-130 Hercules de los militares y el Boeing 737 presidencial.

En el área de pasaportes se separó del enjambre de paquistaníes y se puso en la cola para extranjeros. Su flamante pasaporte a nombre de Daniel Priest, donde apenas si había unos cuantos sellos europeos de entrada y salida además del visado paquistaní, pasó un meticuloso examen, página a página. El interrogatorio fue somero y cortés; las preguntas, fáciles de responder. El Rastreador les mostró que tenía habitación reservada en el Serena. Los hombres de paisano se apartaron y lo observaron pasar.

Cogió su maleta y se abrió paso entre la masa de seres humanos que se empujaban, se gritaban y alborotaban en la zona de equipajes, consciente de que, comparado con lo que le esperaba en el exterior, aquello era de un orden germánico. En Pakistán no existen colas.

Fuera brillaba el sol. Millares de personas, familias al completo, parecían haber acudido a recibir a los que volvían del Golfo. El Rastreador observó los carteles hasta que vio uno donde ponía «Priest», que sostenía un joven con el uniforme del hotel Serena. Se presentó y fueron hacia la limusina aparcada en el pequeño espacio VIP, a la derecha de la terminal.

Como el aeropuerto se encuentra dentro de la conurbación de la antigua Rawalpindi, la carretera desemboca en la autopista de Islamabad y sigue hasta la capital. Y dado que el hotel Serena, el único a prueba de seísmos en toda Islamabad, está en las afueras, el Rastreador se sorprendió cuando el coche tomó una curva cerrada a la derecha y luego otra a la izquierda, pasó una barrera (que habría estado bajada para cualquier otro vehículo salvo la limusina del hotel) y subió una breve pero pronunciada cuesta hasta la entrada principal.

En la recepción le dieron la bienvenida dirigiéndose a él por su apellido. Había una carta esperándolo arriba, en su habitación, con el logotipo de la embajada de Estados Unidos. Sonrió al botones y le dio propina, fingiendo en todo momento no haber notado que el contraespionaje paquistaní ya había puesto micrófonos y abierto la carta. La misiva era del agregado de prensa, dándole la bienvenida al país e invitándolo a cenar aquella misma noche en su casa. Firmaba la nota Gerry Byrne.

Pidió a centralita del hotel que le pusieran con la embajada, preguntó por Gerry Byrne, le pasaron con él e intercambiaron las frases de rigor. Sí, el viaje muy bien, el hotel y la habitación también, y sí, aceptaba encantado la invitación.

Gerry Byrne dijo que estupendo. Vivía en la ciudad, zona F=7, calle Cuarenta y tres. Era un poco complicado llegar, así que le enviaría un coche. Sería una velada agradable. Solo un reducido de amigos, algunos americanos y otros paquistaníes.

Ambos eran conscientes de que había un tercero escuchando la conversación y que probablemente estaría muerto de aburrimiento. Estaría sentado frente a una consola en el sótano de un grupito de edificios de adobe situados entre jardines y fuentes, que a simple vista hace pensar en una universidad o un hospital y no en el cuartel general de la policía secreta. Pero eso es lo que parece el complejo que hay en Khayaban-e-Suhrawardy, sede del ISI.

El Rastreador colgó el aparato. Hasta el momento, bien, pensó. Fue a darse una ducha, y luego se afeitó y se vistió. Era casi mediodía. Decidió almorzar temprano y echar una siesta para compensar las horas de sueño perdidas la noche anterior. Antes de comer pidió que subieran una cerveza fría. Firmó la declaración confirmando que él no era mahometano. Pakistán, por su islamismo estricto, es un país «abstemio», pero el Serena gozaba de autorización para servir alcohol a los huéspedes.

El coche estaba allí a las siete en punto. Era un turismo de cuatro puertas y fabricación japonesa, de lo más corriente. Y por una buena razón: en las calles de Slammy había millares así, no llamaría la atención. Conducía un empleado de la embajada.

El chófer conocía el camino: subir por la avenida Ataturk, cruzar la avenida Jinnah y girar a la izquierda por Nazim-ud-din. También el Rastreador estaba al tanto de la ruta, pero porque la tenía anotada en el papel que le había dado el correo de Langley en el aeropuerto de Dubai. Era solo una precaución. Divisó el coche del ISI a una manzana del hotel, que los siguió diligentemente más allá de los grandes bloques de pisos y luego por Marvi Road hasta la calle Cuarenta y tres. Ninguna sorpresa, pues. Las únicas sorpresas que le gustaban al Rastreador eran las que él causaba.

En la puerta no decía «Propiedad del Gobierno», pero podría haber sido así. La casa era agradable, espaciosa, como el resto de las doce o quince residencias asignadas al personal de la embajada que vivía fuera del recinto. Lo recibieron Gerry Byrne y su esposa, Lynn, y pasaron directamente a la terraza de la parte de atrás, donde le ofrecieron una copa.

Salvo por unos pocos detalles, podría haber sido la típica casa de las afueras de una ciudad de Estados Unidos. Todas las de esa calle tenían alrededor muros de hormigón de dos metros diez y verjas de acero de la misma altura. La verja se había abierto sin mediar comunicación, como si alguien desde dentro hubiera estado controlando. El portero lucía uniforme oscuro, gorra de béisbol y pistola en la cadera. Como en cualquier urbanización normal.

Había ya allí una pareja de paquistaníes, un médico y su esposa. Llegó más gente. Otro coche de la embajada entró en el recinto, a diferencia de la mayoría, que aparcaron en la calle. Había también una pareja de una organización humanitaria, que explicaron las dificultades que habían tenido para convencer a los fanáticos religiosos de Bajaur de que los dejaran vacunar a los niños contra la polio. El Rastreador sabía que ya estaba allí uno de los hombres a los que había ido a ver y que el otro no había llegado todavía. El resto de los invitados eran una «tapadera», como la propia velada.

El que faltaba llegó con sus padres. El padre era un hombre jovial y campechano. Tenía concesiones en minas de piedras semipreciosas, tanto en Pakistán como en Afganistán, y fue muy prolijo a la hora de detallar los problemas que estaba teniendo por culpa de la situación actual.

El hijo, que rondaba los treinta y cinco años, se limitó a decir que era militar, aunque llevaba ropa de civil. Al Rastreador ya le habían informado sobre él.

Le presentaron al otro diplomático estadounidense, Stephen Dennis, el agregado cultural. Era una tapadera perfecta, ya que era de lo más normal que el agregado de prensa ofreciera una cena a un destacado periodista norteamericano e invitara también al agregado cultural de la embajada.

El Rastreador sabía que Dennis en realidad era el número dos del puesto de la CIA, un espía «declarado», es decir, que la agencia no ocultaba en absoluto su identidad ni sus actividades. En toda embajada en territorio conflictivo, la gracia está en descubrir quiénes son en realidad los «no declarados». El gobierno anfitrión suele sospechar de este o aquel, y a veces acierta, pero nunca puede poner la mano en el fuego. Los que espían son los no declarados, normalmente por mediación de ciudadanos locales que se dejan «convencer» para plegarse a los deseos de un nuevo patrón.

Fue una velada amena, corrió el vino durante la cena y

luego se sirvieron copas de Johnnie Walker Etiqueta Negra, que parece ser la bebida y la marca favoritas de todo el cuerpo de oficiales, dentro y fuera del islam. Mientras los invitados departían tomando café, Steve Dennis hizo una seña al Rastreador y se dirigió hacia la terraza. El Rastreador lo siguió poco después. El tercero en salir fue el joven paquistaní.

Bastaron unas pocas frases para darse cuenta de que no solo era militar, sino también del ISI. Gracias a la educación occidentalizada que su padre había podido darle, el joven había sido elegido para infiltrarse en la comunidad norteamericana y británica de la ciudad e informar de cualquier cosa interesante que pudiera llegar a sus oídos. Pero, de hecho, había ocurrido justo lo contrario.

Steve Dennis se había fijado rápidamente en él y llevado a cabo un reclutamiento inverso. Así, Javad se convirtió en topo de la CIA dentro del ISI. La petición del Rastreador fue dirigida a él. Javad había entrado en el departamento de archivos con un pretexto cualquiera para buscar los informes sobre el mulá Omar referentes al año 2002.

—Fuera quien fuese su fuente, señor Priest —murmuró en la terraza—, tiene buena memoria. En efecto, hubo una visita encubierta a Quetta el año 2002 para entrevistarse con el mulá. La encabezó el entonces general de una estrella Shawqat, actual jefe supremo de las fuerzas armadas.

—¿Y el chico que hablaba pastún?

—Sí, claro, pero no se hace ninguna mención a él. Solo pone que entre la delegación estaba un comandante de la infantería mecanizada llamado Musharraf Ali Shah. En la distribución de asientos a bordo del avión, y compartiendo luego habitación en Quetta con su padre, consta su hijo: Zulfikar.

Sacó un papel y se lo entregó al Rastreador. Había una dirección de Islamabad.

—¿Alguna otra referencia al muchacho?

—Varias. Busqué su nombre y su patronímico en los archivos. Parece que el chico se descarrió y se marchó de casa para unirse a Lashkar-e-Taiba en las Áreas Tribales. Tenemos varios agentes muy bien infiltrados allí desde hace años. Informaron acerca de un joven con ese nombre, un yihadista fanático y ansioso de entrar en acción.

»Consiguió ser aceptado en la Brigada 313.

El Rastreador había oído hablar de esa brigada. Se llamaba así por los 313 guerreros, ni uno más ni uno menos, que lucharon con el profeta Mahoma contra cientos de enemigos.

—Después de eso desapareció de nuevo. Nuestras fuentes oyeron rumores de que se había unido al clan Haqqani, lo cual no le habría sido difícil teniendo en cuenta que ellos solo hablan pastún. Pero ¿dónde? Seguramente en algún punto de las tres Áreas Tribales: Waziristán norte y sur, o bien Bajaur. Y luego nada, silencio. Ni rastro de Ali Shah.

Salió más gente a la terraza. El Rastreador se guardó la nota en el bolsillo y le dio las gracias a Javad. Una hora después un coche de la embajada lo dejaba a la puerta del hotel Serena.

Una vez de vuelta en su habitación, comprobó los tres o cuatro indicios que había dejado para revelar cualquier intrusión: cabellos humanos pegados con saliva en cajones y en la cerradura de su maleta. Ya no estaban. La habitación había sido registrada.

5

El Rastreador tenía un nombre y una dirección, además de un callejero de Islamabad que le había proporcionado John Smith en el aeropuerto de Dubai. Por lo demás estaba seguro de que, cuando dejara el hotel al día siguiente, le seguirían. Antes de acostarse fue a recepción y pidió que hubiera un taxi esperándole por la mañana. El recepcionista le preguntó adónde deseaba ir.

—Bueno, querría echar un vistazo a las notables atracciones turísticas de la ciudad.

A las ocho en punto de la mañana siguiente, el taxi estaba a la puerta. Saludó al taxista con la acostumbrada sonrisa afable de «turista americano inofensivo» y arrancaron.

—Voy a necesitar su ayuda, amigo —dijo, inclinándose hacia el asiento delantero—. ¿Qué me recomienda?

El coche enfiló por la avenida de la Constitución y pasaron junto a las embajadas francesa y japonesa. El Rastreador, que previamente había memorizado el callejero, asintió con entusiasmo cuando el taxista le señaló el Tribunal Supremo, la Biblioteca Nacional, la residencia presidencial, la sede del Parlamento. Tomó algunas notas. Y también miró varias veces por la luna trasera. No los seguía nadie. Para qué, si el taxista era el hombre del ISI.

El recorrido fue largo y hubo solo dos paradas. Pasaron frente a la entrada principal de la impresionante mezquita Faisal; el Rastreador preguntó si estaba permitido hacer fotos y, como la respuesta fue afirmativa, sacó una docena desde la ventanilla.

Atravesaron la Zona Azul, con sus tiendas para gente con dinero. La primera parada fue en el emporio de la sastrería conocido como British Suiting.

El Rastreador le explicó al taxista que un amigo le había recomendado una tienda en la que en solo dos días podían hacerte un buen traje a medida. El conductor dijo que así era, en efecto, y esperó mientras el estadounidense entraba en el establecimiento.

Los dependientes fueron muy atentos y serviciales. El Rastreador se decidió por una lana de estambre de calidad, azul marino con raya apenas visible. Lo felicitaron por su elección entre cálidas sonrisas. Tomarle medidas fue cosa de quince minutos escasos. Le dijeron que volviera al día siguiente para probárselo. Dejó una paga y señal en dólares, muy apreciados en el país, y antes de salir preguntó si podía ir un momento al servicio.

Estaba, como era de prever, en la parte de atrás, más allá de los rollos de tela para trajes. Había otra puerta, al lado de la del aseo. Cuando la persona que lo había acompañado lo dejó a solas, el Rastreador abrió la puerta y vio que daba a un callejón. La cerró, fue a un urinario, se alivió y regresó a la tienda. Lo acompañaron hasta la salida. El taxi estaba esperando.

Lo que no había visto, pero pudo adivinar, fue que mientras él se encontraba en el lavabo, el conductor se había asomado a la tienda. Le dijeron que el cliente estaba «en la parte de atrás». Los probadores estaban también en aquella dirección. El hombre asintió con la cabeza y volvió al taxi.

La otra parada fue mientras visitaban el mercado de Kohsar, uno de los lugares emblemáticos de la ciudad. El Rastreador expresó su deseo de tomar un café y le indicaron la cafetería Gloria Jeans. Después de tomárselo compró unas galletas de chocolate inglesas en AM Grocers y le dijo al taxista que ya podían volver al hotel.

Llegados al Serena, pagó al taxista y le dio una generosa propina que estaba seguro de que no iría a parar a las arcas del ISI, sino a su propio bolsillo. En menos de una hora habrían archivado un informe sobre él, previa llamada telefónica a British Suiting. Una comprobación de rutina.

Una vez en su habitación redactó una crónica para el *Washington Post*, bajo el título «Un recorrido matinal por la fascinante Islamabad». El artículo era tremendamente aburrido y jamás se publicaría.

No había llevado consigo un ordenador porque no quería que alguien le extrajera el disco duro. Utilizó la sala de telecomunicaciones del Serena. Cómo no, el mensaje fue interceptado y leído por el funcionario encerrado en el sótano que previamente había copiado y archivado la carta del agregado de prensa.

Almorzó en el hotel y luego se acercó a la recepción para avisar de que iba a dar una vuelta. Al salir, un joven unos diez años menor que él, pero con cierto sobrepeso, se levantó con esfuerzo de un sofá del vestíbulo, apagó el cigarrillo que estaba fumando, dobló su periódico y le siguió.

El Rastreador podía tener bastantes más años que él, pero era marine y le gustaba andar deprisa. Un par de largas avenidas después, el perseguidor estaba ya sin resuello y empapado en sudor. Cuando finalmente perdió de vista a su presa, pensó en el informe escrito por la mañana. En su segunda salida del día parecía evidente que el estadounidense se dirigía a British Suiting. El policía puso rumbo hacia allí. Estaba bastante preocupado; no dejaba de pensar en sus implacables superiores.

Cuando asomó la cabeza en la sastrería, sus preocupaciones se evaporaron. Sí, el estadounidense estaba en la tienda, pero «en la parte de atrás». El perseguidor esperó fuera, delante de Mobilink. Buscó un portal adecuado, se apoyó en la pared, desplegó su periódico y encendió un pitillo.

De hecho, el Rastreador no había estado en los probadores de la tienda. Después de ser recibido por el personal de la sastrería, explicó, ostensiblemente avergonzado, que se sentía indispuesto y que necesitaba usar el retrete si no era inconveniente. Sí, sí, conocía el camino.

Un *feringhee* con problemas estomacales es tan predecible como el sol cuando amanece. Salió por la puerta de atrás, enfiló el callejón a paso vivo y salió a la avenida. Un taxi le vio agitar el brazo y se detuvo junto al bordillo. Esta vez era un taxi de verdad, y el taxista un paquistaní normal y corriente que intentaba ganarse la vida. A un extranjero siempre se le puede dar un paseo largo sin que se entere, y un dólar siempre es un dólar.

El Rastreador sabía que no iban a tomar la ruta más corta, pero prefería no discutir. Veinte dólares más tarde (cuando debería haber pagado solo cinco), se apeó donde él deseaba: la confluencia de dos calles de la Zona Rosa, en los aledaños de Rawalpindi y el barrio de casas de militares. Una vez que el taxi se hubo alejado, recorrió a pie los restantes doscientos metros.

Era una vivienda modesta, pulcra pero sin ninguna ostentación, con una placa escrita en inglés y en urdu: CORONEL M. A. SHAH. Sabía que en el ejército se levantaban y se acostaban temprano. Llamó a la puerta. Oyó pasos. Alguien abrió unos centímetros. Dentro estaba oscuro. La cara que asomó también era oscura, ajada pero sin duda bella en otro tiempo. ¿Tal vez la señora Shah? No era una criada; se trataba de gente humilde.

—Buenas tardes. Venía a hablar con el coronel Ali Shah. ¿Está en casa?

De dentro llegó una voz masculina preguntando algo en urdu. La mujer se volvió para responder. La puerta se abrió y apareció un hombre de mediana edad. El pelo bien cortado, un bigote pulcro, la barba perfectamente rasurada, aspecto castrense. El coronel no iba de uniforme, sino de civil. Con todo, su figura despedía una cierta arrogancia. Su sorpresa al ver a un estadounidense fue, sin embargo, auténtica.

—Buenas tardes, señor. ¿Tengo el honor de hablar con el coronel Ali Shah?

Era tan solo teniente coronel, pero el hombre no pensaba sacar al forastero de su error. Y la manera de preguntarlo parecía inofensiva.

—En efecto.

—Vaya, hoy estoy de suerte. Le habría llamado por teléfono, pero no tenía su número particular. Espero no haber llegado en un mal momento.

—No, bueno, pero… ¿de qué se trata?

—Verá usted, coronel, mi buen amigo el general Shawqat me dijo anoche durante la cena que usted era el hombre a quien debía acudir. ¿Podríamos…?

El Rastreador señaló hacia el interior y el perplejo oficial se hizo a un lado, franqueándole el paso. Si hubiera sido el comandante en jefe, se habría cuadrado en un tembloroso saludo marcial con la espalda pegada a la pared. El general Shawqat, nada menos… él y el norteamericano habían estado cenando juntos.

—Por supuesto, qué modales los míos. Entre, haga el favor.

Le hizo pasar a un salón modestamente amueblado. La mujer permanecía allí de pie, a la espera. «*Chai!*», le gritó el militar, y ella fue a preparar el té; era el ritual de bienvenida para los invitados especiales.

El Rastreador le entregó su tarjeta a nombre de Dan Priest, reportero del *Washington Post*.

—El director de mi periódico me ha encargado, con el beneplácito del gobierno de ustedes, que haga un retrato periodístico del mulá Omar. Como usted comprenderá, aun después de todos estos años el mulá sigue siendo un personaje hermético y del que se sabe muy poco. El general me dio a entender que usted le conocía y que había hablado con él.

—Bueno, no sé yo si…

—Oh, vamos, no sea tan modesto. Mi amigo me dijo que hace doce años usted le acompañó a Quetta y que desempeñó un papel crucial en las conversaciones bilaterales.

El teniente coronel Ali Shah se irguió más si cabe ante los halagos del estadounidense. Así que el general Shawqat había reparado en él… Juntó los dedos de ambas manos y dijo que, en efecto, había mantenido una conversación con el líder talibán tuerto.

Llegó la mujer con el té. Mientras lo servía, el Rastreador se fijó en que tenía unos preciosos ojos de color verde jade. Había oído hablar de la gente de las tribus montañesas de la Línea Durand, el inhóspito territorio fronterizo entre Afganistán y Pakistán.

Se cuenta que hace 2.300 años, después de aplastar el Imperio persa, Alejandro Magno, rey de Macedonia, el joven dios de los albores del mundo, atravesó esas montañas para expandir su conquista a la India. Pero sus hombres estaban exhaustos de tanto guerrear, y a su regreso de la campaña del Indo empezaron a desertar en manadas. Si no les era posible volver a las colinas macedonias, se quedarían en aquellas montañas y valles, tomarían esposa, cultivarían la buena tierra y abandonarían las armas para siempre.

Aquella niña que se había escondido detrás de Mahmud Gul en la aldea de Qala-e-Zai tenía los ojos azules, y no castaños como los punjabíes. Pero ¿y el hijo desaparecido?

El té aún estaba intacto cuando la entrevista tocó a su fin. En ningún momento pensó que ese final sería tan brusco.

—Tengo entendido, coronel, que su hijo lo acompañó. Y que habla pastún.

De repente el oficial se levantó de su butaca y, totalmente rígido, sentenció muy ofendido:

—Se equivoca, señor Priest. Yo no tengo ningún hijo.

El Rastreador se levantó también, dejando su taza sobre la mesa con un gesto de disculpa.

—Pero por lo que me han dicho… Un muchacho llamado Zulfikar…

El coronel se acercó a la ventana y se plantó ante ella mirando hacia el exterior con las manos a la espalda. Parecía temblar de ira contenida, aunque el Rastreador no sabría decir si era contra el forastero o contra su hijo.

—Le repito, caballero, que no tengo ningún hijo. Me temo que no puedo serle de ayuda.

El silencio podía cortarse. No había lugar a engaño: el norteamericano tenía que marcharse.

El Rastreador miró un momento hacia la mujer del coronel. Los ojos verde jade estaban arrasados en lágrimas. Allí había sin duda un grave conflicto familiar. Mientras ella le abría la puerta, le dijo:

—Lo siento muchísimo, señora, de veras.

Estaba claro que ella no hablaba inglés, probablemente tampoco árabe. Pero las palabras de disculpa suelen ser bastante fáciles de comprender, así que la mujer debió de captar algo. Levantó la vista, llorosa, y asintió en señal de aceptación. Luego la puerta se cerró.

El Rastreador anduvo cerca de un kilómetro antes de salir a la carretera que iba al aeropuerto. Detuvo un taxi y se dirigieron hacia la ciudad. De regreso en el hotel telefoneó al agregado cultural desde su habitación. El teléfono estaba pinchado, casi con seguridad, pero no le importó.

—Hola, soy Dan Priest. Me preguntaba si habías encontrado ya ese material sobre el folclore del Punjab y las Áreas Tribales…

—Sí, sí, desde luego —dijo el hombre de la CIA.

—Estupendo. Creo que podré escribir un buen artículo. ¿Podrías traérmelo al hotel? ¿Tomamos un té en el salón?

—Claro, Dan, eso está hecho. ¿A las siete te va bien?

—Perfecto. Hasta luego.

Después, mientras tomaban el té, el Rastreador le explicó lo que necesitaba para el día siguiente. Sería viernes, el teniente coronel tendría que ir a la mezquita para las oraciones. Era el día sagrado para los musulmanes, no podía faltar. Pero no iría con su esposa. Aquello no era Camp Lejeune.

El hombre de la CIA se marchó y el Rastreador pidió al conserje que le reservara plaza en el vuelo de Qatar Airways del viernes por la tarde con destino a Qatar, para enlazar con British Airways y volver a Londres.

El coche estaba esperándole por la mañana cuando pagó la cuenta y salió con su maleta. Era el típico vehículo anónimo, pero provisto de matrícula del cuerpo diplomático para que nadie molestara a sus ocupantes.

Al volante iba un norteamericano de raza blanca, mediana edad y pelo gris, un veterano empleado de la embajada que conocía al dedillo las calles de la ciudad. Con él iba un joven empleado del departamento de Estado que, en un cursillo de idiomas en Estados Unidos, había elegido estudiar pastún y lo dominaba. El Rastreador ocupó el asiento trasero y dio la dirección. Al salir del recinto del Serena, el coche del ISI empezó a seguirlos.

Aparcaron al final de la calle donde estaba la casa del teniente coronel Ali Shah y esperaron hasta que todos los varones de la manzana hubieron partido camino de la mezquita. Solo después el Rastreador dio orden de aparcar frente a la puerta.

Una vez más, fue la señora Shah quien acudió a abrir. Se puso nerviosa de inmediato, explicando que su marido no estaba en casa, que volvería al cabo de una hora o quizá más. Habló en pastún. El hombre de la embajada respondió que el coronel les había pedido que lo esperaran allí. Indecisa porque su esposo no le había dado instrucciones al respecto, la mujer acabó dejándoles pasar. Los acompañó hasta el salón y se quedó allí de pie, avergonzada, pero sin marcharse tampoco. El Rastreador le indicó por señas el sillón que estaba frente al suyo.

—Se lo ruego, señora Shah, no se alarme. Si he vuelto ha sido para disculparme por lo de ayer. No pretendía molestar a su marido. Le he traído un pequeño regalo para expresarle mi pesar.

Dejó la botella de Black Label encima de la mesita baja. Era otra de las cosas que había pedido de antemano que llevaran en el coche. La mujer sonrió nerviosa mientras el intérprete le traducía, y luego se sentó.

—Yo no tenía ni idea de que hubiera un conflicto entre padre e hijo —dijo el Rastreador—. Qué tragedia. Me habían contado que el chico, Zulfikar, ¿verdad?, tenía mucho talento y que hablaba inglés tan bien como el urdu o el pastún, que sin duda aprendió de usted.

La mujer asintió y de nuevo sus ojos se humedecieron.

—Dígame, ¿no tendrá por casualidad una fotografía de Zulfikar, aunque sea de cuando era pequeño?

De sus ojos brotaron dos grandes lágrimas, que corrieron mejilla abajo. Ninguna madre llega a olvidar al bebé que una vez sostuvo en su regazo. Asintió despacio.

—¿Podría verla? Por favor.

La mujer se levantó y abandonó el salón. En alguna parte tenía un escondite secreto, y el hecho de guardar una foto de su hijo perdido era de por sí todo un desafío a la autoridad del esposo. Cuando regresó al salón llevaba en la mano un pequeño marco de piel con una fotografía.

Era del día de la graduación. Había dos chicos en la imagen, ambos sonriendo felices a la cámara. La foto era anterior a su conversión al fundamentalismo; tiempos de despreocupación al terminar los estudios, un diploma de bachillerato y una amistad inofensiva. No hubo necesidad de preguntar cuál de los dos era Zulfikar. El de la izquierda tenía unos luminosos ojos de color ámbar. El Rastreador le devolvió la fotografía.

—Joe —dijo en voz baja—, usa tu móvil para pedirle al conductor que llame a la puerta.

—Pero debe de estar esperando fuera...

—Haz lo que te digo, por favor.

El subalterno sacó el móvil y llamó. La señora Shah no entendió palabra de lo que decía. Segundos después alguien llamaba con fuerza a la puerta principal. La mujer se alarmó. No era su marido; demasiado temprano, y él habría entrado sin más. No esperaba ninguna visita. Se levantó, mirando impotente a su alrededor, abrió un cajón del aparador e introdujo en él la foto. Quienquiera que estuviera llamando a la puerta insistió. La mujer fue a abrir.

El Rastreador actuó muy rápido. En dos zancadas se acercó al aparador, sacó la imagen enmarcada y la fotografió dos veces con su iPhone. Para cuando la señora Shah volvió a entrar, en compañía del estupefacto conductor, estaba sentado de nuevo; junto a él, desconcertado, se hallaba el hombre más joven. El Rastreador se puso de pie luciendo una amable sonrisa.

—Ah, veo que se me acabó el tiempo. Mi avión sale dentro de poco. Lamento no haber podido disculparme ante su marido. Salúdele de mi parte, por favor.

El intérprete tradujo todo lo anterior. La mujer los acompañó hasta la puerta y, una vez a solas, fue a rescatar la fotografía para devolverla a su lugar secreto.

De camino al aeropuerto el Rastreador amplió la foto y la contempló. No era un hombre cruel y no habría querido engañar a aquella antaño bella mujer de ojos verde jade. Pero ¿cómo decirle a una madre que llora todavía a su hijo que este se ha convertido en un monstruo y que está buscándolo para matarlo?

Veinte horas después aterrizaba en Washington Dulles.

Encogido en el minúsculo espacio disponible para él en el desván de la casita de Centreville, el Rastreador miró la pantalla. Ariel estaba delante del teclado, como un pianista frente a su piano de cola. Su control era absoluto; gracias al equipo que le había proporcionado la TOSA, el mundo estaba a sus pies.

Empezó a teclear a toda velocidad y fue explicando lo que había hecho mientras en el monitor iba apareciendo una sucesión de imágenes.

—El tráfico de internet de ese Troll sale de ahí —dijo.

Eran imágenes de Google Earth, pero Ariel parecía haberlas mejorado. Desde el espacio, el Rastreador descendió en picado sobre el planeta como el osado Felix Baumgartner. La península Arábiga y el Cuerno de África llenaron por completo la pantalla, pero la cámara siguió bajando y bajando. Hasta que finalmente detuvo su delirante descenso y lo que el Rastreador vio fue un tejado: de forma cuadrada, gris claro. Parecía haber un patio y una cancela. En el patio, dos furgonetas aparcadas.

—El Predicador no está en Yemen, como se podría haber pensado, sino en Somalia —dijo Ariel—. Esto es Kismayo, una población costera en el extremo sudoriental del país.

El Rastreador estaba totalmente fascinado. La CIA, la TOSA, el Centro de Antiterrorismo, todos se habían equivocado al pensar que su presa dejó Pakistán para trasladarse a Yemen. Probablemente había estado allí, sí, pero luego había decidido buscar refugio lejos del AQPA (Al Qaeda en la Península Arábiga), entre los fanáticos que controlaban el AQCA (Al Qaeda en el Cuerno de África), llamado antiguamente Al-Shabab y que ejercía un absoluto dominio en la mitad sur de uno de los países más violentos del mundo: Somalia.

Había mucho que investigar. Por lo que él sabía, Somalia, aparte del enclave vigilado en torno a la capital simbólica de Mogadiscio, era terreno vedado desde la matanza de dieciocho rangers en el incidente que se conocería como Blackhawk Derribado y que quedó grabado a fuego en la memoria herida de los militares estadounidenses.

Si Somalia era famosa por algo, era por los piratas que desde hacía diez años asaltaban barcos y secuestraban cargamentos y tripulaciones exigiendo rescates millonarios. Pero los piratas estaban en el norte, en la zona de Puntland, un semidesierto habitado por clanes y tribus que sir Richard Burton, el explorador de la época victoriana, calificó en su momento como el pueblo más salvaje del mundo.

Kismayo estaba en el sur del país, unos trescientos kilómetros al norte de la frontera con Kenia. Durante el colonialismo había sido un importante centro comercial italiano; ahora era un territorio sin ley gobernado por fanáticos yihadistas más radicales que cualesquiera otros en el islam.

—¿Sabes qué es ese edificio? —le preguntó a Ariel.

—No. Un almacén, un cobertizo grande, no sé. Pero desde ahí el Troll administra la base de admiradores; es donde está el ordenador con el que trabaja.

—¿Sabe que tú lo sabes?

El muchacho sonrió.

—No, qué va. Él no me ha detectado. Si sospechara que le estoy vigilando, habría cerrado la base de admiradores.

El Rastreador salió del desván y bajó de espaldas por la escalera metálica hasta el rellano. Ordenaría transferir toda la información a la TOSA. Haría que un drone sobrevolara, invisible y silencioso, aquel cobertizo, atento a cualquier susurro en el ciberespacio, a desplazamientos de calor corporal, fotografiando las posibles idas y venidas. El drone transmitiría todo cuanto viera, en tiempo real, a los monitores de la base aérea de Creech, Nevada, o a la de Tampa, Florida, y de allí a la TOSA. Mientras tanto, él iba a estar muy ocupado con lo que se había traído de Islamabad.

El Rastreador contempló durante horas la fotografía que había tomado a hurtadillas del retrato que la señora Shah guardaba como un tesoro. En el laboratorio habían mejorado la imagen hasta dejarla perfectamente nítida y enfocada. Mirando aquellas dos caras sonrientes, se preguntó dónde estarían en ese momento. El de la derecha daba igual. Toda su atención se concentró en el muchacho de ojos color ámbar, del mismo modo que durante la Segunda Guerra Mundial el general Montgomery había estudiado a fondo el rostro del mariscal Rommel, el Zorro del Desierto, tratando de imaginar su siguiente movimiento.

El chico tenía diecisiete años en la foto. Eso era antes de convertirse al yihadismo radical, antes del 11-S, antes de Quetta, antes de abandonar la casa paterna e irse a vivir con los asesinos de Lashkar-e-Taiba y la Brigada 313 y el clan Haqqani.

Las experiencias, el odio, los inevitables asesinatos presenciados, la dura vida en las montañas de las Áreas Tribales: todo ello habría avejentado el rostro del sonriente muchacho.

Envió una fotografía actual del Predicador, aunque apareciera enmascarado, y otra con la parte izquierda de la foto tomada en Islamabad, a un grupo de investigación muy especializado. El Servicio de Información Criminológica, dependiente del FBI, dispone en sus instalaciones de Clarksburg, Virginia Occidental, de un laboratorio experto en envejecer caras.

Les pidió que sacaran una imagen del rostro que tendría aquel muchacho en la actualidad. Después fue a ver a Zorro Gris.

El director de la TOSA examinó las pruebas con gesto de aprobación. Por fin tenían un nombre; pronto tendrían una cara. Tenían un país, quizá incluso una ciudad.

—¿Crees que vive allí, en ese almacén de Kismayo? —preguntó.

—Lo dudo. Es muy paranoico. Apostaría lo que fuera a que vive en otro sitio, que graba sus sermones con una videocámara en un cuarto pequeño con esa enorme tela detrás que vemos en la pantalla, y que luego pasa la grabación a su ayudante, ese al que hemos apodado el Troll, para que la transmita desde Kismayo. Aún no lo hemos atrapado, ni muchísimo menos.

—Bien, ¿y ahora qué?

—Necesito un avión no tripulado vigilando ese almacén las veinticuatro horas del día. Si no fuera porque estoy seguro de que sería una pérdida de tiempo, pediría una misión de vuelo rasante para sacar fotos del edificio y comprobar si en los laterales o la fachada aparece el nombre de alguna empresa. Pero aun así necesito saber quién es el propietario.

Zorro Gris contempló la imagen tomada desde el espacio. Era bastante nítida, pero con tecnología militar podían contarse los remaches del tejado a quince mil metros de altitud.

—Me pondré en contacto con los chicos. Tienen instalaciones de lanzamiento en Kenia al sur, en Etiopía al oeste y en Yibuti al norte, y dentro del propio Mogadiscio la CIA dispone de una unidad encubierta. Tendrás tus fotos. Ahora que tienes su cara, que él se empeña tanto en mantener oculta, ¿piensas revelar su identidad?

—De momento, no. Se me ha ocurrido otra idea.

—Es asunto tuyo, Rastreador. Adelante.

—Una última cosa. No estaría mal contar con el respaldo del J-SOC. ¿La CIA o alguien más tiene un agente secreto oculto en el sur de Somalia?

Una semana después sucedieron cuatro cosas. El Rastreador había estudiado un poco la trágica historia de Somalia. Descubrió que en el pasado había habido tres países. La conocida como Somalandia francesa, en el extremo septentrional, era ahora Yibuti. Todavía con fuerte influencia francesa, conservaba una guarnición de la Legión Extranjera y una enorme base estadounidense cuyo alquiler era vital para la economía del país. También en el norte, la Somalandia británica seguía siendo eso, una nación tranquila y pacífica, incluso democrática, pero curiosamente no reconocida como estado soberano.

El grueso del territorio de la actual República Federal de Somalia lo constituía la antigua Somalandia italiana, una colonia confiscada tras la Segunda Guerra Mundial, administrada durante un breve período por los británicos y por último independiente. Tras unos años de dictadura, como parece ser de rigor, la antaño próspera y elegante colonia donde los italianos ricos solían pasar sus vacaciones vivió una guerra civil. Peleas entre clanes, entre tribus, entre caciques por la supremacía. Al cabo de un tiempo, la comunidad internacional, con Mogadiscio y Kismayo reducidas a escombros, se olvidó del asunto.

Somalia alcanzó cierta notoriedad unos años después, cuando los empobrecidos pescadores del norte empezaron a dedicarse a la piratería y el sur se convirtió al fundamentalismo islámico. Al-Shabab, surgida no como ramificación sino como aliado de Al Qaeda, había conquistado todo el sur. Mogadiscio quedó como una frágil capital simbólica de un régimen corrupto que vivía de la ayuda exterior, pero en un enclave cerrado cuya frontera estaba vigilada por un ejército compuesto de keniatas, etíopes, ugandeses y burundeses.

En el interior de ese cerco armado, el dinero extranjero iba a parar a proyectos de ayuda, y espías y agentes varios se dedicaban a fingir estar ocupados en otras cosas.

Mientras el Rastreador leía con la cabeza entre las manos, o examinaba imágenes en el monitor de plasma de su oficina, sucedió la primera cosa reseñable: un RQ-4 Global Hawk se colocó sobre Kismayo. No iba dotado de armas porque no las necesitaba para su misión. Era la versión del Hawk llamada HALE (siglas inglesas de gran altitud, larga resistencia).

Había partido de las instalaciones en la vecina Kenia, donde unos cuantos soldados y técnicos estadounidenses se achicharraban bajo el sol tropical, aprovisionados periódicamente por vía aérea y viviendo en módulos provistos de aire acondicionado como un equipo de filmación de exteriores. Tenían cuatro Global Hawk, de los cuales dos estaban en el aire.

Uno había despegado antes de que llegara la nueva orden. Su misión consistía en vigilar la frontera keniato-somalí y las aguas cercanas a la costa en previsión de ataques e incursiones. La orden que acababan de recibir era la de sobrevolar una antigua zona comercial de Kismayo y vigilar un edificio en concreto. Como los Hawk tenían que turnarse entre sí, eso significaba que los cuatro estaban operativos.

El Global Hawk es capaz de permanecer nada menos que treinta y cinco horas en zona. Cuando está cerca de su base, puede sobrevolar el objetivo durante treinta horas seguidas. A dieciocho mil metros de altitud, casi el doble que un avión de pasajeros, puede explorar diariamente hasta cien mil kilómetros cuadrados. O reducir el ámbito de exploración a diez kilómetros cuadrados y acercar el objetivo para tener una imagen absolutamente nítida.

El Hawk que sobrevolaba Kismayo estaba provisto de radar de apertura sintética, cámara electro-óptica e infrarroja para operar de día y de noche, con cielo despejado o cubierto. Podía asimismo «escuchar» hasta la más breve transmisión hecha con el mínimo posible de energía y «olfatear» variaciones de fuentes de calor en función del movimiento de seres humanos en tierra. Toda la información llegaba en un nanosegundo a la central en Nevada.

La segunda cosa importante que ocurrió fue que enviaron el análisis fotográfico desde Clarksburg. Los técnicos habían notado que, en las imágenes del televisor, la tela de la máscara parecía estar ligeramente abultada por debajo del rostro. Su teoría era que podía deberse a una barba poblada. En consecuencia, enviaban dos alternativas, con y sin barba.

Para elaborar el hipotético retrato actual disponían de las arrugas que mostraba en la frente y en torno a los ojos: la cara resultante era marcadamente más vieja. Y dura. En la boca y la mandíbula había un gesto de crueldad; nada que ver con la expresión distendida y alegre del rostro del muchacho de la fotografía.

Acababa de examinar las nuevas imágenes cuando le llegó un mensaje de Ariel. El tercer hecho destacable.

«Parece ser que hay un segundo ordenador en el edificio —le informó—. Pero no emite los sermones, eso seguro. Quienquiera que lo maneje, y yo diría que es el Troll, ha acusado recibo dando las gracias. No indica por qué. Pero alguien más se está comunicando vía e-mail con ese edificio.»

Luego llegó la respuesta de Zorro Gris, la cuarta cosa a remarcar. Era una negativa contundente. Nadie tenía operativos viviendo entre los Shabab.

—El mensaje parece ser: si te metes en ese nido de avispas, vas a estar tú solo —le dijo Zorro Gris al Rasteador.

6

Debió haberlo pensado mientras estaba en Islamabad, y se dio mentalmente de bofetones por el despiste. Javad, el topo de la CIA en el ISI, le había dicho que el joven Zulfikar Ali Shah había desaparecido de todos los radares en 2004, después de introducirse en el grupo terrorista Lashkar-e-Taiba.

Desde entonces, nada. Pero «nada» bajo ese nombre. Fue contemplando aquel rostro en su despacho cuando se le ocurrió otra cosa. Pidió a la CIA que contactara de nuevo con Javad y le transmitiera esta sencilla pregunta: ¿alguno de sus agentes infiltrados en los diversos grupos armados de la peligrosa frontera de Cachemira había oído hablar alguna vez de un terrorista con los ojos de color ámbar?

Mientras tanto tenía que hacer una visita con la misma petición que había hecho antes en vano a Langley.

Fue otra vez en un coche oficial, pero en esta ocasión vestido de civil con camisa y corbata. Desde el 11-S la embajada británica en Massachusetts Avenue estaba también fuertemente protegida. El majestuoso edificio se halla junto al Observatorio Naval, residencia oficial del vicepresidente del país y asimismo fuertemente vigilado.

El acceso a la embajada no se produce a través del pórtico con columnas de la fachada principal, sino por una pequeña calle lateral. El coche se detuvo junto a la garita de la barrera y el Rastreador enseñó su pase a través de la ventanilla. Hubo una consulta vía teléfono inalámbrico. Fuera cual fuese la respuesta, bastó para que la barrera subiese. El vehículo avanzó hacia el pequeño aparcamiento al aire libre. Las personas menos importantes dejan el coche fuera y entran a pie. Hay poco espacio.

La puerta lateral era mucho menos imponente que la entrada principal, que apenas si se usaba ahora por motivos de seguridad, y en todo caso solamente por el embajador y visitantes norteamericanos de muy alto rango. Una vez dentro, el Rastreador fue hacia la caseta acristalada y volvió a enseñar su acreditación. Iba a nombre de un tal James Jackson, coronel.

Nueva consulta telefónica. Le invitaron a tomar asiento. Dos minutos después se abría la puerta del ascensor y aparecía un joven, sin duda de rango menor en la jerarquía.

—¿Coronel Jackson? —No había nadie más en el vestíbulo. El joven examinó también su acreditación—. Haga el favor de acompañarme.

El Rastreador ya sabía que se dirigían al quinto piso, la planta del agregado de Defensa, donde nunca entraba el personal norteamericano de limpieza. De limpiar se encargaban otros seres inferiores, si bien británicos.

Llegados a la quinta planta, el joven enfiló un pasillo. Pasaron ante varias puertas con placas que identificaban a su ocupante, y finalmente se detuvieron ante una sin placa de ninguna clase, y con un mecanismo para introducir una tarjeta en lugar de pomo. El joven llamó con los nudillos y, al oír la orden desde el interior, pasó la tarjeta, abrió la puerta e indicó al Rastreador que podía entrar. Él se quedó fuera y cerró la puerta despacio.

La habitación, de elegante decoración, tenía ventanas a prueba de balas que daban a la avenida. Era un despacho importante, pero desde luego no la «burbuja», donde tenían lugar únicamente reuniones al máximo nivel de secretismo. La burbuja estaba en el centro mismo del edificio, rodeada por sus seis caras por un espacio hueco y sin aberturas. La técnica de proyectar un rayo contra la luna de una ventana y descifrar, por las vibraciones, la conversación que tenía lugar dentro había sido empleada en la embajada de Estados Unidos en Moscú durante la Guerra Fría, y eso llevó a la reconstrucción del edificio entero.

El hombre que se levantó de su mesa de trabajo con una mano tendida vestía también de traje y llevaba una corbata a rayas que el Rastreador, gracias a los años pasados en Londres, atribuyó a un buen colegio privado. Pero no era tan experto en la materia como para reconocer los colores de Harrow.

—¿Coronel Jackson? Bienvenido. Creo que es la primera vez que nos vemos. Soy Konrad Armitage. Me he tomado la libertad de pedir café, coronel. ¿Cómo lo prefiere usted?

Podría haber dicho a una de las glamurosas y jóvenes secretarias que trabajaban en aquella planta que entrase a servir el café, pero decidió hacerlo él mismo. Recién llegado de Londres, Konrad Armitage era el jefe de estación del servicio secreto británico, el SIS.

Su predecesor en el cargo le había informado sobre el estadounidense, y Armitage se alegraba de tenerlo allí. Ambos eran conscientes de compartir una causa común, unos mismos intereses, un enemigo común.

—Bien, ¿qué puedo hacer por usted, coronel?

—Voy a preguntarle una cosa un poco rara, aunque seré breve. Iba a enviarle un mensaje por el método habitual, pero luego decidí que era mejor venir personalmente y así aprovechábamos para conocernos.

—Me parece perfecto. ¿De qué se trata?

—¿El SIS tiene un contacto o, mejor aún, un espía infiltrado entre la gente de Al-Shabab en Somalia?

—Caramba. Es una cosa rara, en efecto. Tendré que consultarlo porque no es mi especialidad. Déjeme que le pregunte: ¿esto tiene que ver con el Predicador?

No es que Armitage fuera adivino; sabía quién era el Rastreador y a qué se dedicaba. En Reino Unido acababa de producirse el cuarto asesinato a manos de un joven fanático inspirado por los sermones online (en Estados Unidos iban ya por el séptimo), y los gobiernos de ambos países tenían mucho interés en acabar con aquel hombre.

—Tal vez —dijo el Rastreador.

—Ah, excelente, entonces. Como usted sabe, tenemos gente en Mogadiscio, al igual que sus amigos de Langley, pero si contaran con alguien infiltrado en los puntos más calientes, ya sería muy extraño que no hubieran sugerido una acción conjunta. En cualquier caso, su petición estará mañana a primera hora en la oficina de Londres.

La respuesta tardó menos de cuarenta y ocho horas, pero fue la misma que la de la CIA. Por lo demás, Armitage tenía razón; si cualquiera de los dos países hubiera tenido una fuente infiltrada en el sur de Somalia, habría sido demasiado valiosa para no compartir tanto los costes como los beneficios.

En cambio, la respuesta de Javad desde el ISI paquistaní fue de gran ayuda. Una de las personas a las que informaba de su supuesto espionaje de los norteamericanos era un contacto de la famosa Ala S, que «cubría» (y, de hecho, era su tapadera) los mil y un grupos dedicados al yihadismo radical en la franja fronteriza que separa Cachemira de Quetta.

Javad no podía arriesgarse a preguntarlo directamente, pues además de delatarse habría puesto al descubierto a la gente para quien trabajaba en realidad. Pero parte de su trabajo en el ISI le permitía mantener contacto con los estadounidenses y frecuentar su compañía. Javad fingió haber oído casualmente una conversación entre diplomáticos en un cóctel. Por curiosidad, su contacto en el Ala S consultó la base de datos y Javad, que estaba detrás de él, tomó nota del archivo en cuestión.

Después de cerrarlo, el agente del Ala S le ordenó que dijera a los yanquis que no había la menor información al respecto. Más tarde, por la noche, Javad accedió por su cuenta a la base de datos y clicó el archivo.

Había una mención, sí, pero era de hacía años. La fuente era un espía del ISI en la Brigada 313, los fanáticos de Ilyas Kashmiri. Se hablaba de un recién llegado procedente de Lashkar-e-Taiba, un extremista para el cual los ataques contra Cachemira habían sido poco contundentes. El recién reclutado hablaba árabe y pastún, además de urdu, lo cual había facilitado su ingreso en la 313. La Brigada estaba compuesta en su mayoría por árabes y colaboraba estrechamente con el clan Haqqani, de habla pastún. En el informe se decía que el reclutado resultaba muy útil por su dominio de ese idioma, pero que aún no había puesto a prueba su valía como combatiente. También añadía que tenía los ojos de color ámbar y que se hacía llamar Abu Azzam.

Así que eso explicaba su desaparición diez años atrás: había cambiado de grupo terrorista y también de nombre.

El Centro de Antiterrorismo estadounidense tiene una enorme base de datos donde constan todos los grupos yihadistas, y cuando introdujo el nombre de Abu Azzam obtuvo un sinfín de información.

En la época de la ocupación soviética de Afganistán, siete grandes señores de la guerra controlaban a los muyahidines, aplaudidos y respaldados por Occidente como «patriotas», «guerrilleros» y «luchadores por la libertad». Ellos, y nadie más que ellos, recibieron las enormes cantidades de dinero y armas enviadas con el fin de derrotar a los rusos. Pero en cuanto el último tanque soviético se hubo retirado de las montañas y regresado a Rusia, dos de aquellos señores de la guerra retomaron su antigua actividad de asesinos sanguinarios. Uno era Gulbuddin Hekmatyar; el otro, Jalaluddin Haqqani.

Aunque Haqqani ejercía un dominio absoluto en su provincia natal, Paktia, cuando los talibanes derrocaron a los señores de la guerra y tomaron el poder, cambió de bando y se convirtió en jefe de las fuerzas talibanes.

Tras la derrota a manos de los norteamericanos y la Alianza del Norte, Haqqani decidió cruzar la frontera y establecerse en el Waziristán, dentro de territorio paquistaní. Sus tres hijos varones le sucedieron, creando así el clan Haqqani o, lo que es lo mismo, el movimiento talibán paquistaní.

Aquel fue el inicio de la oleada de atentados contra fuerzas estadounidenses y de la OTAN al otro lado de la frontera y contra el gobierno de Pervez Musharraf, que se había convertido en aliado de Estados Unidos. Haqqani logró captar a lo que quedaba de Al Qaeda, así como a una multitud de yihadistas radicales. Entre estos se encontraba Ilyas Kashmiri, el cual aportó su Brigada 313, parte integrante del llamado Ejército Fantasma.

Al Rastreador no le cabía duda de que el fanático y ambicioso Zulfikar Ali Shah, que ahora se hacía llamar Abu Azzam, estaba entre ellos.

Pero lo que no podía saber era que Abu Azzam, aunque evitaba jugarse la vida en las peligrosas incursiones en Afganistán, había desarrollado un gusto por matar que lo había llevado a convertirse en el más entusiasta verdugo de la Brigada 313.

Uno a uno, los líderes de Haqqani, de los talibanes, de Al Qaeda y de la Brigada 313 fueron identificados por los norteamericanos y localizados valiéndose de informadores locales, convirtiéndose en objetivo de ataques por drone. En aquellos refugios perdidos en las montañas habían sido inmunes a los ataques del ejército, como descubrió Pakistán tras sufrir enormes bajas en sus filas, pero ahora no podían ocultarse durante mucho tiempo a la mirada vigilante de los vehículos aéreos no tripulados que patrullaban el cielo, invisibles, silenciosos, observándolo todo, fotografiándolo todo, escuchándolo todo.

Aquellos «objetivos de categoría superior» fueron aniquilados; otro tanto ocurrió con los que vinieron a reemplazarlos, y así sucesivamente hasta que ser jefe se convirtió casi en una sentencia de muerte.

Pero los antiguos vínculos del Ala S con el ISI paquistaní nunca desaparecieron. A fin de cuentas, el ISI había creado a los talibanes y siempre ha tenido presente ese dicho de que los yanquis tienen los relojes, pero los afganos tienen el tiempo. Cuentan con que, antes o después, los estadounidenses se largarán. Los talibanes podrían retomar el poder, y Pakistán no quería tener dos enemigos, India y Afganistán, en sus fronteras. Con uno era más que suficiente, y ese sería la India.

Había otro capítulo más en todo aquel mar de datos que el Rastreador estaba barajando. La Brigada 313 —con sus líderes, Kashmiri incluido, ya en el otro mundo— se había ido consumiendo poco a poco, pero fue reemplazada por los todavía más sádicos y fanáticos miembros de Khorasan. Y en el núcleo del grupo estaba, precisamente, Abu Azzam.

Khorasan lo formaban no más de doscientos cincuenta extremistas, en su mayoría árabes y uzbekos, cuyo objetivo eran los lugareños que vendían información (concretamente el paradero de los terroristas más buscados) a agentes pagados por Estados Unidos. Y aunque Khorasan carecía de talento para espiar por su cuenta, su capacidad para aterrorizar mediante la tortura en público era ilimitada.

Cada vez que un misil disparado desde un drone reventaba una casa donde se encontraba un líder terrorista, el Khorasan hacía acto de presencia, capturaba a unos cuantos habitantes del lugar y los sometía a «juicio», no sin antes haberlos interrogado empleando métodos como electrochoques, taladradoras o hierros candentes. El tribunal era presidido por un imán o un mulá, generalmente autoproclamado como tal. Las confesiones estaban garantizadas, y la sentencia rara vez era otra que la pena capital.

El método habitual era el degüello. En su versión más «humana» se procede a cortar el cuello lateralmente con un cuchillo, con el filo por delante. Un tajo rápido cercena la vena yugular, la arteria carótida, la tráquea y el esófago, lo que conlleva la muerte instantánea.

Pero a una cabra no se la mata así, porque se necesita que pierda el máximo de sangre para que la carne esté más tierna. Se le abre la garganta aplicando un movimiento de vaivén al cuchillo, desde delante. Cuando se quiere hacer sufrir al preso y demostrarle el máximo desprecio, se emplea el método para cabras.

Después de dictar sentencia, el mulá o el imán de turno permanece allí para ver cómo se ejecuta el castigo. Uno de aquellos jueces era Abu Azzam.

Había otra entrada de interés en el archivo. Hacia 2009 un predicador itinerante empezó a dar sermones en mezquitas de las montañas de Waziristán. En el archivo no se daba ningún nombre; se decía únicamente que el predicador hablaba urdu, árabe y pastún, y que era un convincente orador capaz de llevar a los feligreses a extremos de gran exultación religiosa. Luego, en 2010, desaparecía. Desde entonces no se había vuelto a tener noticia de él en Pakistán.

Los dos hombres que estaban sentados en un rincón del bar del Mandarin Oriental, en Washington, no llamaban la atención. Y no había motivo para lo contrario. Ambos tenían unos cuarenta años y vestían traje oscuro, camisa y corbata neutral. Ambos eran delgados y de aspecto fuerte, ligeramente militar, con ese aire indefinible de quien ha estado en la primera línea de combate.

Uno era el Rastreador. El otro se había presentado como Simon Jordan. No le gustaba entrevistarse con desconocidos dentro de la embajada si podía hacerlo fuera. De ahí que hubieran quedado en aquel discreto bar.

En su país de origen su nombre de pila era Shimon, y su apellido nada tenía que ver con el río Jordán. Era el jefe de estación del Mossad en la embajada israelí.

Lo que el Rastreador le pidió fue lo mismo que con anterioridad había pedido a Konrad Armitage, y los resultados fueron parecidos. Simon Jordan también sabía perfectamente quién era el Rastreador y a qué se dedicaba la TOSA, y como israelí aprobaba a ambos sin ambages. Pero, de entrada, no tenía respuestas que dar.

—Por supuesto, en las oficinas centrales habrá alguien que cubra esa parte del planeta, pero tendré que preguntarlo. Imagino que le corre prisa, ¿no?

—Soy estadounidense. Siempre nos corre prisa todo.

Jordan rió. Entendía su postura y le gustaba la autocrítica. Muy israelí.

—Lo preguntaré cuanto antes y pediré que no se demoren. —Sacó la tarjeta a nombre de Jackson que el Rastreador le había dado—. Supongo que este número es seguro…

—Desde luego.

—Bien, entonces lo utilizaré. Y haré la llamada desde una de nuestras líneas seguras.

Sabía perfectamente que los norteamericanos escuchaban todo lo que salía de la embajada israelí, pero entre aliados siempre se intentaba mantener las formas.

Se despidieron. El israelí tenía un coche esperando fuera con el conductor al volante. Lo llevaría de puerta a puerta. Le disgustaba la ostentación, pero él era «declarado», lo cual quería decir que podía ser reconocido. Conducir él mismo o tomar un taxi era ponérselo fácil a posibles secuestradores. Mucho mejor tener como chófer a un ex comando de la Brigada Golani y un Uzi a mano en el asiento de atrás. A cambio, se ahorraba el engorro de dar rodeos y las entradas de servicio, cosa obligada para un «no declarado».

El Rastreador, entre otras peculiaridades que causaban

asombro en medios oficiales, procuraba evitar en lo posible ir y venir en un coche con chófer. Tampoco le gustaba perder su valioso tiempo en los atascos de tráfico entre el centro de Washington DC y su despacho en medio del bosque. Prefería ir en moto, y guardaba el casco con visera en el hueco bajo el asiento trasero. Pero no se trataba de una moto cualquiera, sino de una Honda Fireblade, una máquina cuya fiabilidad quedaba fuera de toda duda.

Después de haber leído el informe de Javad, al Rastreador le quedaron muy pocas dudas de que Abu Azzam había cambiado las peligrosas montañas de la frontera afgano-paquistaní por el clima aparentemente más seguro de Yemen.

En 2008 la AQPA, Al Qaeda de la Península Arábiga, estaba aún en pañales, pero entre sus líderes había un estadounidense de origen yemení de nombre Anuar al-Awlaki y que hablaba muy bien inglés, con acento americano. Empezaba a abrirse paso en el ciberespacio como brillante y persuasivo orador, y sus sermones llegaban a los jóvenes de la ingente diáspora musulmana en Reino Unido y Estados Unidos. Al-Awlaki se convirtió en mentor del recién llegado paquistaní, que también hablaba inglés.

Awlaki había nacido de padres yemeníes en Nuevo México, donde su padre estaba estudiando agricultura. Criado casi como un niño estadounidense, Awlaki fue por primera vez a Yemen en 1978, con tan solo siete años. Allí terminó la enseñanza secundaria, para regresar a Estados Unidos e iniciar estudios universitarios en Colorado y San Diego. Luego, en 1993, con veintidós años, visitó Afganistán y parece que fue allí donde se convirtió al yihadismo ultraviolento.

Como la gran mayoría de los terroristas de la *yihad*, no tenía el menor conocimiento del Corán y se limitaba a difundir propaganda extremista. Pero de vuelta en Estados Unidos consiguió llegar a imán de la mezquita Rabat, en San Diego, y de otra en Falls Church, en Virginia. A punto de ser detenido por tener un pasaporte ilegal, partió rumbo a Reino Unido.

Dio charlas a lo largo y ancho del país, pero entonces se produjo el 11-S y Occidente despertó por fin. El cerco se fue cerrando y en 2004 Awlaki tuvo que volver a Yemen. Fue encarcelado por un breve tiempo, acusado de secuestro y actividades terroristas, pero la presión de su influyente tribu logró ponerlo en libertad. Hacia 2008 había encontrado ya su verdadero lugar en el mundo, como agitador islámico utilizando el púlpito de internet.

Sus sermones causaron un gran efecto. Varios asesinatos tuvieron lugar a manos de «ultras» que se habían convertido escuchando su llamada a la destrucción. Luego se asoció con un saudí de nombre Ibrahim al-Asiri, experto en fabricación de bombas caseras. Fue Awlaki quien convenció al joven nigeriano Abdulmutallab para que se inmolara haciendo estallar una bomba en aquel avión de pasajeros que sobrevolaba Detroit, y fue Asiri quien construyó el artefacto indetectable que el suicida llevaba bajo la ropa interior. Solo un mal funcionamiento salvó al avión... no así los genitales del africano.

A medida que los sermones de Awlaki se hacían populares en YouTube (las descargas diarias llegaban a ciento cincuenta mil), Asiri iba perfeccionando cada vez más sus artefactos explosivos. En abril de 2010 ambos fueron incluidos en la lista de la muerte. Para entonces Awlaki contaba ya con aquel reservado y discreto discípulo paquistaní.

Hubo dos intentos de localizar y eliminar a Awlaki. En uno intervino el ejército yemení, que lo dejó escapar cuando su pueblo natal fue rodeado; en el otro un misil disparado desde un drone estadounidense voló en pedazos la casa donde se suponía que estaba. Pero Awlaki ya se había marchado.

Finalmente la justicia lo localizó cuando iba por una solitaria senda del norte yemení el 30 de septiembre de 2011. Awlaki estaba pasando unos días en el poblado de Khashef y un joven acólito dio el chivatazo a cambio de unos cuantos dólares. A las pocas horas, un Predator lanzado desde una rampa secreta al otro lado de la frontera, en el desierto saudí, se dirigía hacia su blanco.

Desde Nevada, unos ojos observaban a los tres Toyota Land Cruiser (el coche «oficial» de Al Qaeda) aparcados en la plaza del poblado, pero había mujeres y niños cerca y la orden de lanzar el misil se postergó. En la madrugada del día 30 lo vieron montar en el vehículo de cabeza. Las cámaras eran tan buenas que, cuando Awlaki levantó la vista, su cara llenó todo el monitor de plasma de la base aérea de Creech.

Dos Land Cruiser arrancaron, pero el tercero parecía tener algún problema mecánico. Alguien levantó el capó y se puso a examinar el motor. Ajenos al hecho de que los vigilaban, otros tres hombres aguardaban para subir al todoterreno; el gobierno estadounidense los habría eliminado con sumo gusto.

Uno era nada menos que Asiri, el experto en bombas. Otro era Fahd al-Quso, el lugarteniente de Awlaki en Al Qaeda de la Península Arábiga y uno de los responsables del asesinato en 2002 de diecisiete marineros a bordo del destructor *Cole* en el puerto de Adén. Moriría años después, en 2012, a consecuencia de otro ataque con drones.

El tercero era un desconocido para los norteamericanos. No levantó la cabeza, que llevaba tapada para protegerse del polvo y la arena, y no vieron que tenía los ojos de color ámbar.

Los otros dos todoterrenos partieron por un camino polvoriento de la provincia de Jawf, pero iban bastante separados y la gente de Nevada no sabía por cuál decidirse. Luego pararon a desayunar y dejaron los Toyota uno al lado del otro. Había ocho personas agrupadas alrededor de los vehículos. Dos conductores y cuatro guardaespaldas, y los dos restantes eran ciudadanos norteamericanos: el propio Awlaki y Samir Khan, director de la publicación yihadista digital *Inspire*.

El suboficial de la base Creech informó a su superior de lo que tenía en el encuadre. Y desde Washington una voz respondió por lo bajo: «Disparen». Era una comandante del J-SOC, con aspecto de madre a punto de llevar a sus hijos al entrenamiento vespertino de fútbol.

Desde Nevada apretaron el botón. A dieciocho mil metros de altitud sobre el norte de Yemen, cuando el sol empezaba a salir, dos misiles Hellfire se separaron del Predator, olisquearon la señal como perros de presa y dirigieron el morro hacia el desierto. Doce segundos más tarde ambos Toyota y ocho hombres se volatilizaban.

Medio año después el J-SOC tenía pruebas contundentes de que Asiri, de apenas treinta años, había seguido construyendo bombas y de que estas eran cada vez más sofisticadas. Había empezado a experimentar con la implantación de explosivos en el interior del cuerpo humano, donde ningún escáner podía detectarlos.

Asiri mandó a su hermano pequeño a asesinar al príncipe Mohamed ben Nayef, jefe del antiterrorismo saudí. El joven solicitó una entrevista asegurando haber abandonado las actividades terroristas, que deseaba volver a casa y tenía mucha información. El príncipe accedió a verle.

Cuando este entraba en la estancia, el joven Asiri detonó el explosivo y voló por los aires. El príncipe tuvo suerte; salió despedido hacia atrás por la puerta por la que acababa de entrar y solo sufrió rasguños y pequeñas contusiones.

El terrorista llevaba alojada en el ano una pequeña pero potente bomba. El detonador era un artilugio que se activaba por teléfono móvil. Su propio hermano lo había diseñado, y fue él quien lo accionó desde el otro lado de la frontera.

Mientras tanto, el difunto Awlaki tenía ya un sucesor. Alguien a quien llamaban el Predicador empezó a colgar sermones en el ciberespacio. Tan intensos, tan llenos de odio, tan peligrosos como los de Awlaki. Por otra parte, el inútil presidente yemení cayó durante la Primavera Árabe y otro ocupó su puesto, un hombre más joven y enérgico, dispuesto a cooperar con Estados Unidos a cambio de ayuda sustancial para el desarrollo.

Se incrementó el número de drones que sobrevolaban Yemen y el de agentes pagados por Washington. El ejército inició una ofensiva contra líderes de Al Qaeda, y Al-Quso fue eliminado. Pero se suponía que, a pesar de todo, el tal Predicador continuaba en el país. Gracias a un chico encerrado en un desván de Centreville, el Rastreador ya sabía que no era así.

Mientras cerraba el archivo con la biografía de Awlaki, le llegó un informe procedente de aquellos a los que Zorro Gris llamaba «los chicos de los drones». Para esta operación el J-SOC no estaba haciendo uso de las instalaciones que la CIA tenía en Nevada, sino su propia unidad de drones con base en Pope, cerca de Fayetteville, Carolina del Norte.

El informe era escueto e iba al grano. Al pequeño almacén de Kismayo habían llegado camiones en más de una ocasión. Los metían en el interior y luego partían. Entraban cargados y salían vacíos. Dos eran de plataforma descubierta. Y, aparentemente, traían fruta y verdura. Fin del informe.

El Rastreador volvió la cabeza hacia el retrato del Predicador que tenía pegado en la pared. Para qué cojones querrás tú la fruta y la verdura, pensó.

Se estiró, se levantó de la silla y salió a la calidez del sol. Haciendo caso omiso de las sonrisas de quienes estaban en el aparcamiento, montó en su Fireblade, se puso el casco, bajó la visera y arrancó. Tras dejar atrás el recinto vallado y llegar a la autovía, giró al sur en dirección al DC y poco después se desvió hacia Centreville.

—Quiero que me averigües una cosa —le dijo a Ariel una vez en la semioscuridad del desván—. Alguien está comprando mucha fruta y verdura en Kismayo. ¿Puedes averiguar de dónde procede todo eso y adónde lo llevan?

Podría haber acudido a otras personas, otros expertos informáticos, pero en aquel enorme y complejo mundo de armamento, industria y espionaje repleto de rivales y de gente que hablaba demasiado, Ariel tenía dos grandísimas ventajas: informaba a una sola persona y jamás hablaba con nadie. El chico empezó a teclear y al instante apareció en pantalla un mapa del sur de Somalia.

—No todo es desierto —dijo—. Hay una zona boscosa y con plantaciones a ambos lados del valle inferior del Juba. Aquí se ven las granjas.

El Rastreador observó atentamente la retícula de huertos y plantaciones, una mancha verde en medio del vasto desierto ocre. La única región fértil del país, el «granero» del sur. Si aquellos camiones iban a buscar mercancía a la zona agrícola que estaba viendo en el monitor y luego llevaban la carga a Kismayo, ¿adónde se distribuía exactamente? ¿A mercados locales o para exportación?

—Ve a la zona portuaria de Kismayo.

Al igual que el resto del país, el puerto presentaba un estado lamentable. En tiempos había sido muy próspero, pero el muelle estaba destrozado aquí y allá; las viejas grúas, torcidas y tan deterioradas que ya no se podían usar. Era posible que de vez en cuando atracara un buque de carga. Aunque no para descargar mercancía. ¿Qué podía permitirse importar el ruinoso miniestado de Al-Shabab? Pero ¿y exportar? ¿Fruta y verduras? Tal vez sí, pero ¿adónde? ¿Y para qué?

—Investiga la actividad comercial, Ariel. Mira si alguna empresa tiene tratos con Kismayo. Alguien que compre fruta y verdura procedente del valle inferior del Juba. Y en tal caso, quién. Podrían ser los dueños del almacén de Kismayo.

El Rastreador dejó trabajando a Ariel y volvió a la TOSA.

A las afueras del norte de Tel Aviv, junto a la carretera de Herzliya, en una calle tranquila a escasa distancia de un mercado de abastos, hay un insulso bloque de oficinas al que sus ocupantes llaman simplemente eso, la Oficina. Es el cuartel general del Mossad. Dos días después de que el Rastreador y Simon Jordan se entrevistaran en el Mandarin Oriental, tres hombres con camisa de manga corta y sin corbata se encontraron en el despacho del director, un lugar que había sido escenario de bastantes reuniones trascendentales.

Fue allí donde en el otoño de 1972, tras la matanza de atletas israelíes en los Juegos Olímpicos de Munich, Zvi Zamir había ordenado a sus *kidonim* («bayonetas») localizar y matar a los fanáticos responsables de Septiembre Negro. La decisión había sido tomada por la primera ministra, Golda Meir, y la operación se denominó Ira de Dios. Cuarenta años más tarde seguía siendo considerada una acción de lo más ruin.

Los reunidos empleaban solo el nombre de pila pese a la diversidad de rangos y edades. El mayor de todos llevaba veinte años en el Mossad y le bastaban los dedos de una mano para recordar las veces en que había oído usar apellidos. El entrecano director era Uri; el jefe de operaciones, David; y el más joven, a cargo de la sección del Cuerno de África, Benny.

—Los americanos nos piden ayuda —dijo Uri.

—Vaya, qué raro —murmuró David.

—Parece que están sobre la pista del Predicador.

No hicieron falta explicaciones. El terrorismo islámico tiene una lista de objetivos e Israel ocupa la cabecera, junto con

Estados Unidos. Todos los presentes estaban al tanto del ranking mundial de organizaciones terroristas, aunque Hamás al sur de Israel, Hezbolá al norte y los matones iraníes de Al-Quds al este pugnaban por ocupar el primer puesto. Que el Predicador dirigiera su odio contra Estados Unidos y Reino Unido no quería decir que ellos no supiesen quién era.

—Por lo visto el Predicador está en Somalia, al amparo de Al-Shabab. Su petición es muy sencilla: ¿tenemos a algún agente infiltrado en el sur de Somalia?

Los dos mayores del grupo miraron a Benny. Había sido miembro de la unidad de élite Sayeret Matkal, hablaba tan bien el árabe que podía cruzar la frontera sin levantar la menor sospecha, y pertenecía por tanto a los comandos secretos de los Mistaravim. Benny se quedó mirando el lápiz que sujetaba entre los dedos.

—Bien, ¿sí o no, Benny? —preguntó David sin alzar la voz.

Todos sabían lo que se avecinaba. A ninguna organización de esa índole le hace gracia prestar a uno de sus agentes para que le haga el trabajo a una agencia extranjera.

—Sí, tenemos uno. Solo uno. Está infiltrado en el puerto de Kismayo.

—¿Cómo te comunicas con él? —preguntó el jefe.

—Con extrema dificultad —respondió Benny—. Y mucha lentitud. Requiere tiempo. No podemos mandarle un mensaje y ya está. Él no puede mandarnos una postal. El correo electrónico también podría estar pinchado. Ahora mismo hay allí terroristas adiestrados. Es gente con estudios y que está al día de los avances tecnológicos. ¿Por qué?

—Si los yanquis quieren utilizar a nuestro hombre, tendríamos que mejorar las comunicaciones. Un transmisor-receptor en miniatura. Y eso les va a salir caro.

—Y tanto que sí —dijo el director—. Ya me encargo yo de eso. Les diré que «quizá» y luego discutiremos el precio.

No se refería a dinero, sino a ayuda en otros muchos asun-

tos: el programa nuclear iraní, la cesión de material clasificado de ultimísima tecnología… Una larga lista de la compra.

—¿Tiene nombre ese agente? —preguntó David.

—Su nombre en clave es Ópalo —respondió Benny—. Trabaja de controlador de carga en el muelle.

Zorro Gris no perdió el tiempo.

—Has estado hablando con los israelíes —dijo.

—Así es. ¿Han contestado?

—Y con ganas. Tienen a un hombre muy bien infiltrado
allí. En Kismayo, precisamente. Están dispuestos a ayudar pero
exigen mucho a cambio. Ya sabes cómo las gastan. Esos no te
regalan arena ni en medio del desierto.

—Ya, pero ¿quieren discutir el precio?

—A otro nivel, no al nuestro —dijo Zorro Gris—. Muy
por encima de nuestras competencias. Su hombre fuerte en la
embajada ha hablado directamente con el jefe del J-SOC.

Se refería al almirante William McRaven.

—¿Y él los ha rechazado?

—No. Sorprendentemente, ha accedido a sus demandas.
Puedes ponerte en marcha. Tu contacto es su jefe de estación.
¿Le conoces?

—Sí, más o menos.

—Bien, pues todo tuyo. Explícales lo que quieres y ellos
harán lo que puedan.

Cuando llegó a su despacho vio que tenía un mensaje de
Ariel.

«Por lo visto hay un comprador de fruta, verdura y especias somalíes. Es una empresa llamada Masala Pickles, que
fabrica encurtidos picantes, de esos que los británicos comen
con el curri. La mercancía se embotella, congela o enlata en

una planta que hay en Kismayo, y luego la envían a la fábrica central.»

El Rastreador lo llamó por teléfono. Quienquiera que estuviera escuchando no entendería nada, de modo que no encriptó la llamada.

—Mensaje recibido, Ariel. Buen trabajo. Solo una cosa: ¿dónde está la fábrica central?

—Ah, perdón, coronel. Está en Karachi.

Karachi. Pakistán. Cómo no.

7

Un bimotor Beech King Air a hélice despegó antes del alba de Sde Dov, el aeródromo militar al norte de Tel Aviv, viró al sudeste y empezó a elevarse. Sobrevoló Beersheva, atravesó la zona de exclusión de la central nuclear de Dimona y abandonó el espacio aéreo israelí al sur de Eilat.

Su color distintivo era el blanco, un blanco puro, con las palabras UNITED NATIONS a lo largo del fuselaje. En la aleta de cola lucía el acrónimo WFP, siglas de World Food Programme. Si a alguien se le ocurriera comprobar su número de registro habría visto que el avión era propiedad de una empresa fantasma con sede en Gran Caimán y bajo contrato de fletamento desde hacía mucho con el WFP. Tonterías...

El aparato pertenecía a la Metsada, la división de operaciones especiales del Mossad, y su base era el hangar del Sde Dov que antiguamente había albergado el Spitfire negro de Ezer Weizman, fundador de la Fuerza Aérea israelí.

Al sur del golfo de Aqaba, el King Air siguió un rumbo entre la gran masa continental de Arabia Saudí al este y la de Egipto/Sudán al oeste. Permaneció en espacio aéreo internacional a todo lo largo del mar Rojo hasta que cruzó la costa de Somalilandia para adentrarse en Somalia. Ninguno de estos dos estados contaba con interceptores.

El avión blanco volvió a cruzar la costa somalí del océano Índico al norte de Mogadiscio y viró hacia el sudoeste para volar en paralelo a la costa a mil quinientos metros de altitud y a escasa distancia del litoral. Cualquier observador habría supuesto que venía de una base humanitaria cercana puesto que no llevaba tanques de combustible externos y, por tanto, su autonomía debía de ser limitada. Ese mismo observador no habría podido ver que gran parte del interior de la nave lo ocupaban dos enormes tanques de combustible.

Al sur de Mogadiscio, el encargado de la cámara preparó su equipo y empezó a filmar nada más dejar atrás Marka. Captó excelentes imágenes de toda la costa desde Marka hasta un punto situado a ochenta kilómetros al norte de Kismayo, un largo trecho con más de trescientos kilómetros de playa arenosa.

Una vez que el cámara dejó de filmar, el King Air dio media vuelta, desconectó los tanques interiores para seguir con el suministro principal y puso rumbo a Israel. Tras doce horas de vuelo tomó tierra en el aeropuerto de Eilat, repostó y continuó de inmediato hacia Sde Dov. Un motorista llevó rápidamente el material filmado hasta la unidad de análisis fotográfico del Mossad.

Lo que Benny necesitaba era un punto de encuentro seguro en la carretera de la costa donde reunirse con el agente Ópalo con instrucciones y el equipo que precisaba. El lugar que Benny buscaba tenía que ser inconfundible tanto para alguien que llegase por la carretera como para una lancha procedente del mar.

Una vez decidido el punto de encuentro, se dispuso a redactar el mensaje para Ópalo.

El alcaide Doherty intentaba que su prisión fuera lo menos desagradable posible y, por supuesto, había en ella una capilla. Pero él no quería que su hija se casara allí. Como padre de la novia, estaba dispuesto a hacer que ese día fuese realmente memorable, por eso decidieron celebrar la ceremonia en la iglesia católica de Saint Francis Xavier y el banquete en el céntrico hotel Clarendon.

La fecha y el lugar de la inminente boda habían sido comentados en la columna de ecos de sociedad del *Phoenix Republic*, y no fue ninguna sorpresa que, al salir del templo, los recién casados se encontraran a toda una muchedumbre de invitados y curiosos.

Nadie prestó mucha atención a un joven de tez morena, larga túnica blanca y mirada perdida. Es decir, no hasta que se abrió paso bruscamente entre los mirones y corrió hacia el padre de la novia empuñando algo en la mano derecha, como si le ofreciera un presente. Aunque no era ningún obsequio, sino una Colt 45. Disparó cuatro veces contra el alcaide. Doherty salió despedido hacia atrás por la fuerza de los cuatro impactos y se desplomó.

Hubo, como ocurre cuando la conciencia del horror no ha calado todavía, dos segundos de pasmado silencio. A continuación se produjeron las reacciones: gritos, chillidos y, en el presente caso, más disparos, pues dos agentes de servicio de la policía local sacaron sus armas y abrieron fuego. El agresor fue abatido. Algunos de los presentes se echaron al suelo en medio del caos reinante: la señora Doherty en pleno ataque de histeria, la novia a quien intentaban llevarse de allí, coches de policía y ambulancias con sus sirenas en marcha, gente aterrorizada corriendo en todas direcciones.

Luego vino «el sistema» y se hizo cargo de la situación. Escena del crimen acordonada, pistola recuperada e introducida en una bolsa de pruebas, identificación del asesino. Aquella noche los telediarios de Arizona informaron al resto del país de que se había cometido otro asesinato más. Y en el portátil del fanático homicida, que fue hallado en su pequeño piso de una sola habitación encima del taller donde trabajaba, encontraron la consabida lista de sermones online del Predicador.

La unidad de filmación cinematográfica del ejército de Estados Unidos se conoce como Mando de Adiestramiento y Doctrina (TRADOC por sus siglas en inglés) y tiene su sede en Fort Eustis, Virginia. Normalmente hace películas de adiestramiento y documentales explicando y ensalzando cualquier aspecto del trabajo y la función del ejército. Lógico, pues, que el oficial al mando no dudara un instante en dar su visto bueno a la petición de entrevistarse con un tal coronel Jamie Jackson destinado en el cuartel general del J-SOC, en la base aérea de MacDill a las afueras de Tampa, Florida.

Ni siquiera entre militares veía el Rastreador motivo alguno para revelar que en realidad se llamaba Kit Carson, que trabajaba para la TOSA y que estaba destinado a no muchos kilómetros de allí, dentro del mismo estado. Se trataba simplemente de información reservada, lo que se conoce como *need to know*.

—Quiero hacer un cortometraje —empezó diciendo—, pero estaría clasificado como alto secreto y el producto final lo vería un grupo muy restringido de personas.

Aquello intrigó al oficial al mando; incluso le impresionó, pero no dio muestras de inmutarse. Estaba muy orgulloso del talento de su equipo. No recordaba que nadie le hubiera pedido una cosa tan extraña, pero eso podía hacer el encargo más interesante. Disponía de instalaciones para filmar y estudios de sonido en la propia base.

—Será un corto muy, muy breve, con una sola escena. No habrá que filmar en exteriores. Solo necesitamos un pequeño plató, mejor si es fuera de la base. No harán falta cámaras de cine, bastará con una videocámara: sonido e imagen. Se verá (si es que llega a verse) solamente por internet. Por lo tanto el equipo tendrá que ser muy reducido, pongamos de no más de seis personas, y todas ellas deberán guardar el secreto bajo juramento. Lo que necesito es un joven director que domine el oficio.

El Rastreador consiguió lo que quería: el capitán Damian Mason. Por el contrario, el oficial no consiguió lo que quería, esto es, una respuesta a sus numerosas preguntas. Lo que sí obtuvo fue una llamada de un general de tres estrellas recordándole que aquello era el ejército y que allí las órdenes se cumplían y punto.

Damian Mason era joven, entusiasta y un cinéfilo empedernido desde su infancia allá en White Plains, Nueva York. Cuando se licenciara, tenía pensado ir a Hollywood y hacer películas de verdad, con argumento y actores.

—¿Va a ser un corto de adiestramiento, señor? —preguntó.

—Bueno, yo espero que sea instructivo, a su manera —respondió el coronel de marines—. Dígame, capitán, ¿existe alguna guía específica con las fotos de todos los actores disponibles del país?

—Pues algo parecido. Creo que se refiere al Directorio de Actores de la Academia. Casi seguro que todos los directores de casting tienen un ejemplar a mano.

—¿Y tienen uno en la base?

—Lo dudo, señor. Aquí no utilizamos actores profesionales.

—Pues ahora sí. Como mínimo, uno. ¿Puede conseguirme un ejemplar?

—Eso está hecho, coronel.

Tardó dos días en llegar por FedEx y era un libro muy grueso, páginas y más páginas con todas las caras de aspirantes a actores y actrices, desde muy jovencitos hasta veteranos.

Otro de los métodos utilizados por las fuerzas policiales y las agencias de espionaje de todo el mundo es la comparación de rostros. Sirve para ayudar a localizar a delincuentes fugitivos que tratan de cambiar de aspecto.

La informatización ha convertido en datos científicos lo que antes era poco más que una corazonada del policía de turno. En Estados Unidos ese software recibe el nombre de Echelon y se encuentra en las instalaciones de investigación electrónica del FBI en Quantico, Maryland.

Se trata, básicamente, de tomar y almacenar centenares de parámetros faciales. Las orejas, por ejemplo, son como las huellas dactilares: no hay dos iguales. Pero el pelo largo hace que no sean siempre visibles. La distancia entre ambas pupilas, medida al micrómetro, puede descartar una «coincidencia» en menos de un segundo… o ayudar a confirmarla. Echelon no se deja engañar por delincuentes que se han sometido a cirugía plástica de envergadura.

Terroristas captados por la cámara de un drone han sido identificados en cuestión de segundos como el objetivo principal y no como un simple secundario. Es una manera de ahorrarse un costoso misil. Así pues, el Rastreador regresó al este y le encomendó una tarea a Echelon: examinar todas las caras de los varones que constasen en el directorio y buscar un clon del Predicador. Les pasó en primer lugar una imagen del rostro sin barba. Más adelante probarían también con la otra.

Echelon analizó casi un millar de caras de varones y eligió una que se parecía, más que cualquier otra, a la del paquistaní llamado Abu Azzam. Pertenecía a un hombre de origen hispano llamado Tony Suarez. En su currículum ponía que había hecho de extra y también algún papel secundario, con apariciones en escenas de masas e incluso un breve texto en un anuncio de material para barbacoa.

Al volver a su despacho en la TOSA, el Rastreador vio que tenía un informe de Ariel. Su padre había encontrado una tienda donde vendían productos alimenticios extranjeros y le había traído un tarro de encurtidos y otro de chutney de mango, ambos de Masala. Una búsqueda en el ordenador sirvió para determinar que casi toda la fruta y las especias procedían de plantaciones situadas en el valle inferior del Juba.

Había más. En bancos de datos comerciales pudo averiguar que Masala tenía mucho éxito en Pakistán y Oriente Próximo, así como en Reino Unido, un país muy aficionado a la comida picante y a los curris. El propietario era asimismo su fundador, el señor Mustafa Dardari, que tenía una mansión en Karachi y una casa unifamiliar en Londres. Había por último una imagen del magnate, ampliada a partir de la típica fotografía de sala de juntas con sonrisas forzadas.

El Rastreador contempló aquel rostro. Terso, bien afeitado, feliz… y vagamente familiar. Sacó del cajón de su mesa la copia original de la foto que había hecho con su iPhone en Islamabad. Estaba doblada en dos porque no le había interesado la otra mitad. Pero ahora sí quería verla; quería ver al otro risueño colegial de quince años atrás.

Como hijo único que era, el Rastreador sabía que el vínculo que se crea en el colegio entre dos chicos que son hijos únicos no muere jamás. Recordó lo que le había dicho Ariel: que alguien enviaba mensajes por correo electrónico al almacén de Kismayo. Y que el Troll daba acuse de recibo con un «gracias». Era obvio que el Predicador tenía un amigo en Occidente.

El capitán Mason examinó la cara que el Predicador, antes Zulfikar Ali Shah, antes Abu Azzam, tendría supuestamente en la actualidad. Y al lado la foto de Tony Suarez, actor secundario en paro que malvivía en Malibú.

—Sí, se puede hacer —dijo al fin—. Con maquillaje, peluca, vestuario, lentillas, un par de ensayos y autocue. —Dio unos toquecitos con el dedo en la foto del Predicador—. ¿Y este tipo habla?

—De vez en cuando.

—Porque de la voz no respondo.

—La voz déjemela a mí —dijo el Rastreador.

El capitán Mason, en ropa de civil y haciéndose llamar señor Mason, voló a Hollywood con un buen fajo de dólares y regresó con el señor Suarez, a quien hospedó en una confortable suite de un hotel a treinta kilómetros de Fort Eustis. Para asegurarse de que no se marchaba, le fue asignado como escolta un cabo, una rubia impresionante a quien se le dijo que todo lo que tenía que hacer para servir a su país era impedir que durante cuarenta y ocho horas el huésped californiano saliera del hotel o se metiera en el cuarto de ella.

Si el señor Suarez creía o no que sus servicios eran requeridos porque estaban haciendo la preproducción de una película alternativa para un cliente árabe con mucho dinero que gastar, era irrelevante. Que la película tuviera o no argumento tampoco parecía preocuparle. A él le bastaba con estar en una suite de lujo provista de bar con champán, dinero suficiente para comprar varios años de material de barbacoa y la compañía de una rubia que estaba como un tren. El capitán Mason había reservado una amplia sala de conferencias en el mismo hotel y le dijo que la «prueba de cámara» tendría lugar al día siguiente.

El equipo de TRADOC llegó en dos coches particulares y una furgoneta de mudanzas. Se instalaron en la sala de conferencias y cubrieron todas las ventanas con papel negro y cinta adhesiva protectora. Hecho esto, procedieron a montar el plató más sencillo del mundo.

Básicamente consistía en una sábana clavada en la pared. La tela era también negra y llevaba unas inscripciones coránicas en letra cursiva árabe. Procedía de uno de los talleres logísticos de Fort Eustis; era una réplica del telón de fondo que aparecía en los sermones del Predicador. Delante de la sábana colocaron una silla de madera con brazos.

En el otro extremo de la sala, sillas, mesas y luces creaban

sendos espacios de trabajo para «Vestuario» y «Maquillaje».
Ninguno de los presentes tenía ni idea de para qué era todo
aquello.

El operador situó su videocámara enfrente de la silla. Uno
de sus colegas se sentó en ella a fin de controlar previamente la
distancia, el enfoque y la luz. El ingeniero de sonido comprobó
los niveles. El operador de autocue colocó su pantalla justo
debajo del objetivo para que los ojos del orador estuvieran a
la misma altura y pareciese hablar directamente a la cámara.

Hicieron entrar al señor Suarez y lo llevaron a la improvi-
sada zona de vestuario, donde una sargento con pinta de ma-
trona —de civil, como todos los demás— le esperaba con la
túnica y el tocado que debía ponerse. Eso lo había seleccio-
nado también el Rastreador de entre los enormes recursos de
TRADOC, con posteriores modificaciones a cargo de la encargada del vestuario a partir de fotografías del Predicador.

—Oiga, no tendré que decir nada en árabe, ¿verdad? —pro-
testó Tony Suarez—. A mí nadie me comentó que tuviera que
hablar en moro.

—Descuide —le tranquilizó el «señor» Mason, quien aparentaba estar dirigiendo—. No serán más que un par de palabras, y no se preocupe por la pronunciación. Tenga, eche un
vistazo, solo para cuadrar un poco el movimiento de los labios.

Le pasó a Suarez una tarjeta grande con unas cuantas palabras en árabe.

—Uf, tío, esto es muy complicado.

Un hombre mayor, que había permanecido todo ese tiempo en silencio apoyado contra la pared, se acercó.

—Trate de imitarme —dijo, y pronunció las palabras como
un árabe.

Suarez probó. No era lo mismo, pero los labios se movieron como debían. Eso lo arreglarían después en el doblaje. Luego pasó a la sección de maquillaje. Tardaron una hora.

La experta le oscureció el tono de piel para hacerlo un poco más moreno. Le añadieron barba y bigote negros. El *shemagh* le tapaba el cabello. Por último, las lentillas proporcionaron al actor una fascinante mirada ámbar. Cuando el joven se puso de pie y dio media vuelta, el Rastreador creyó estar viendo al Predicador en persona.

Hicieron sentar a Tony Suarez en una silla. Hubo que ajustar un poco la cámara, los niveles de sonido, el enfoque y el teleprompter. El actor había aprovechado la hora de maquillaje para estudiar el texto que debía leer. Casi se lo sabía de memoria, y aunque su dicción no sonaba a árabe, por lo menos ya no se trataba con las palabras.

—Acción —dijo el capitán Mason.

Algún día, pensó para sus adentros, pronunciaré esa palabra delante de Brad Pitt y George Clooney.

El extra empezó a hablar.

El Rastreador murmuró algo al oído de Mason.

—Más solemne, Tony —dijo Mason—. Esto es una confesión. Imagina que eres el gran visir diciéndole al sultán que lo has hecho todo mal y que lo sientes mucho. Bueno, seguimos rodando. ¡Acción!

Ocho tomas después, Suarez había dado lo mejor de sí mismo y empezaba a flaquear. El Rastreador dijo que ya tenían suficiente.

—Bueno, señores, ¡a positivar! —dijo Mason. Le encantaba esa expresión.

El equipo procedió a desmontarlo todo. Tony Suarez volvió a ponerse los vaqueros y la sudadera, la barba desapareció y solo quedó un leve olor a crema limpiadora. El personal de vestuario y maquillaje recogió sus bártulos y volvió a la furgoneta. Descolgaron la sábana que había servido de telón de fondo y se la llevaron. El papel negro y la cinta adhesiva desaparecieron de las ventanas.

Mientras tanto, el Rastreador hizo que el técnico le pasara

las cinco mejores tomas de la breve alocución. Finalmente eligió una e hizo borrar el resto de lo grabado.

La voz del actor seguía sonando muy californiana. El Rastreador sabía de un cómico británico que hacía desternillarse de risa a los telespectadores con sus increíbles imitaciones de voces de famosos. Le mandaría un billete de ida y vuelta y le pagaría muy bien. Luego los técnicos se ocuparían de cuadrar el movimiento de los labios.

Dejaron la sala de conferencias que habían alquilado. Tony Suarez abandonó con pesar su lujosa suite y fue llevado hasta el aeropuerto de Washington para tomar un vuelo nocturno con destino a Los Ángeles. El equipo de Fort Eustis lo tenía mucho más cerca y al anochecer ya estaban en casa.

Se lo habían pasado bien, pero nunca habían oído hablar del Predicador y no tenían la menor idea de qué era lo que habían estado haciendo. El Rastreador, sí; él sabía que cuando lanzara lo que estaba grabado en la cinta que tenía en la mano, se armaría el caos más absoluto entre las fuerzas del yihadismo.

El hombre que descendió del avión turco junto con el resto de los pasajeros somalíes en el aeropuerto de Mogadiscio tenía un pasaporte donde ponía que era danés; otros documentos en cinco idiomas distintos (somalí incluido) lo identificaban como colaborador de la fundación Save the Children.

Pero en realidad no se llamaba Jensen, y trabajaba para la división de información (esto es, de espionaje) del Mossad. El día anterior había partido del aeropuerto Ben Gurion rumbo a Larnaca, en Chipre, donde había cambiado de nombre y nacionalidad para tomar un vuelo a Estambul.

La espera en la sala de tránsito de clase preferente para abordar el vuelo a Somalia con escala en Yibuti fue larga y tediosa. Pero Turkish Airlines seguía siendo la única compañía de bandera que cubría el trayecto hasta Mogadiscio.

Eran las ocho de la mañana y el calor era ya intenso sobre el asfalto de la pista cuando los cincuenta pasajeros se dirigieron a pie hacia el edificio de llegadas. Los somalíes de clase turista apartaban a codazos a los tres de preferente. Pero el danés no tenía prisa alguna y esperó su turno frente a la ventanilla de pasaportes.

No tenía visado, por supuesto; los visados, como él sabía por haber estado antes en el país, se compran a la llegada. El funcionario examinó los sellos previos de su pasaporte y consultó una lista. Nadie apellidado Jensen tenía prohibida la entrada en el país.

El danés deslizó un billete de cincuenta dólares por debajo del cristal.

—Para el visado —murmuró en inglés.

El funcionario tiró del billete hacia él, y entonces reparó en que había otro igual entre las hojas del pasaporte.

—Un pequeño extra para sus hijos —murmuró el danés.

El funcionario asintió. Sin sonreír, se limitó a sellar el visado. Luego echó un vistazo al comprobante de vacunaciones, cerró el pasaporte, hizo un gesto de aprobación con la cabeza y se lo devolvió. Para sus hijos, claro. Un regalo como era debido. Daba gusto tratar con europeos que conocían las normas.

Fuera había dos taxis destartalados. El danés se acomodó con su solitario maletín en el primero de ellos y dijo: «Al hotel Peace, por favor». El taxista arrancó hacia las barreras de acceso al complejo aeroportuario, donde montaban guardia soldados ugandeses.

El aeropuerto se encuentra en el centro de la base militar de la Unión Africana, una zona interior del enclave de Mogadiscio, rodeada de alambre de espino, sacos terreros, muros a prueba de explosiones y patrullada por blindados Casper. Dentro de la fortaleza hay otra: el campamento Bancroft, que es donde viven los «blanquitos», unos varios cientos de personas entre los que se cuentan asesores de defensa, trabajadores de organizaciones humanitarias y medios de comunicación, y un puñado de mercenarios que trabajan como guardaespaldas de los peces gordos.

Los estadounidenses ocupaban su propio recinto al fondo de la pista. Tenían su embajada, varios hangares con información reservada y una pequeña escuela de adiestramiento para jóvenes somalíes que, llegado el día, se reincorporarían a la vida en la peligrosa Somalia en calidad de agentes norteamericanos. A quienes, por su larga y decepcionante experiencia, conocían bien el país, aquello les parecía una muy vana esperanza.

También en ese santuario interior, el hombre vio pasar ante las ventanillas del coche en marcha otros asentamientos menores; de Naciones Unidas, del cuerpo de oficiales de la Unión Africana, de la Unión Europea, e incluso la deslucida embajada británica, que insistía con tanto ardor como falsedad en que aquello no era otro «nido de espías».

Jensen no se atrevió a quedarse dentro de Bancroft. Podría haber allí otro danés o alguien que trabajara realmente para Save the Children. Se dirigía al único hotel más allá de los muros de protección donde un hombre de raza blanca podía estar razonablemente a salvo.

El taxi atravesó el último control —más barreras a franjas rojas y blancas, más ugandeses— y enfiló el kilómetro y medio hasta el centro de Mogadiscio. Aunque no era su primer viaje a la capital somalí, al danés seguía asombrándole el inmenso montón de escombros al que veinte años de guerra civil habían dejado reducida la antaño elegante ciudad.

El coche torció por un callejón. Un golfillo a sueldo apartó una maraña de alambre de espino, y una verja metálica de casi tres metros de altura se abrió rechinando. El muchacho no se había comunicado con nadie: alguien debía de estar mirando por un agujero.

Después de pagar la carrera, el danés se registró en el hotel y le acompañaron a su habitación. Era pequeña pero funcional, con ventanas de vidrio esmerilado (para resguardar la privacidad) y las persianas corridas (contra el calor). Se desvistió, estuvo un rato bajo el tibio chorrito de la ducha, se enjabonó y enjuagó lo mejor que pudo, y se puso ropa limpia.

Con unas sandalias, un pantalón fino y una camisa larga de algodón sin botones, iba vestido prácticamente como un somalí. Llevaba una cartera colgada del hombro y se protegía los ojos con unas gafas de sol envolventes. La cara blanca y el pelo rubio eran a todas luces europeos, pero sus manos estaban tostadas por el sol israelí.

Conocía un sitio donde alquilaban motocicletas. Un segundo taxi, pedido a través del hotel, lo llevó hasta allí. De camino sacó el *shemagh* que guardaba en la cartera. Se ajustó el típico tocado árabe en torno a sus rizos, procurando cubrirse parcialmente la cara y remetiendo el resto de la tela por el otro lado. No había en ello nada sospechoso; quienes llevan *shemagh* se protegen muchas veces la boca y la nariz del polvo imperante y la arena de las ventoleras.

Alquiló una Piaggio blanca desvencijada. El hombre que se la entregó le conocía de anteriores visitas: siempre una paga y señal generosa, el vehículo invariablemente devuelto sin desperfectos, y no había necesidad de perder el tiempo con estúpidas formalidades como permisos y demás.

El danés se incorporó al torrente de carromatos, camiones que se caían a trozos, camionetas y otras motocicletas, esquivando a algún que otro camello o transeúnte y tratando de parecer un somalí más que circulara en su vehículo por Maka-al-Mukarama, la arteria que parte en dos el centro de Mogadiscio.

Pasó frente a la blanquísima mezquita de Isbahaysiga, impresionante por el hecho de no haber sufrido desperfectos, y al mirar hacia el otro lado vio algo mucho menos agradable. El campo de refugiados Darawysha estaba igual que lo había visto en su última visita. Seguía siendo un mar de miseria donde se apiñaban diez mil seres hambrientos y asustados. No había servicios sanitarios; no había comida, empleo ni esperanza, y los niños jugaban en charcos de orines. Eran realmente, pensó, lo que Frantz Fanon había llamado «los condenados de la tierra»; y Darawysha era solo uno de los dieciocho asentamientos sumidos en la más absoluta pobreza que había en el enclave. Las organizaciones humanitarias occidentales hacían cuanto podían, pero era una tarea imposible.

El danés consultó su reloj barato. Llegaba a tiempo. Los encuentros eran siempre a las doce del mediodía. El hombre a quien iba a ver miraría hacia el lugar de costumbre: si él no estaba (como sucedía el noventa y nueve por ciento de las veces), el otro seguiría con sus asuntos como si nada; si estaba, intercambiarían las señales de rigor.

La moto lo llevó hasta el ruinoso barrio italiano. Era una insensatez que un hombre blanco entrara allí sin una escolta fuertemente armada, no por el peligro de ser asesinado, sino secuestrado. Por un europeo o un norteamericano se podía pedir un rescate de hasta dos millones de dólares. Pero con sandalias somalíes, camisa africana y *shemagh* ocultándole media cara, el agente israelí se sentía a salvo… siempre que no se entretuviera mucho.

El pescado llega todos los días a una pequeña cala frente al hotel Oruba, donde el fuerte oleaje del océano Índico empuja las barcas de pesca hasta la playa. Luego, escuálidos hombres de piel oscura que han estado faenando toda la noche llevan sus jureles, medregales y barracudas al mercado cubierto con la esperanza de encontrar comprador.

El mercado está a unos doscientos metros de la cala. Es un cobertizo sin iluminar de unos treinta metros de largo que apesta a pescado, fresco o no. El contacto del danés era el gerente. A mediodía, como le pagaban por hacer a diario, Kamal Duale salió de su despacho y paseó la mirada por la muchedumbre que contemplaba las capturas.

La mayoría había ido a comprar, pero aún no. Los que tenían dinero se llevarían el pescado fresco; a cuarenta grados y sin ningún tipo de refrigeración, el género no tardaría en apestar. Era entonces cuando empezaban las gangas.

Si el señor Duale se sorprendió al verlo entre el gentío, no dio muestras de ello. Simplemente lo miró. Hizo un gesto con la cabeza. El hombre de la Piaggio respondió al saludo y se llevó la mano derecha al pecho. Los dedos extendidos, luego cerrados, extendidos otra vez. Hubo dos ligeros cabeceos más y el de la moto se alejó. La cita estaba concertada: el sitio de costumbre, a las diez de la mañana.

Al día siguiente, a las ocho, el danés bajó a desayunar. Tuvo suerte, había huevos. Tomó dos, fritos, acompañados de pan y té. No quería comer mucho; intentaba no tener que usar el retrete.

La moto estaba aparcada junto a la pared del recinto. A las nueve y media arrancó, esperó a que se abriera la verja metálica, salió y se dirigió hacia el campamento de la Unión Africana. Cerca ya de los bloques de hormigón y la garita de guardia, se quitó el *shemagh*. El pelo rubio lo delató enseguida.

Un soldado ugandés salió del refugio con el rifle descolgado. Pero, a un paso de la barrera, el motorista rubio viró, levantó una mano y gritó: «*Jambo*».

El ugandés, al oír hablar en swahili, bajó el arma. Otro *mzungu* chiflado, pensó. Tenía ganas de volver a su país, pero le pagaban bien y pronto habría ahorrado suficiente para un par de vacas y una esposa. El *mzungu* se metió en el aparcamiento del Village Café contiguo a la entrada del recinto, paró y entró en el bar.

El gerente del mercado de pescado estaba tomando café en una de las mesas. El danés se dirigió a la barra y pidió lo mismo, pensando en el café fuerte y aromático de la cafetería de su oficina en Tel Aviv.

Hicieron la entrega en el servicio de caballeros del Village Café, como siempre. El danés sacó un fajo de dólares, la moneda de cambio universal incluso en tierras hostiles. El somalí miró con expresión de aprobación mientras los contaba.

Una parte era para el pescador que llevaría el mensaje hasta Kismayo por la mañana, solo que él cobraría en chelines somalíes, que apenas si tenían valor. Los dólares se los quedaría Duale, que estaba ahorrando dinero para poder emigrar algún día.

Luego le entregó el material que debía enviar: un tubito de aluminio como los que se emplean para proteger los buenos puros habanos. Pero ese era especial, más recio y más grueso. Duale se lo guardó por dentro del cinturón.

En su despacho, Duale tenía un pequeño generador, donado secretamente por los israelíes. Funcionaba con un más que sospechoso queroseno, pero producía electricidad. Con él alimentaba el aire acondicionado y el congelador. En todo el mercado no había nadie más que tuviera el pescado siempre fresco.

Entre la mercancía adquirida aquella mañana había un medregal de un metro de largo, ahora ya congelado y duro como una piedra. Al caer la noche su hombre zarparía rumbo al sur llevándose consigo la pieza, con el tubito bien metido en las entrañas, y siguiendo su ruta de pesca habitual atracaría dos días más tarde en el muelle de Kismayo.

Una vez allí, en el mercado, tenía que venderle el medregal, no muy fresco ya, a un tipo que trabajaba de controlador de carga en el muelle, diciéndole que era de su amigo. El pescador no sabía por qué ni le importaba. No era más que otro pobre somalí que intentaba sacar adelante a cuatro hijos varones para que se ocuparan de la barca cuando tuvieran edad suficiente.

Los dos hombres del Village Café salieron del servicio, terminaron por separado su consumición y se marcharon también por separado. El señor Duale, una vez en su despacho, introdujo el tubito en el vientre del medregal congelado. El rubio se envolvió la cabeza y media cara con el *shemagh*, se montó en la Piaggio y se dirigió al local donde la había alquilado. La entregó, recuperó la mayor parte de la paga y señal y luego el encargado lo acompañó en coche a su hotel. No pasaban taxis, y el hombre no quería perder a un buen cliente, aunque no apareciera mucho por allí.

El danés tenía tiempo de sobra hasta las ocho de la mañana siguiente, que era cuando partía su vuelo de Turkish Airlines. Decidió quedarse en su habitación leyendo una novela. Después pediría un plato de estofado de camello y se acostaría.

Ya de noche, el pescador metió el medregal, envuelto en un trozo de tela de saco húmeda, en la fresquera de su barca, no sin antes hacerle un corte en la cola para distinguirlo de otras piezas que pudieran capturar durante la travesía. Después se hizo a la mar, puso rumbo al sur y lanzó sus redes.

A las nueve de la mañana, y tras el consabido caos durante el embarque, el avión turco despegó. El danés contempló cómo se empequeñecían los edificios y fortificaciones del campamento Bancroft. Hacia el sur, una barca de pesca con su vela latina hinchada al viento pasaba a la altura de Marka. El avión viró rumbo al norte, repostó en Yibuti y a media tarde aterrizaba en Estambul.

El danés de Save the Children permaneció en la zona de embarque, se apresuró a hacer los trámites necesarios y tomó el último vuelo con destino a Larnaca. En la habitación del hotel cambió de nombre, de pasaporte y de billete, y al día siguiente tomó el primer vuelo para Tel Aviv.

—¿Algún problema? —le preguntó el comandante conocido como Benny.

Era él quien había enviado al «danés» a Mogadiscio con instrucciones para el agente Ópalo.

—No. Un trabajo rutinario —dijo el hombre, que ahora volvía a ser Moshe.

Había un e-mail encriptado de la central del Mossad para Simon Jordan, jefe de estación en Washington. Así pues, el agente se reunió con aquel estadounidense que se hacía llamar el Rastreador. Este prefería las cafeterías de hotel pero no le gustaba repetir, así que el segundo encuentro tuvo lugar en el Four Seasons de Georgetown.

Era pleno verano. Habían quedado en la terraza, bajo los toldos. Había otros hombres de mediana edad tomando cócteles, con la chaqueta quitada. Pero a todos ellos se los veía bastante más fondones que los dos que acababan de sentarse al fondo.

—Me han informado de que su amigo del sur está ya al corriente de todo —dijo Simon Jordan—. La pregunta es: ¿qué es lo que quiere usted que haga exactamente?

Jordan escuchó con atención las explicaciones del Rastreador mientras removía pensativo su refresco. No le cupo la menor duda acerca del destino que el ex marine con quien estaba hablando tenía pensado para el Predicador; seguro que no iban a ser unas vacaciones en Cuba.

—Si nuestro hombre puede ayudarle en el sentido que usted dice —dijo finalmente Jordan—, y se diera el caso de que en un ataque con misil volara por los aires junto con la presa, nuestra negativa a volver a cooperar con ustedes sería rotunda.

—Eso nunca se me ha pasado por la cabeza —dijo el Rastreador.

—Solo quiero dejarlo muy claro, Rastreador. ¿Está claro?

—Como el hielo de su vaso. Nada de misiles a menos que Ópalo esté a varios kilómetros.

—Perfecto. Entonces me ocuparé de hacerle llegar las instrucciones.

—¿Y adónde quieres ir? —preguntó Zorro Gris.

—Solo a Londres. Tienen las mismas ganas que nosotros de silenciar de una vez por todas al Predicador. El que parece ser su contacto reside allí. Quiero estar más cerca del lugar donde se desarrollan los acontecimientos. Creo que podríamos estar llegando al final de la historia. Se lo he comentado a Konrad Armitage; dice que vaya cuando quiera y que su gente hará todo lo posible por cooperar. Solo hace falta una llamada.

—Mantente en contacto, Rastreador. Tengo que informar al almirante de esto.

En el muelle de Kismayo un joven de piel oscura provisto de una tablilla escrutó las caras de los pescadores que llegaban de faenar. Kismayo, conquistada por las fuerzas gubernamentales en 2012, había sido recuperada por Al-Shabab tras violentos combates el año anterior y la vigilancia de los fanáticos era feroz. Su policía religiosa era de lo más estricta a la hora de garantizar la devoción absoluta de los habitantes. Por otro lado, la paranoia respecto a posibles espías del norte era general. Hasta los pescadores, que solían armar bullicio mientras descargaban sus capturas, parecían enmudecidos de miedo.

El joven de piel oscura divisó un rostro familiar, alguien a quien no había visto desde hacía semanas. Blandiendo la tablilla y el bolígrafo para anotar el tamaño de la captura, se aproximó al hombre que conocía.

—*Allahu akhbar* —dijo—. ¿Qué traes?

—Unos jureles y solo tres medregales, *inshallah* —dijo el pescador. Señaló uno de estos últimos, que había perdido ya el brillo argentino de la pesca recién capturada y tenía un tajo a lo largo de la cola—. De parte de tu amigo —añadió en voz baja.

Ópalo indicó por gestos que todo el pescado estaba autorizado para su venta. Mientras se llevaban el género para exponerlo, él metió el medregal señalado en un pequeño saco de arpillera. Incluso en Kismayo, el encargado siempre podía llevarse una pieza para la cena.

Cuando estuvo a solas en su cabaña en las afueras, junto a la playa, extrajo el tubito de aluminio del medregal y desenroscó la tapa. Había dos rollos: uno eran dólares; el otro, instrucciones. Estas últimas las memorizaría antes de quemarlas; el dinero lo escondería bajo el suelo de tierra.

Había un total de mil dólares, en billetes de cien, y las instrucciones eran sencillas:

Emplearás el dinero para comprar una moto fiable (escúter, de trial o ciclomotor) y latas de combustible para llevar atadas al asiento trasero. Tendrás que viajar.

A continuación debes comprar una buena radio con alcance suficiente para sintonizar Kol Israel. Los domingos, lunes, miércoles y jueves hay un programa nocturno de entrevistas en Canal 8. Lo emiten a las 23.30 y se llama *Yanshufim* («Noctámbulos»).

Va siempre precedido por el parte meteorológico. En un lugar de la carretera de la costa, en dirección a Marka, hay un nuevo punto de encuentro para una reunión cara a cara. Lo encontrarás en el mapa adjunto; imposible perderse.

Cuando escuches la orden encriptada, espera hasta el día

siguiente. Sal al anochecer. Ve en moto hasta el punto de encuentro, llegarás al despuntar el día. Tu contacto estará esperándote con más dinero, equipo e instrucciones.

La frase que debes oír en el parte meteorológico es esta: «Mañana se esperan lloviznas en Ashkelon». Buena suerte, Ópalo.

8

El barco de pesca era viejo y cochambroso, pero esa era la idea. Estaba corroído por el óxido y necesitaba una buena mano de pintura, o dos, pero eso también era deliberado. En un mar repleto de pesqueros de bajura, difícilmente llamaría la atención.

Soltó amarras en mitad de la noche, en la cala próxima a Eilat donde antiguamente estuvo el complejo turístico de Rafi Nelson. Al amanecer se encontraba ya al sur del golfo de Aqaba y se internaba en el mar Rojo, dejando atrás los centros de submarinismo de la costa egipcia del Sinaí. El sol ya estaba alto cuando pasó frente a Taba Heights y Dahab; había un par de botes de submarinistas tempraneros en los arrecifes, pero nadie prestó la menor atención al viejo pesquero israelí.

El capitán estaba al timón y su primer oficial hacía café en la cocina. Eran solo dos los verdaderos marineros a bordo, y también dos los pescadores que se encargarían de las redes cuando el barco iniciara las labores de arrastre. El resto, los otros ocho tripulantes, eran comandos del Sayeret Matkal.

La sentina había sido limpiada y desinfectada para que no apestara a pescado, y se había acondicionado para alojarlos: ocho literas a lo largo de la pared y una zona comunitaria de comedor en la cubierta. Las escotillas estaban totalmente cerradas de forma que, a medida que el implacable sol se iba elevando, el aire acondicionado pudiera hacer su trabajo en aquel reducido espacio.

Mientras surcaba el mar Rojo en dirección sur, entre Arabia Saudí y Sudán, el barco cambió de identidad y pasó a llamarse *Omar-al-Dhofari*, procedente del puerto de Salalah en Omán. La tripulación daba el pego; por su aspecto y su dominio del idioma, todos ellos podían pasar por árabes del Golfo.

En el estrecho que separa Yibuti de Yemen bordeó la isla yemení de Perim y viró hacia el golfo de Adén. A partir de ese punto estaría en territorio pirata, aunque prácticamente a salvo de cualquier peligro. Los piratas somalíes buscan presas con valor comercial y un armador dispuesto a pagar el precio del rescate. Un barco de pesca omaní no encajaba en el perfil.

Los hombres de a bordo avistaron una fragata de la flotilla internacional que había complicado mucho la vida a los piratas, pero ni siquiera les dio el alto. El sol sacó destellos a las lentes de los potentes prismáticos con que la fragata observaba el barco de pesca, pero los cazadores de piratas tampoco mostraron el menor interés por un barco de bandera omaní.

Al tercer día doblaron el cabo Guardafui, el punto más oriental del continente africano, y viraron al sur teniendo únicamente Somalia a estribor, rumbo a su base de operaciones en un punto de la costa entre Mogadiscio y Kismayo. Una vez allí el barco se puso al pairo. Echaron las redes para seguir fingiendo que pescaban y enviaron un breve e inocuo e-mail a Miriam, la novia imaginaria de la Oficina, para decir que estaban a la espera.

Benny, el jefe de la división, también puso rumbo al sur pero llegó mucho antes. Tomó un vuelo de El-Al hasta Roma y allí cambió de avión con destino a Nairobi. El Mossad ha tenido desde siempre una importante presencia en Kenia, y Benny fue recibido por el jefe de estación vestido de paisano y en su coche particular. Hacía una semana justa que el pescador somalí del medregal poco fresco había entregado lo convenido al agente Ópalo, y Benny solo podía confiar en que para entonces hubiera comprado ya algún tipo de motocicleta.

Era jueves, y esa noche, cerca ya de las doce, el programa *Noctámbulos* salió en antena como de costumbre. Pero antes, el parte meteorológico. En este dijeron que, pese a la ola de calor imperante en la mayor parte del territorio, se esperaban lloviznas en Ashkelon para el día siguiente.

Era de prever que los británicos cooperarían sin reservas con el Rastreador. Reino Unido había sido escenario de cuatro asesinatos a manos de fanáticos en busca de gloria o del paraíso, si no ambas cosas, inspirados por el misterioso Predicador, y las autoridades querían acabar con él tanto como los propios norteamericanos.

Alojaron al Rastreador en uno de los pisos francos de la embajada estadounidense, una casita bien acondicionada en una calle de antiguas caballerizas en el barrio de Mayfair. Hubo una breve reunión con el jefe del J-SOC del personal de Defensa en la embajada y con el jefe de estación de la CIA. Luego fueron a reunirse con el servicio secreto de inteligencia británico, el SIS, en su cuartel general de Vauxhall Cross. El Rastreador ya había estado antes en aquel edificio de piedra arenisca pintado de verde a orillas del Támesis, pero el hombre a quien fue presentado era una cara nueva.

Adrian Herbert tenía aproximadamente la misma edad que el Rastreador, cuarenta y tantos, de modo que era un universitario cuando Boris Yeltsin puso fin al comunismo y a la Unión Soviética en 1991. Tras licenciarse en historia por el Lincoln College de Oxford y estudiar un año en la londinense Escuela de Estudios Orientales y Africanos la SOAS, su ascenso en el escalafón había sido fulgurante. Se había especializado en Asia central y hablaba urdu y pastún, además de un poco de árabe.

El director del SIS (muy a menudo se lo confunde con el MI6), a quien se conoce simplemente como el Jefe, asomó la cabeza para saludar y dejó a Adrian Herbert a solas con sus invitados. Presente también, como muestra de cortesía, estaba un miembro del Servicio de Seguridad (MI5), con sede en Thames House, a quinientos metros de allí en la orilla septentrional del Támesis.

Hubo el tradicional ofrecimiento de café y galletas, y luego Herbert miró a los tres norteamericanos y murmuró:

—¿Cómo creen que podemos ayudarles?

Los dos miembros de la embajada le cedieron la palabra al Rastreador. Ninguno de los presentes ignoraba cuál era la misión del hombre de la TOSA. El Rastreador no vio, pues, necesidad de explicar lo que había hecho hasta entonces, hasta dónde había llegado ni qué pretendía hacer a continuación. Incluso entre amigos y aliados, siempre hay el *need to know*, información reservada.

—Nuestro Predicador no está en Yemen sino en Somalia —empezó diciendo—. Dónde se aloja es algo que ignoro todavía. Sabemos que su ordenador, y por lo tanto la fuente de sus emisiones, está emplazado en un almacén y planta embotelladora de la zona portuaria de Kismayo. Pero estoy bastante seguro de que él no se encuentra físicamente allí.

—Creo que Konrad Armitage le dijo que no tenemos a ningún hombre en Kismayo —intervino Herbert.

—Ni ustedes ni nadie, según parece —mintió el Rastreador—, pero no es por eso por lo que estoy aquí. Hemos podido determinar que alguien se comunica con ese almacén y que el destinatario de los mensajes ha dado acuse de recibo y expresado su agradecimiento. El almacén pertenece a Masala Pickles, una empresa con sede en Karachi. Quizá haya oído hablar de ella.

Herbert asintió en silencio. Le encantaba la comida india y paquistaní, y a veces llevaba a sus «activos» a restaurantes especializados en esas gastronomías cuando venían a Londres. El chutney de mango de Masala era muy popular.

—Por una extraordinaria coincidencia, que ninguno de nosotros cree que lo sea, el propietario de Masala es un tal señor Mustafa Dardari, que fue amigo de adolescencia del Predicador en Islamabad. Quisiera que lo investigaran.

Herbert miró al hombre del MI5 y este asintió.

—Creo que se puede hacer —murmuró—. ¿Vive aquí el tal Dardari?

El Rastreador sabía que, si bien el MI5 tenía representantes en las principales estaciones extranjeras, su cometido fundamental era de puertas adentro del país. El SIS, aunque se dedicaba esencialmente al espionaje y contraespionaje de los enemigos de Su Majestad en el extranjero, tenía también capacidad para montar operaciones en Reino Unido.

Sabía asimismo que, al igual que ocurría con la CIA y el FBI en Estados Unidos, en ocasiones la rivalidad entre los servicios secretos «interno» y «externo» había suscitado cierta animosidad, pero en los últimos diez años la amenaza común del fundamentalismo yihadista parecía haber elevado considerablemente el nivel de cooperación.

—No está en un sitio fijo —prosiguió el Rastreador—. Tiene una mansión en Karachi y una casa aquí en Londres, en Pelham Crescent. Mis datos son: treinta y tres años, soltero, agradable y con presencia en el mundillo social.

—Puede que yo lo conozca —dijo Herbert—. Recuerdo una cena privada, hará cosa de dos años, que dio un diplomático paquistaní. Un tipo muy fino, si no recuerdo mal. ¿Y quiere usted que lo vigilen?

—Quiero que entren en su casa —respondió el Rastreador—. Estaría bien que instalaran micros y cámaras. Pero lo que más me interesa es su ordenador.

Herbert desvió la vista hacia Laurence Firth, el hombre del MI5.

—¿Qué tal una operación conjunta? —sugirió, y Firth asintió con la cabeza.

—Disponemos de los recursos, claro. Pero necesitaré el visto bueno de la autoridad superior. No creo que haya problema. ¿Dardari está ahora en Londres?

—No lo sé —dijo el Rastreador.

—Bueno, será fácil averiguarlo. Y supongo que todo este embrollo será un asunto secreto y que debe permanecer así…

Efectivamente, pensó el Rastreador, un «embrollo» de lo más secreto. Tenía muy claro que ambos servicios conseguirían vía libre para una operación encubierta sin autorización de ningún tipo de magistrado. En otra palabra, ilegal. Pero los dos espías británicos estaban convencidos de que, con el rastro de sangre y muerte que el Predicador estaba dejando por todo el país, no habría objeciones ni siquiera a nivel ministerial, en el caso de que hubiese que llegar tan arriba. La única advertencia en ese sentido sería la acostumbrada: «Haced lo que tengáis que hacer, pero yo no quiero saber nada al respecto». Dando la cara, como siempre.

Mientras lo llevaban a su alojamiento provisional en el coche de la embajada, el Rastreador calculó que tenían dos posibles vías para dar con la ubicación exacta del Predicador: una era el ordenador personal de Dardari, si es que conseguían pincharlo; la otra, de momento, se la guardaba en la manga.

Amanecía cuando el *MV Malmö* zarpó del puerto de Gotemburgo y puso rumbo a mar abierto. Era un buque de carga de veintidós mil toneladas, lo que en el ámbito de los mercantes se conoce como «tamaño práctico». En su popa ondeaba la enseña amarilla y azul sueca.

Formaba parte de la numerosa flota mercante de Harry Andersson, uno de los últimos magnates a la antigua usanza que quedaban en Suecia. Andersson había fundado su naviera muchos años atrás con un solo y vetusto vapor volandero, y fue ampliando luego su negocio hasta convertirse, con cuarenta barcos, en el armador más importante del país en el sector de la marina mercante.

Pese a los impuestos, no se había instalado fuera de Suecia; pese a las tarifas, no había adoptado banderas de conveniencia para sus buques. Lo suyo nunca había sido la bolsa de valores, como mucho la bolsa de viaje. Era el propietario único de Andersson Line y, cosa rara en Suecia, un multimillonario por derecho propio. Se había casado dos veces y tenía siete hijos, pero solo uno, el menor, que por edad podría ser su nieto, ansiaba ser navegante como su padre.

El *Malmö* tenía una larga travesía por delante. Llevaba un cargamento de coches Volvo con destino a Perth, Australia. En el puente de mando estaba el capitán Stig Eklund; el primer y segundo oficiales eran ucranianos y el jefe de máquinas polaco. Había diez tripulantes filipinos: un cocinero, un camarero y ocho marineros.

El único supernumerario era el cadete Ove Carlsson, que estudiaba para ser oficial de la marina mercante y hacía su primera singladura larga. Tenía apenas diecinueve años. Solo dos hombres a bordo del *Malmö* sabían quién era en realidad: el capitán Eklund y el propio muchacho. Andersson, el viejo magnate, estaba decidido a que su hijo pequeño se hiciera a la mar sin ser objeto de acoso por resentimiento u ojeriza, ni de adulación por parte de quien buscara un favor a cambio.

Así pues, el joven guardiamarina viajaba utilizando el apellido de soltera de su madre. Un amigo metido en el gobierno había autorizado que le hiciesen un pasaporte auténtico con ese nombre, y dicho pasaporte concordaba con los documentos que la marina mercante sueca tenía con esa identidad falsa.

Aquella mañana de verano, los cuatro oficiales y el cadete estaban en el puente cuando el camarero de a bordo les llevó café mientras el recio casco del *Malmö* hendía el creciente oleaje del Skagerrak.

Efectivamente, el agente Ópalo había conseguido adquirir un vehículo, una resistente moto de trial comprada a un somalí que quería salir del país a toda costa con su mujer y su hijo y necesitaba desesperadamente el dinero para empezar de cero en Kenia. Lo que estaba haciendo el somalí era, según la ley de Al-Shabab, absolutamente ilegal y si lo pillaban podía suponerle una tanda de latigazos o algo peor. Pero tenía también una desvencijada camioneta y estaba convencido de que podría llegar a la frontera conduciendo de noche y ocultándose durante el día en la densa vegetación que había entre Kismayo y la frontera con Kenia.

Ópalo había atado al asiento trasero de la moto un cesto de mimbre en el que cualquiera habría llevado sus exiguas compras, pero que en su caso escondería una lata grande con gasolina extra.

En el mapa que había extraído del vientre del medregal encontró el punto de reunión elegido por su superior: estaba en la costa, unos ciento cincuenta kilómetros más al norte. Por el camino lleno de baches en que se había convertido la carretera de la costa, podría hacer el trayecto entre el anochecer y el alba.

Su otra adquisición había sido un transistor muy viejo pero que todavía funcionaba y con el que podía sintonizar varias emisoras extranjeras, cosa prohibida también por Al-Shabab. A solas en su cabaña a las afueras de la ciudad, con la radio pegada a la oreja y el volumen bajo, podía coger Kol Israel sin que le oyera nadie a unos metros de distancia. Fue así como supo de las lloviznas que se esperaban en Ashkelon.

Los habitantes de ese alegre municipio mirarían el cielo al día siguiente y se extrañarían de verlo tan azul y sin una sola nube, pero eso era problema de ellos.

Benny estaba ya en el pesquero. Había llegado en helicóptero, un aparato propiedad de otro israelí y pilotado por este mismo, supuestamente para llevar a un adinerado turista en vuelo privado desde Nairobi hasta el hotel Oceans Sports de Waitamu, en la costa al norte de Malindi.

De hecho, el helicóptero había dejado atrás la costa para virar al norte y sobrevolar Lamu y la isla de Ras Kamboni al este de Somalia, hasta que el GPS localizó el barco de pesca.

El helicóptero se mantuvo suspendido en el aire a seis metros del barco, mientras Benny se descolgaba por una soga hasta la bamboleante cubierta y las manos que se apresuraron a agarrarlo.

Al anochecer Ópalo se puso en camino aprovechando la oscuridad. Era viernes y las calles estaban casi desiertas, ya que la mayoría de la gente estaba en sus rezos y apenas si había tráfico rodado. En un par de ocasiones, al ver acercarse unos faros por detrás, el agente se salió de la calzada y aguardó hasta que el camión hubo pasado de largo. Otro tanto hizo cuando las luces aparecieron frente a él. Y en todo momento condujo sin más luz que la de la luna.

Iba sobrado de tiempo. Cuando supo que estaba a unos pocos kilómetros del punto de encuentro, salió de la carretera otra vez y esperó a que despuntara el día. Con las primeras luces se puso de nuevo en marcha, pero despacio. Y allí estaba, a la izquierda: un wadi seco que bajaba del desierto, pero lo bastante grande como para merecer un puente. El próximo monzón lo anegaría y el wadi se convertiría en un torrente impetuoso que pasaría bajo el arco de hormigón del puente. Y entre el macizo de casuarinas gigantes que se alzaban entre la carretera y la playa.

Dejó la carretera y recorrió como pudo los cien metros hasta el borde del agua. Se detuvo a escuchar. Al cabo de quince minutos lo oyó: el suave rugido de un motor fueraborda. Hizo destellar dos veces el faro de la moto: luces largas, cortas, largas, cortas. Oyó más cerca el motor, y de la oscuridad del mar surgió la silueta de una lancha neumática. Ópalo miró a su espalda. No se veía a nadie en la carretera.

Benny saltó a tierra. Intercambiaron las contraseñas. Después Benny dio un abrazo a su agente. Hubo noticias de casa, largamente esperadas. Luego instrucciones y material.

Este último fue muy bien recibido. Por supuesto, tendría que esconderlo bajo el suelo de su cabaña y cubrir esa zona con un tablero de contrachapado. Era un pequeño transmisor último modelo, capaz de recibir mensajes desde Israel y conservarlos durante media hora para ser transcritos o memorizados. Después se eliminaban automáticamente.

Y le serviría a Ópalo para mandar a la Oficina mensajes enunciados de forma normal, sin encriptación, que luego eran comprimidos en un «hilillo» tan breve que, para captar y grabar la ráfaga de una décima de segundo, sería necesario disponer de la más alta tecnología. En Tel Aviv se ocuparían de reconvertir posteriormente esa ráfaga comprimida a dicción normal.

Y luego las instrucciones: necesitaban información sobre el almacén y sobre quién vivía allí, si salían alguna vez y, en ese caso, adónde iban. Una descripción de todos los vehículos utilizados por los ocupantes o las personas que visiten el almacén con regularidad. Si alguno de estos visitantes residía lejos del almacén, una descripción completa de su domicilio más su ubicación exacta.

Ópalo no tenía porqué saberlo, y Benny solo podía aventurarlo, pero allá arriba debía de haber un drone estadounidense: un Predator, un Global Hawk o tal vez el nuevo Sentinel, dando vueltas lentamente, hora tras hora, vigilando, viéndolo todo. Pero en el laberinto de calles de Kismayo los observadores podían perder de vista un vehículo entre cientos, a menos que tuvieran una descripción muy detallada del mismo.

Se despidieron no sin antes darse otro abrazo. La lancha

con los cuatro comandos armados se alejó mar adentro. Ópalo volvió a llenar el depósito de la moto y puso rumbo al sur, hacia su cabaña, para enterrar cuanto antes el transmisor y la batería, que funcionaba con energía solar mediante una célula fotovoltaica.

Benny fue izado al helicóptero con una escala de cuerda. En cuanto se hubo marchado, los comandos se dispusieron a pasar una nueva jornada de duros ejercicios, natación y pesca para matar el aburrimiento. Tal vez no volvieran a necesitarlos, pero tenían que permanecer allí por si acaso.

El helicóptero dejó a Benny en el aeropuerto de Nairobi, desde donde tomó un vuelo a Europa para enlazar luego hasta Israel. Ópalo investigó las calles próximas al almacén y buscó una habitación de alquiler. Por una rendija en sus deformadas persianas podía vigilar la verja de la única entrada.

Debía continuar con su trabajo de controlador de carga a fin de no levantar sospechas. Y tenía que comer y dormir. El resto del tiempo lo pasaría acechando el almacén lo mejor que pudiera, y esperando que pasara algo.

Muy lejos, en Londres, el Rastreador hacía lo posible por que, efectivamente, pasara algo.

Los instaladores del sistema de seguridad en la casa de Pelham Crescent confiaban suficientemente en su valía y renombre para anunciar quiénes eran. En la pared exterior, bajo el alero, podía verse una elegante placa con la leyenda «Esta propiedad está protegida por Daedalus Security Systems». Desde el parque arbolado que había en medio del semicírculo de viviendas, alguien fotografió discretamente la placa.

Daedalus, Dédalo, pensó el Rastreador al ver la fotografía, fue el ingeniero y artesano griego que diseñó unas alas no muy seguras para su hijo, que cayó al mar y se ahogó cuando la cera que unía las plumas se derritió. Pero también había inventado un laberinto diabólicamente ingenioso para el rey Minos de Creta. Sin duda, el moderno Dédalo trataba de emular la pericia del constructor de un rompecabezas que nadie fue capaz de descifrar.

Y ese Dédalo resultó ser Steve Bamping, el fundador y todavía gerente de su propia empresa, que era líder del sector y contaba con una lista de acaudalados clientes a los que proveía de sofisticados sistemas antirrobo. Con el permiso del director de la G Branch del MI5, Firth y el Rastreador fueron a verle. La primera reacción de Bamping al saber lo que querían fue negarse en redondo.

Firth llevó la voz cantante hasta que el Rastreador sacó un fajo de fotografías y las dispuso en sendas hileras sobre la mesa del señor Bamping. Había doce fotos en total. El director de Daedalus Security las contempló sin entender. En cada una de ellas aparecía un cadáver, tendido sobre una camilla del depósito, con los ojos cerrados.

—¿Quiénes son? —preguntó.

—Son muertos —dijo el Rastreador—. Ocho norteamericanos y cuatro británicos. Todos ellos ciudadanos inofensivos y amantes de su país. Todos ellos asesinados a sangre fría por yihadistas radicales inspirados e instigados por un hombre que predica en internet.

—¿El señor Dardari? No puede ser.

—No. El Predicador lanza su mensaje de odio desde Oriente Próximo. Tenemos pruebas fiables de que el ayudante que tiene aquí en Londres es cliente de usted. Por ese motivo he venido desde el otro lado del Atlántico.

Steve Bamping continuó mirando los doce muertos.

—Santo Dios —musitó—. ¿Y qué es lo que quieren?

Firth se lo dijo.

—¿Tienen ustedes autorización?

—A nivel ministerial —respondió Firth—. Y no, no tengo la firma del ministro del Interior en un papel. Ahora bien, si desea usted hablar con el director general del MI5, puedo darle su teléfono. Línea directa.

Bamping negó con la cabeza. Se había fijado en el documento de identificación de Firth: era un agente de la división de antiterrorismo del MI5.

—No se sabrá ni una palabra de esto —dijo Bamping.

—Por nuestra parte, no —dijo Firth—. Bajo ninguna circunstancia, eso se lo garantizo.

El sistema instalado en Pelham Crescent era de los más caros y sofisticados. Cada puerta y cada ventana estaban provistas de alarmas de rayos invisibles conectadas al ordenador central. El mismo propietario solo podía entrar por la puerta principal cuando el sistema estaba activado.

La puerta tenía un aspecto normal, con una cerradura Bramah accionable mediante llave. Cuando se abría con el sistema de alarma conectado, un busca empezaba a sonar. Durante treinta segundos no alertaba a nadie. Después dejaba de pitar al tiempo que accionaba una alarma silenciosa en el centro de emergencia de Daedalus. Ellos avisaban a la policía y mandaban además su propio furgón.

Pero para confundir al ladrón potencial que quisiera probar suerte, el busca sonaba en un armario que estaba en una dirección, mientras que el ordenador estaba ubicado en otra distinta. El inquilino tenía treinta segundos para ir al armario correcto, acceder al ordenador y pulsar un código de seis dígitos en un panel iluminado. Eso suponía millones de combinaciones. Solo conociendo la secuencia exacta era posible hacer callar el busca e impedir la activación del sistema.

Si cometía algún error y los treinta segundos transcurrían, había un teléfono con un número de cuatro cifras que le ponía en contacto con la central de Daedalus. Para apagar la alarma tenía entonces que recitar su número PIN, que previamente habría memorizado. Un número erróneo serviría para que la central supiese que estaba actuando bajo coacción, e inmediatamente pondrían en marcha el procedimiento de «intruso armado en el interior».

Había, además, otras dos precauciones. Rayos invisibles en vestíbulos y escaleras accionaban alarmas silenciosas en caso de ser traspasados, pero el interruptor de desconexión era muy pequeño y estaba oculto detrás de la torre del ordenador. El propietario, aun estando amenazado por alguien que le apuntara con una pistola a la cabeza, dejaba activado el sistema de infrarrojos.

Por último, una cámara empotrada en un orificio del tamaño de un alfiler cubría toda la entrada y estaba siempre en funcionamiento. Desde cualquier lugar del mundo el señor Dardari podía marcar un número de teléfono y ver el vestíbulo de su casa en la pantalla de su iPhone.

Pero, como luego le explicó el señor Bamping a su cliente deshaciéndose en disculpas, hasta los sistemas de última tecnología pueden tener algún fallo. Cuando se registró una falsa alarma en casa del señor Dardari estando este en Londres, aunque no en su domicilio, le pidieron que se personara en Daedalus, lo cual no gustó nada al empresario. La compañía de seguridad le pidió mil perdones; la policía metropolitana se mostró muy atenta. Dardari finalmente se calmó y no puso objeción a que un equipo técnico de Daedalus fuera a solucionar el pequeño problema.

Les abrió la puerta, vio cómo ponían en marcha el ordenador del armario, se aburrió de mirar y fue al salón a prepararse un combinado.

Cuando los dos técnicos, ambos de la sección de especialistas en informática del MI5, le dijeron que ya estaba todo solucionado, el señor Dardari dejó la copa y accedió con gesto altivo a hacer una prueba. Salió de la casa y volvió a entrar. El busca sonó. Dardari fue al armario y desconectó la alarma. Para asegurarse, se situó en el vestíbulo principal y marcó el número de su cámara espía; en la pantalla apareció él junto a los dos técnicos. Les dio las gracias y se fueron. Dos días después se marchó él también. Iba a pasar una semana en Karachi.

El problema con los sistemas digitales antirrobo es que el ordenador lo controla todo. Si a la máquina se le «cruzan los cables», no solo resulta inservible, sino que se pasa al enemigo.

El equipo del MI5 no recurrió a la tan trillada visita de la compañía del gas o del teléfono. Los vecinos podían saber que el hombre de la casa de al lado se había marchado para unos cuantos días. Fueron a las dos de la madrugada y actuaron muy sigilosamente, con ropa oscura y calzado con suela de goma. Hasta las farolas de la calle se apagaron durante un rato. Entraron en cosa de segundos y ninguna luz se encendió en toda la calle.

El que iba en cabeza desactivó rápidamente la alarma, alargó el brazo por detrás de la torre y desconectó los rayos infrarrojos. Tocando aquí y allá en el panel del ordenador, dio instrucciones a la cámara espía para que se «congelara» en una imagen del vestíbulo desierto; la máquina obedeció. El señor Dardari podía llamar desde el Punjab y solo vería un vestíbulo vacío. De hecho, todavía estaba volando hacia Pakistán.

Esa vez eran cuatro los hombres y actuaron con rapidez. Micrófonos y cámaras en miniatura fueron instalados en las habitaciones principales: el salón, el comedor y el estudio. Cuando terminaron el trabajo todavía era de noche. Una voz en el auricular del jefe del equipo le confirmó que la calle estaba desierta. Salieron sin ser vistos.

El único problema que quedaba por resolver era el ordenador personal del empresario paquistaní. Se lo había llevado de viaje. Pero Dardari volvió al cabo de una semana escasa, y a los dos días tuvo que salir para asistir a una cena de gala. La tercera visita fue la más breve. El ordenador estaba encima de la mesa de trabajo.

Extrajeron el disco duro y lo insertaron en un duplicador de drivers («la caja», lo llamaban los técnicos). Entró el disco duro del señor Dardari, se introdujo por un lado de la caja y, por el otro, uno vacío. Volcar toda la base de datos y hacer una copia especular en el disco vacío les llevó cuarenta minutos, incluido el tiempo de volcar toda la información de nuevo en el disco duro original sin dejar rastro. Tan poco ruido para tantas nueces.

Insertaron una tarjeta de memoria USB y encendieron el ordenador. A continuación instalaron el *malware*, con instrucciones para que a partir de ese momento el ordenador controlara cada pulsación en el teclado y todo el correo entrante. Estos datos irían a parar al ordenador espía del servicio de seguridad, que guardaría un archivo de registro cada vez que el paquistaní utilizara la máquina. Y él no se enteraría de nada.

El Rastreador no tuvo el menor empacho en reconocer que los del MI5 eran buenos. Sabía que el material sustraído iría también a un edificio con forma de rosquilla situado a las afueras de Cheltenham, en Gloucestershire, el cuartel general de comunicaciones del gobierno, el equivalente británico de Fort Meade. Allí, especialistas en criptografía analizarían la copia de seguridad para ver si estaba sin encriptar o codificada. En este último caso, habría que desencriptarla. Entre unos y otros debían ser capaces de poner al descubierto toda la vida del empresario paquistaní.

Pero el Rastreador quería además otra cosa, y los británicos no pusieron ninguna objeción: tanto el conjunto de transmisiones emitidas como todas las futuras pulsaciones de teclado debían ser remitidas íntegramente a un joven que trabajaba encorvado sobre su máquina en un reducido desván de Centreville. El Rastreador tenía instrucciones que solamente Ariel debía conocer.

La primera información no tardó en llegar. No había la menor duda: Mustafa Dardari estaba en contacto permanente con el ordenador ubicado en una planta envasadora de Kismayo, en Somalia. Intercambiaba datos y avisos con el Troll y era el ciber-representante personal del Predicador.

Mientras tanto, los descifradores de códigos intentaban averiguar qué era exactamente lo que el paquistaní le había dicho al Troll y lo que este le había dicho a él.

El agente Ópalo llevaba vigilando el almacén desde hacía una semana cuando, por fin, obtuvo la recompensa a sus desvelos. Caía la noche cuando la verja del almacén se abrió de par en par. Lo que salió no fue un camión de reparto vacío sino una camioneta del tipo pick-up, vieja y maltrecha, con cabina y caja abierta. Se trata del vehículo estándar tanto en el norte como en el sur de Somalia. Cuando la plataforma descubierta de la camioneta transporta media docena de combatientes de los clanes apiñados en torno a una ametralladora, se le llama «vehículo técnico». El que pasó por la calle que Ópalo estaba vigilando desde su rendija no llevaba nada en la plataforma, y en la cabina solo iba el conductor.

Aquel hombre era el Troll, pero Ópalo no tenía modo de saberlo. Sus órdenes eran: si sale algún vehículo que no sea uno de los camiones de carga, síguelo. El agente abandonó su habitación, quitó la cadena a la moto de trial y arrancó.

Fue un largo y tortuoso trayecto que se prolongó hasta el amanecer. La primera parte del recorrido ya la conocía. La carretera de la costa discurría hacia el nordeste siguiendo el litoral, pasaba junto al wadi seco y las casuarinas donde se había reunido con Benny, y proseguía hacia Mogadiscio. Era ya media mañana y su segundo depósito, el de repuesto, estaba prácticamente vacío, cuando la camioneta se desvió hacia la localidad costera de Marka.

Al igual que Kismayo, Marka había sido una plaza fuerte de los yihadistas de Al-Shabab hasta que fuerzas federales, con el respaldo de numerosas tropas de la Misión Africana para

Somalia (AMISOM), la reconquistaron en 2012. Los fanáticos habían lanzado una furiosa contraofensiva, recuperando las dos poblaciones y el territorio entre ambas.

Algo mareado por el cansancio, Ópalo siguió a la camioneta hasta que esta se detuvo frente a una cancela hecha de troncos, más allá de la cual había una especie de patio. El conductor tocó el claxon. Por una trampilla en la verja asomaron unos ojos, media cara. Luego la cancela empezó a abrirse.

Ópalo se apeó de la moto y, fingiendo que se agachaba para examinar el neumático delantero, atisbó entre los radios de la rueda. El conductor de la camioneta debía de ser conocido, pues hubo intercambio de saludos en el momento de entrar. La verja empezó a cerrarse. Antes de que su campo visual quedara tapado, Ópalo pudo ver un recinto con un patio central y tres casas bajas, de un blanco roto, con los postigos de las ventanas cerrados.

Era parecido al millar de recintos que componían Marka, un complejo residencial de cubos blancos de una sola planta entre las colinas ocre y la playa de arena más allá de la cual rielaba el mar azul. Solo los minaretes de las mezquitas destacaban por encima de las casas bajas.

Ópalo avanzó unas cuantas sucias callejuelas más, buscó un trecho de sombra para protegerse del creciente calor, se cubrió la cabeza con el *shemagh* y durmió un rato. Después, vagó por la ciudad hasta que encontró a un hombre con un bidón de carburante y una bomba de mano. Esa vez no hubo dólares de por medio; demasiado peligroso. Podrían denunciarlo a la *mutawa*, la policía religiosa que siempre estaba a punto para hacer sentir su odio a palos. El pago se llevó a cabo con un fajo de chelines somalíes.

Aprovechando el fresco de la noche, regresó en moto a tiempo de empezar su turno en el mercado de pescado. Hasta la tarde no pudo redactar un breve mensaje. Luego sacó su transmisor envuelto en una lona, lo conectó a una batería recién cargada y pulsó el botón de «Enviar». El mensaje se recibió en la Oficina del Mossad al norte de Tel Aviv y, según lo convenido, fue reenviado a la TOSA en Virginia.

Menos de veinticuatro horas después un drone Global Hawk, procedente de la base de lanzamiento estadounidense en Yemen, localizó el recinto. El mensaje del Mossad tardó un poco en llegar, pero mencionaba un mercado con puestos de fruta y mercancía esparcida por el suelo a cien metros escasos del recinto. Y el minarete a dos manzanas de allí. Y la rotonda de entrada y salida, construida por los italianos, a seiscientos metros en línea recta justo al norte, donde la carretera de Mogadiscio bordeaba la ciudad. Solo había un sitio con esas características.

El Rastreador había hecho que, a través de la embajada de Estados Unidos, lo conectaran con el centro de control de drones ubicado en las inmediaciones de Tampa. Se puso a observar las tres casas que rodeaban el recinto. ¿Cuál de ellas? ¿Acaso ninguna? Incluso si el Predicador estaba allí, se encontraba a salvo de un ataque por drones. Un Hellfire o un Brimstone podrían arrasar hasta una docena de aquellas apretujadas construcciones. Mujeres, niños… No eran sus enemigos y, además, no tenía ninguna prueba.

Quería esa prueba, necesitaba esa prueba, y calculaba que se la proporcionaría el fabricante de chutney con sede en Karachi cuando los criptógrafos terminaran su trabajo.

Ópalo dormía en su cabaña de Kismayo cuando el *MV Malmö* se sumó a la cola de mercantes que esperaban para entrar en el canal de Suez. Inmóviles bajo el sol egipcio, no había quien aguantara el calor. Dos de los filipinos se habían puesto a pescar con caña, para ver si conseguían pescado fresco para la cena. Otros descansaban bajo toldos aparejados junto a los contenedores metálicos, auténticos radiadores en sí mismos, que transportaban los automóviles suecos. Pero los europeos aguardaban dentro, donde el aire acondicionado que funcionaba gracias al motor auxiliar hacía la vida más o menos soportable. Los ucranianos jugaban a las cartas, el polaco estaba en la sala de máquinas. El capitán Eklund escribía una carta para enviar por e-mail a su mujer, y el cadete Ove Carlsson estudiaba sus libros de navegación.

Más al sur un yihadista radical, lleno de odio contra Occidente, estaba examinando los mensajes que le habían traído impresos desde Kismayo.

Y en el fuerte de ladrillo y adobe situado en las colinas que se elevaban tras la bahía de Garacad, un sádico jefe de clan a quien llamaban Al-Afrit, el Diablo, planeaba enviar una docena de sus jóvenes al mar a fin de conseguir algún botín, pese a lo arriesgado de la empresa.

9

En efecto, los mensajes de Dardari en Londres y del Troll en Kismayo estaban cifrados, y hubo que proceder a desencriptarlos. Ambos hombres se comunicaban de una forma aparentemente no codificada, ya que tanto el GCHQ en Cheltenham como Fort Meade en Maryland recelan automáticamente de toda transmisión que huela a código.

El tráfico industrial y comercial que navega por el ciberespacio es tan denso que no todo puede ser sometido a un análisis riguroso. Es por ello que ambos centros de intervención de comunicaciones tienden a priorizar lo que genera más desconfianza. Al ser Somalia un lugar altamente sospechoso, se centraban solo en analizar lo que parecía inofensivo, pero sin someterlo a los test de desencriptación más sofisticados. Hasta entonces el tráfico Londres-Kismayo había pasado los controles. Ahora ya no.

En apariencia se trataba de mensajes entre un importante fabricante de productos alimenticios y su gerente en un lugar donde se producían materias primas. Desde Londres preguntaban supuestamente sobre la disponibilidad de frutas, verduras y especias, todas ellas cosechadas en la zona, y sobre sus precios. Los mensajes de Kismayo, aparentemente, eran respuestas del gerente del almacén.

La clave del código estaba en los precios. Cheltenham y Ariel lo descubrieron casi al mismo tiempo. Había discrepancias. A veces los precios eran demasiado altos, a veces demasiado bajos. No concordaban con el precio del producto en cuestión en esa época del año. Algunas de las cifras eran auténticas, otras totalmente inverosímiles. Dentro de estas últimas los números equivalían a letras, las letras formaban palabras y las palabras mensajes.

El intercambio de muchos meses entre una elegante casa particular del West End londinense y un almacén de Kismayo demostró que Mustafa Dardari era el hombre del Predicador en el mundo exterior. A la vez promotor e informador. Aconsejaba y ponía sobre aviso.

Estaba suscrito a publicaciones que hablaban extensamente del pensamiento antiterrorista occidental. Estudiaba el trabajo de los *think tanks*, los comités de expertos sobre el tema, y a menudo revisaba documentos técnicos del Royal United Services Institute y del International Institute for Strategic Studies, ambos en Londres, y sus homólogos estadounidenses.

En los e-mails que enviaba a su amigo quedaba claro que, a nivel social, Dardari frecuentaba mesas donde podía haber como invitados funcionarios o militares de alto rango, o algún personaje relacionado con la seguridad. Es decir, que era un espía. Y no solo eso: detrás de su fachada de refinamiento occidental, era un salafista y un yihadista radical. Como su amigo de adolescencia que vivía en Somalia.

Ariel detectó algo más. Había errores tipográficos en los textos, apenas de una letra, pero no eran fortuitos. Muy poca gente no profesional puede teclear párrafos largos sin pulsar ocasionalmente en la tecla equivocada, creando así una errata de una sola letra. En periodismo y en el mundo editorial los correctores se encargan precisamente de subsanar estos errores. Pero lo normal es que un aficionado, mientras el significado esté claro, no le dé importancia.

El Troll se la daba; Dardari no, porque sus erratas eran deliberadas. Había una o dos en cada envío, pero en conjunto adoptaban una pauta rítmica; no ocurrían siempre en la misma tecla, sino que seguían una secuencia con respecto a las del mensaje anterior. Ariel dedujo que eran avisos, pequeñas señales que, si no aparecían, alertarían al lector del mensaje de que el remitente estaba bajo coacción o que el ordenador en concreto estaba siendo operado por un enemigo.

Lo que el tráfico de mensajes no confirmó fueron dos datos que el Rastreador necesitaba conocer. Aparecía la expresión «mi hermano», pero eso podía ser un simple saludo entre musulmanes. Salía «nuestro amigo», pero nunca el nombre de Zulfikar Ali Shah ni de Abu Azzam. Y tampoco había confirmación de que «nuestro amigo» residiera no en Kismayo, sino en un recinto en el corazón de Marka.

La única manera de conseguir estas dos pruebas, y la consiguiente la autorización para un ataque definitivo, era que una fuente fiable identificase al Predicador, o bien hacer que este cometiera un error y lanzara un sermón desde su casa. El Global Hawk que tenían sobrevolando Marka lo captaría al momento.

Para lograr lo primero necesitaba que alguien con un tocado o una gorra de béisbol fácilmente identificables se plantara en el patio del recinto, mirara hacia arriba e hiciera un gesto. Desde Tampa verían esa cara vuelta hacia el cielo, como desde Creech habían visto a Anuar al-Awlaki mirar fatídicamente hacia lo alto, su rostro al descubierto ocupando toda la pantalla de televisión en un búnquer subterráneo de Nevada.

En cuanto a lo segundo, el Rastreador contaba todavía con un as en la manga.

El *MV Malmö* salió del canal en Port Suez y se adentró en el mar Rojo. El capitán Eklund dio las gracias y se despidió del piloto egipcio, mientras este se descolgaba por la borda hasta la lancha que lo esperaba abajo. En cuestión de horas estaría a bordo de otro carguero rumbo al norte.

El *Malmö*, de nuevo al mando de su capitán, puso proa al sur en dirección a Bab el-Mandeb para virar luego al este y el golfo de Adén. El capitán Eklund estaba satisfecho. Hasta ahora iban muy bien de tiempo.

Ópalo volvió de su trabajo en el muelle, se aseguró de que estaba totalmente solo y de que nadie le observaba, y sacó la radio que tenía escondida debajo del suelo. Sabía que esas comprobaciones diarias para ver si había recibido algún mensaje eran los instantes de máximo peligro en su faceta de espía dentro de la fortaleza de Al-Shabab.

Conectó el aparato a la batería, se puso los auriculares, cogió papel y lápiz y se dispuso a transcribir. El mensaje, una vez ralentizado hasta velocidad de lectura, duró apenas unos minutos y su mano fue escribiendo a gran velocidad en caracteres hebreos.

Era breve y conciso: «Felicitaciones por seguir a la camioneta desde el almacén hasta Marka. La próxima vez, espera un poco a seguirla. Vuelve al transmisor y avísanos de que se dirige hacia el norte. Luego esconde el aparato y ve tras ella. Fin».

La trainera taiwanesa estaba a levante de la costa somalí. No la habían detenido, pero tampoco había motivo para ello. Un avión de las fuerzas navales internacionales que protegían a los barcos de los piratas somalíes patrullaba a baja altura y había efectuado un picado para echar un vistazo, pero pasó de largo.

El barco era lo que aparentaba ser: un pesquero de altura muy alejado de su puerto en Taipéi. No llevaba echadas las redes de fondo, pero eso no tenía nada de raro si su patrón estaba buscando aguas mejores donde pescar. Al-Afrit había capturado la trainera semanas atrás, algo que había sido debidamente registrado... pero bajo el nombre verdadero del barco. Un nombre que ya no era el mismo; la tripulación china, bajo amenazas, había sido obligada a pintar un distintivo nuevo tanto en la proa como en la popa.

Dos miembros de esa tripulación (no se necesitaban más) se hallaban en ese momento en el puente. Los diez piratas somalíes estaban ocultos y agazapados. Desde el avión patrulla habían visto por los prismáticos a un par de orientales al timón, y no habían sospechado nada. Aquellos dos hombres estaban amenazados de muerte si hacían el menor gesto pidiendo ayuda.

El truco no era nuevo y, sin embargo, la fuerza internacional seguía siendo prácticamente incapaz de detectarlo. Los esquifes somalíes fingían ser pesqueros cuando eran avistados e interceptados. Podían alegar que sus Kaláshnikov AK-47 eran para protegerse, pero no podían decir lo mismo de los lanzagranadas. El elemento determinante era siempre la escalera de mano de aluminio. No es algo que se necesite para pescar, pero sí para trepar por la borda de un barco mercante.

La piratería somalí había sufrido serios reveses. Muchos de los grandes y valiosos navíos incorporaban un equipo de ex soldados armados de rifles; un ochenta por ciento llevaba ya ese tipo de protección. Los drones que despegaban de Yibuti podían escrutar diariamente hasta cuarenta mil millas cuadradas de mar. Los barcos de guerra de las cuatro flotillas internacionales contaban con apoyo de helicópteros a modo de exploradores de largo alcance; y los piratas, capturados en número cada vez mayor, eran juzgados, declarados culpables y retenidos en las Seychelles bajo custodia internacional. Los años dorados de la piratería habían pasado a la historia.

Pero había una estratagema que funcionaba: el buque nodriza. El *Shan-Lee 08*, como había pasado a llamarse la embarcación, era uno de ellos. Podía permanecer en alta mar bastante más tiempo que un esquife y su autonomía era inmensa. Las lanchas de ataque, con sus veloces motores fueraborda, estaban guardadas bajo la cubierta. Aparentemente era un bajel inofensivo, pero sus lanchas rápidas podían estar listas y en el agua en apenas unos minutos.

Al salir del mar Rojo y entrar en el golfo de Adén, el capitán Eklund procuró seguir al milímetro el corredor internacionalmente recomendado, cuyo objetivo era dar la máxima protección al tráfico de mercantes por el peligroso golfo.

El corredor discurre paralelo a la costa adení y omaní desde los 45 hasta los 53 grados longitud este. Son ocho zonas de longitud que llevan al mercante desde la costa norte de Puntland, donde empieza el paraíso pirata, hasta bastante más allá del Cuerno de África. Para los barcos que desean bordear el extremo meridional del subcontinente indio, esto significa alejarse muchas millas al norte hasta poder virar rumbo al sur para la larga travesía del Índico. Pero es también una zona fuertemente patrullada y eso garantiza la seguridad.

El capitán Eklund siguió la ruta prescrita hasta los 53 grados de longitud y luego, convencido de que no había peligro, viró al sudeste rumbo a la India. Aunque los drones están preparados para cubrir desde el cielo tan gran extensión de mar, el océano Índico tiene varios millones de millas marinas cuadradas, y en esa inmensidad un barco puede desaparecer. Si bien es cierto que, en el corredor, se concentraba gran parte de la flota de barcos de la OTAN y de la Fuerza Naval de la Unión Europea (EU Navfor), en el océano estaban mucho más desperdigados. Solamente Francia tiene una fuerza dedicada exclusivamente al océano Índico. Se la conoce como *A l'Indien*.

El patrón del *Malmö* estaba convencido de hallarse ya demasiado al este para que un barco pirata que hubiera zarpado de la costa somalí pudiera amenazarlos. De día, e incluso de noche, el calor era asfixiante.

Casi todos los buques que navegan por esas aguas han tomado la precaución de hacerse construir una fortaleza interior provista de puertas de acero que se cierran desde dentro, con comida, agua, literas y artículos de higiene personal para varios días. Suelen llevar también sistemas para desconectar los motores de posibles interferencias externas y controlar el mecanismo de dirección desde el interior. Por último, cuentan asimismo con una señal de socorro que, en caso necesario, emite un mensaje prefijado desde el mastelero.

A resguardo dentro de esta ciudadela, la tripulación, siempre y cuando logre encerrarse a tiempo, puede aguardar el rescate con la certeza de que este se encuentra ya en camino. Aunque los piratas se hagan con el barco, no conseguirán controlarlo ni poner en peligro la vida de los hombres de a bordo. Ahora bien, intentarán acceder a la fortaleza. A la tripulación solo le queda confiar en que aparezca pronto un destructor o una fragata.

Sin embargo, mientras el *Malmö* dejaba atrás las islas Laccadive rumbo al sur, la tripulación dormía cómodamente en sus camarotes habituales. Nadie vio ni oyó las lanchas que avanzaban a toda velocidad siguiendo su estela, como tampoco oyó nadie el traqueteo metálico de escalas en la popa cuando los piratas somalíes abordaron el barco a la luz de la luna. El timonel dio la alarma, pero era demasiado tarde. Oscuras y ágiles siluetas armadas corrían ya por la superestructura y se dirigían al puente de mando. En apenas cinco minutos, el *Malmö* era capturado.

Ópalo vio cómo al ponerse el sol se abría la verja del recinto del almacén y salía la camioneta. Vio que era la misma de la vez anterior y que giraba en la misma dirección. El agente montó en su moto de trial y la siguió hacia las afueras de Kismayo, al norte de la ciudad, hasta estar seguro de que se dirigía a Marka por la carretera del litoral. Luego regresó a su cabaña y sacó el transmisor de su escondite bajo el suelo. Había redactado ya el mensaje y lo había comprimido hasta una fracción de segundo, listo para su transmisión. Después de retirar la batería del cargador fotovoltaico, la conectó y solo tuvo que pulsar el botón de «Enviar».

El retén permanente de la Oficina del Mossad captó el mensaje. El oficial de guardia lo desencriptó antes de pasárselo a Benny, que seguía trabajando en su despacho, en el mismo huso horario de Kismayo. Benny redactó unas breves instrucciones que, una vez codificadas, fueron remitidas a un barco supuestamente pesquero con base en Salalah que «faenaba» a veinte millas marinas de la costa somalí.

La lancha abandonó el pesquero pocos minutos después y puso rumbo a tierra. A bordo iban siete comandos y un capitán al mando. Solo cuando las dunas aparecieron en el horizonte iluminado por la luna el rugido del motor pasó a ser un ronroneo; incluso en aquel desolado trecho de arena podía haber alguien escuchando.

No bien la proa tocó playa, el capitán y seis hombres saltaron a tierra y corrieron hacia la carretera. Ya conocían el lugar; era el punto donde un wadi seco pasaba bajo un puente de hormigón y había un grupo de casuarinas. Un miembro del comando avanzó por la carretera unos trescientos metros, en sentido Kismayo, buscó un sitio adecuado entre las juncias de la cuneta, se echó al suelo y dirigió sus potentes prismáticos de visión nocturna hacia el sur. Le habían informado del tipo de vehículo que debía esperar e incluso del número de la matrícula. Detrás de él, el resto de la patrulla de emboscada esperaba asimismo a cubierto junto a la carretera.

El capitán sostenía el comunicador en la mano, pendiente de que la luz roja intermitente se encendiera. Pasaron cuatro vehículos; ninguno era el que ellos esperaban.

Y entonces apareció. Mirando a través de la verde penumbra de sus prismáticos, el comando de avanzada no tuvo ninguna duda. El color original del vehículo, blanco crudo, carecía de importancia, pues en la visión nocturna todo era verde. Pero allí estaba la rejilla medio rota del radiador y también los protectores delanteros abollados que, obviamente, no habían servido de mucho. Y el número de la placa era el que estaba esperando ver. Pulsó el botón de «Enviar» de su transmisor.

Vuelto de espalda, el capitán vio el rojo resplandor en su mano y dio la orden en voz baja: «Kadima». Los hombres salieron al descubierto desde ambos lados de la calzada, sosteniendo una ancha cinta roja y blanca; en la oscuridad de la noche parecía el poste horizontal de una barrera. El capitán se plantó delante de la misma, apuntando hacia el suelo con una linterna y con la otra mano en alto.

No iban vestidos de camuflaje sino con largas túnicas blancas y tocados somalíes. Armados con Kaláshnikov. Ningún somalí se atrevería a saltarse un bloqueo de la *mutawa* religiosa. El motor de la camioneta que se aproximaba carraspeó al reducir, primero una marcha, luego otra.

Los piratas habían dejado a dos hombres vigilando al capitán taiwanés y su primer oficial; los otros ocho habían abordado el *Malmö*. Uno de ellos chapurreaba algo de inglés. Procedía del nido de piratas de Garacad y ese era su tercer secuestro. Sabía lo que había que hacer. El capitán Eklund no, pese a que en Gotemburgo un oficial de la marina sueca le había informado al respecto.

Había tenido tiempo de apretar desde su camarote el botón de la señal perpetua de socorro, y en ese momento estaba transmitiendo desde el mastelero y avisando de su situación a todo el que estuviera a la escucha.

El cabecilla de los piratas, que se llamaba Jimali y tenía veinticuatro años, lo sabía también pero no le importaba. Que vinieran los barcos infieles; ya era demasiado tarde. No se atreverían a atacar, por miedo a que hubiera un baño de sangre. Conocía muy bien la obsesión de los *kuffar* con la vida humana y le parecía despreciable. Un buen somalí no le temía al dolor ni a la muerte.

Habían juntado en la cubierta a los cinco oficiales y los diez filipinos. Advirtieron al capitán de que, si encontraban a alguien escondido, uno de los oficiales sería arrojado al mar.

—No, no hay nadie más —dijo Eklund—. ¿Qué es lo que quieren?

Jimali señaló hacia sus hombres.

—Comida. No cerdo —dijo.

El capitán Eklund ordenó al cocinero filipino que fuera a preparar algo, y uno de los piratas lo acompañó a la cocina del barco.

—Tú, ven. —Jimali hizo señas al capitán y fueron al puente—. Tú guiar Garacad, tú vivir.

El capitán consultó los mapas, localizó la costa somalí y encontró el poblado, unos ciento cincuenta kilómetros al sur de Eyl, otro reducto pirata. Calculó un rumbo aproximado y giró el timón.

Despuntaba el día cuando los vio el primer barco, una fragata francesa de *A l'Indien*. Envió unos cuantos telegramas a puerto y se situó en formación reduciendo la velocidad. El capitán francés no pensaba utilizar a sus hombres para abordar el *Malmö*, y Jimali lo sabía. Desde el ala del puente de mando miraba hacia la fragata, casi como si retara a los infieles a hacer algún movimiento.

Muy lejos del aparentemente inocuo espectáculo marítimo de una fragata francesa escoltando a un carguero sueco, con un pesquero taiwanés a escasa distancia, estaba teniendo lugar un verdadero torbellino de comunicaciones electrónicas.

El Sistema de Identificación Automática del *Malmö* había sido captado de inmediato. Estaba siendo controlado por el Maritime Trade Operations británico con base en Dubai, así como por la Maritime Liaison estadounidense (MARLO) en Baréin. Varios buques de guerra de la OTAN y la Unión Europea fueron alertados de la situación, pero, como sabía Jimali, ninguno se decidiría a atacar.

En la sede de Andersson Line en Estocolmo había una sala de operaciones con servicio permanente, y recibieron el aviso de inmediato. El cuartel general de la naviera sueca llamó al *Malmö*. Jimali indicó al capitán Eklund que podía contestar, pero le ordenó que pasara la llamada por el altavoz del puente y que solo hablara en inglés. Incluso antes de oír su voz, Estocolmo supo que había sido capturado por somalíes y que había que medir muy bien las palabras.

El capitán Eklund confirmó que el *Malmö* había sido secuestrado durante la noche. Informó de que todos sus hombres estaban a salvo y los trataban bien. No había ningún herido. Se dirigían hacia la costa de Somalia obedeciendo órdenes de los piratas.

El propietario de la naviera, Harry Andersson, se enteró de lo ocurrido mientras desayunaba en su palaciega residencia de Östermalm, en Estocolmo. Terminó de vestirse mientras le llevaban el coche a la puerta y fue directamente a la sala de operaciones de la sede central. El controlador de flotas del turno de noche estaba allí todavía y le relató cuanto los servicios de emergencia y el propio capitán Eklund habían podido decirle.

El señor Andersson había prosperado en la vida y era sumamente rico porque, entre otros muchos, poseía dos talentos muy valiosos. Uno era saber asimilar con extrema rapidez cualquier situación y, a partir de ahí, pensar un plan de acción basado en realidades, no en fantasías. El segundo era poner en práctica esos planes.

Se quedó allí de pie, sumido en sus pensamientos. Nadie se atrevió a interrumpir sus reflexiones. Era la primera vez que uno de sus barcos era secuestrado. Una intervención armada solo provocaría una matanza, así que eso estaba descartado. El *Malmö*, por tanto, debía arribar a la costa somalí y anclar allí. Lo prioritario era velar por la seguridad de sus quince empleados y luego recuperar el barco y el cargamento, si ello era posible. Pero había otro asunto: uno de esos empleados era su propio hijo.

—Haz que traigan mi coche —dijo—. Llama a Bjorn, esté donde esté, y dile que prepare el avión para despegar de inmediato. Plan de vuelo para Northolt, Londres. Resérvame una habitación en el Connaught. Hanna, ¿llevas el pasaporte encima? ¿Sí?, pues ven conmigo.

Minutos más tarde, ya en el asiento trasero del Bentley, con su secretaria personal al lado y camino del aeropuerto de Bromma, Andersson utilizó el móvil para organizar el futuro inmediato.

Aquel era un asunto para las aseguradoras. Él trabajaba con una agrupación de reaseguradoras perteneciente a Lloyds. Ellos se encargarían de todo, ya que el dinero que estaba en juego era el suyo; por algo les pagaba una verdadera fortuna al año.

Antes de despegar supo que el negociador preferido de sus reaseguradores —y estos habían pasado ya por trances semejantes— era una empresa llamada Chauncey Reynolds, que contaba en su haber con varios rescates negociados. Andersson sabía que llegaría a Londres mucho antes de que su barco alcanzara la costa de Somalia. Y antes de que su Learjet traspasara la línea del litoral sueco, ya había concertado una cita con sus abogados para las seis de la tarde. Y si no les gustaba trabajar a esa hora, que se aguantaran.

Mientras Andersson aterrizaba en la pista de aproximación de Northolt, en la sede de Chauncey Reynolds estaban ya moviendo los hilos para tratar de contactar con la vivienda en Surrey de su negociador preferido, sin duda el mejor de sus hombres en aquella extraña profesión, aunque estaba ya en vías de retirarse. Su mujer fue a buscarlo; estaba atendiendo sus colmenas en el jardín.

Había aprendido el oficio haciendo de negociador en casos de rehenes para la policía metropolitana. Era un galés de nombre Gareth Evans, persona poco habladora pero solo en apariencia.

El Troll estaba muerto y bien muerto cuando Ópalo llegó al lugar. Había sido avistado por el vigía apostado en la carretera, e identificado porque el capitán lo había visto antes en el encuentro previo con Benny en la playa. De nuevo la mano del capitán registró un fulgor rojo intermitente y la carretera fue bloqueada.

De repente Ópalo divisó unas siluetas de largas túnicas a la mortecina luz de su moto, vio la linterna oscilante, los rifles de asalto prestos a disparar. Como cualquier agente secreto infiltrado tras las líneas enemigas, y ante la terrible perspectiva de sufrir una muerte atroz en caso de ser descubierto, experimentó un pequeño acceso de pánico.

¿Tenía los papeles en orden? ¿Colaría su coartada de que se dirigía a Marka en busca de trabajo? ¿Qué diantre podía estar buscando la *mutawa* en aquella carretera a altas horas de la noche?

El hombre de la linterna se acercó y le miró a la cara. En ese momento la luna asomó entre unas nubes que anunciaban el inminente monzón. Dos rostros oscuros y muy juntos en mitad de la noche; uno de tez natural, el otro embadurnado de crema para combate nocturno.

—*Shalom*, Ópalo. Ven, sal de la carretera, se acerca un camión.

Los hombres corrieron a esconderse entre los árboles y los matojos, llevándose consigo la moto de trial. En cuanto el camión hubo pasado de largo, el capitán le mostró a Ópalo el lugar del accidente.

Al parecer la camioneta del Troll había sufrido un reventón en la rueda delantera izquierda. El clavo sobresalía aún de la banda de rodamiento donde unas manos lo habían introducido deliberadamente. Fuera de control, el vehículo debía de haber girado bruscamente hacia un lado. La mala suerte hizo que eso ocurriera cuando se hallaba en mitad del puente de hormigón.

La camioneta se había precipitado al vacío, yendo a estrellarse contra el terraplén del lado contrario del wadi. Debido al impacto, el conductor había sido lanzado de cabeza contra el parabrisas y el volante se le había incrustado en el pecho, destrozándole el tórax. Al parecer, alguien lo había sacado de la cabina y depositado en el suelo. El muerto miraba sin ver las ralas puntas de las casuarinas que mediaban entre él y la luna allá en lo alto.

—Bueno, hablemos —dijo el capitán.

Informó a Ópalo de lo que Benny le había dicho por la línea telefónica segura entre el pesquero y Tel Aviv. Palabra por palabra. Luego le entregó un fajo de papeles y una gorra de béisbol roja.

—Esto te lo dio el moribundo antes de palmarla. Tú hiciste cuanto estaba en tus manos, pero fue inútil. Estaba muy malherido. ¿Alguna pregunta?

Ópalo negó con la cabeza. La historia era verosímil. Se guardó los papeles en el interior de la cazadora. El capitán de la Sayeret Matkal le tendió una mano.

—Tenemos que regresar. Buena suerte, amigo. *Mazel tov*.

Tardaron unos segundos en borrar las últimas huellas dejadas en el polvo, todas salvo las de Ópalo, y luego partieron hacia la negrura camino del pesquero que los estaba esperando. Ópalo llevó su moto de nuevo a la carretera y siguió su camino hacia el norte.

Todos los reunidos en la oficina de Chauncey Reynolds tenían experiencia en lo que, tras más de una década de piratería, se había convertido en un ritual mutuamente acordado. Los piratas eran jefes de clan de la zona de Puntland y operaban a lo largo de mil doscientos kilómetros de costa desde Boosaaso en el norte hasta Mareeg, un poco más arriba de Mogadiscio.

Eran piratas por el dinero, por nada más. Su excusa era que años atrás las flotas pesqueras llegadas de Corea del Sur y Taiwán habían acabado con sus caladeros tradicionales, dejándolos sin recursos para sobrevivir. Para bien o para mal, habían optado por la piratería y desde entonces sus ingresos eran enormes, mucho mayores que los beneficios que obtenían antes con unos cuantos atunes.

Sus primeras presas fueron barcos mercantes que pasaban muy cerca de la costa somalí. Con el tiempo y la práctica habían ido ampliando su campo de acción hacia el este y el sur. Al principio sus capturas eran pequeñas y sus negociaciones torpes, y maletas llenas de dólares eran arrojadas al mar desde avionetas procedentes de Kenia en una zona previamente acordada.

Pero en ese trecho de costa nadie se fía de nadie. Entre los ladrones somalíes no existe el honor. Barcos que habían sido capturados por un clan eran saqueados por otro. Bandas rivales peleaban a muerte por maletas que flotaban a la deriva llenas de dinero en metálico. Al final se impuso una especie de pacto sobre cómo actuar.

La tripulación de un barco secuestrado casi nunca era llevada a tierra. Para evitar que el tremendo oleaje arrastrara la embarcación anclada, los barcos se detenían a dos millas de la costa. Oficiales y tripulación vivían a bordo en condiciones más o menos razonables pero vigilados por una docena de hombres, mientras las partes en litigio —armador y jefe de clan— procedían a negociar.

Por la parte occidental, algunas compañías aseguradoras, bufetes de abogados y negociadores se especializaron hasta convertirse en expertos en casos de secuestros. Por la parte somalí, negociadores cultos (no simplemente somalíes, sino miembros del clan adecuado) se ocupaban de dialogar. Todo eso se hacía ya con tecnología moderna, esto es, ordenadores y iPhones. Rara vez se lanzaba el dinero cual bomba desde las alturas; los somalíes tenían cuentas bancarias numeradas de las que la suma del rescate desaparecía en cuestión de minutos.

Con el paso del tiempo los negociadores de ambos bandos llegaron a conocerse bien, cada cual preocupado por hacer su trabajo y nada más. Pero los somalíes tenían siempre la mejor baza.

Para las compañías de seguros, un cargamento con demora era un cargamento perdido. Para los armadores, un barco sin beneficios era una operación perdida. Añádase a ello la lógica angustia de la tripulación y de sus familias, y todo junto hacía que el objetivo prioritario fuese lograr un acuerdo lo antes posible. Los piratas, en cambio, tenían todo el tiempo del mundo. En eso basaban su chantaje: en el tiempo. Algunos barcos habían estado años anclados en aguas somalíes.

Gareth Evans había conseguido la liberación de diez buques con cargamentos de diverso valor. Había estudiado Puntland y su laberíntica estructura tribal tan a fondo como quien prepara una tesis. Cuando se enteró de que el *Malmö* navegaba hacia Garacad, supo qué tribu controlaba aquel trecho de costa y de cuántos clanes se componía. Varios de ellos utilizaban el mismo negociador, un tal señor Ali Abdi, un somalí educado y cortés, licenciado por una universidad del Medio Oeste de Estados Unidos.

Todo eso se lo explicaron a Harry Andersson mientras el crepúsculo estival se cernía sobre Londres y en el otro hemisferio el *Malmö* avanzaba a toda máquina rumbo al oeste. Cenaron comida para llevar sentados a la bruñida mesa de la sala de reuniones, y luego la señora Bulstrode, que servía los refrigerios y había accedido a quedarse, les llevó café, café y más café.

Reservaron una sala como centro de operaciones para Gareth Evans. Si los somalíes designaban a un negociador nuevo, desde Estocolmo informarían al capitán Eklund de a qué número de Londres debía telefonear para poner las cosas en marcha.

Gareth Evans estudió a fondo el barco y su cargamento de relucientes automóviles y calculó para sus adentros una cifra plausible alrededor de los cinco millones de dólares. Sabía que la cifra que ellos pedirían de entrada sería mucho más alta. No solo eso, sabía también que aceptar con demasiada prontitud sería catastrófico: doblarían la cifra al momento. Exigir rapidez podía ser asimismo contraproducente; eso podía elevar de igual manera el precio. En cuanto a la tripulación, debían aceptar con resignación su mala suerte; no les quedaba otro remedio que armarse de paciencia.

Los marinos repatriados tras otros secuestros contaban que, conforme transcurrían las semanas, los somalíes de a bordo, mayormente analfabetos de la zona montañosa, convertían el antaño inmaculado barco en un apestoso sumidero. No utilizaban los servicios, orinaban cuando y donde el cuerpo se lo pedía. El calor hacía el resto. El aire acondicionado dejaba de funcionar porque los generadores necesitaban petróleo. Los alimentos descongelados se pudrían, y la tripulación se veía obligada a seguir la dieta somalí a base de carne de cabra que los piratas mataban en la misma cubierta. Los únicos entretenimientos eran la pesca, la lectura y los juegos de mesa, pero el tedio no se dejaba vencer así como así.

La reunión terminó a las diez de la noche. Yendo a toda máquina, como probablemente era el caso, el *Malmö* entraría en la bahía de Garacad alrededor de las doce del mediodía hora de Londres. Poco después se enterarían de quién lo había secuestrado y a quién habían encargado la tarea de negociar. Entonces Gareth Evans se presentaría, en el caso de que hiciera falta, y daría comienzo el intrincado tira y afloja.

Ópalo llegó a Marka cuando la ciudad sesteaba bajo el achicharrante sol de primera hora de la tarde. Buscó el recinto y llamó con fuerza a la puerta. En su interior nadie dormía. Oyó voces y correr de pasos, como si esperaran a alguien que llegara tarde.

En el ventanuco de la puerta de gruesos troncos apareció una cara. Árabe, pero no somalí. Los ojos escudriñaron la calle y no vieron ninguna camioneta. Entonces se posaron en el agente Ópalo.

—¿Qué? —le espetó una voz, molesta por que un don nadie pretendiera que le abriesen.

—Traigo unos papeles para el jeque —dijo Ópalo en árabe.

—¿Papeles? —La voz se mostró hostil y a la vez curiosa.

—Sí, no sé qué son —respondió Ópalo—. Un hombre en la carretera me dijo que eso era lo que os tenía que decir.

Oyó murmullo de voces detrás de la puerta. Un segundo rostro ocupó el puesto del primero. Ni somalí ni arábigo, pero habló en árabe. ¿Paquistaní, quizá?

—¿De dónde eres y qué papeles son esos?

Ópalo se sacó el paquete que llevaba bajo la cazadora.

—Vengo de Marka. Me he encontrado a un hombre tirado en la carretera. Había tenido un accidente con su camioneta y me ha pedido que trajera estos papeles. Él me ha explicado cómo encontrar este sitio. Es todo lo que sé.

Ópalo intentó introducir el paquete por la abertura.

—No, espera —gritó una voz, y la puerta empezó a abrirse.

Había allí cuatro hombres, todos con barbas muy pobladas. Lo agarraron del brazo y lo hicieron entrar rápidamente. Un muchacho salió a todo correr, agarró la moto de trial y la metió en el recinto. La puerta se cerró. Dos hombres lo sujetaron. El que podía ser paquistaní se le acercó cuan alto era, examinó el paquete e inspiró hondo.

—¿De dónde has sacado esto, cerdo? ¿Qué le has hecho a nuestro amigo?

Ópalo adoptó una actitud temerosa; no hubo de esforzarse demasiado.

—El hombre que conducía la camioneta, señor. Creo que está muerto...

No pudo continuar. Una mano le cruzó la cara con tal fuerza que lo tiró al suelo. Se produjo un revuelo de gritos confusos en una lengua que no entendió pese a que hablaba inglés, somalí y árabe, además de su hebreo materno. Media docena de manos lo levantaron y se lo llevaron de allí. Había una especie de cobertizo adosado al muro del recinto; lo arrojaron dentro y oyó cerrarse una aldaba. Estaba oscuro y el lugar apestaba. Ópalo sabía que debía ceñirse a su papel. Se dejó caer sobre una pila de sacos viejos y ocultó la cabeza entre las manos, postura universal que indica derrota y estupor.

No volvieron hasta pasada media hora. Vio a los dos o tres tipos altos que debían de ser guardaespaldas, pero también había uno nuevo. Este era somalí, sin duda alguna, y su habla era de una de persona culta. Seguramente tendría estudios. Le hizo una seña, y Ópalo salió guiñando los ojos a la implacable luz del día.

—Ven —dijo el somalí—, el jeque desea verte.

Fue escoltado hasta el edificio principal, enfrente de la puerta de troncos. En el vestíbulo lo sometieron a un experto y meticuloso registro. Le cogieron la cartera y se la pasaron al somalí, el cual sacó los documentos y los examinó, comparando la foto de mala calidad con la cara del agente. Luego, guardándose la cartera en el bolsillo, asintió con la cabeza, dio media vuelta y echó a andar. Ópalo fue obligado a seguirle.

Entraron en una sala de estar bien amueblada. Un ventilador grande giraba en el techo. Había una mesa de trabajo con papeles y artículos de escritorio encima. De espaldas a la puerta, sentado en una butaca giratoria, vio a un hombre. El somalí se acercó a él y le susurró algo al oído. Ópalo podría haber jurado que lo había hecho en árabe. Luego le tendió al hombre sentado la cartera y los documentos de identificación.

Ópalo vio que el paquete que había traído estaba abierto y algunas de las hojas esparcidas sobre el escritorio. El hombre que estaba sentado se volvió, alzó la vista y lo miró a la cara. Llevaba una poblada barba negra y sus ojos eran de color ámbar.

10

En cuanto el *Malmö* echó el ancla a veinte brazas de profundidad en la bahía de Garacad, tres lanchas de aluminio zarparon de la aldea y pusieron proa en dirección al barco.

Jimali y sus siete compañeros piratas estaban ansiosos por regresar a tierra firme. Llevaban navegando veinte días, muchos de ellos encerrados en el pesquero taiwanés. Se habían quedado sin provisiones y habían tenido que recurrir durante dos semanas a la cocina europea y filipina, que detestaban. Querían volver a su dieta habitual de estofado de cabra y sentir la arena bajo los pies.

Las cabezas oscuras de los que iban agazapados en las barcas procedentes de la playa, a una milla de distancia, eran las de la tripulación de relevo que vigilaría el barco durante el tiempo que fuera necesario.

Solo uno de ellos no pertenecía a aquella tribu de desharrapados. Sentado con mucha dignidad a popa de la tercera embarcación iba un somalí pulcramente vestido con una sahariana beis y un pantalón de buen corte. Sobre las rodillas sostenía un maletín. Era el señor Abdi, el negociador preferido de Al-Afrit.

—Ahora empieza el juego —dijo el capitán Eklund en inglés, el idioma común a los suecos, los ucranianos, el polaco y los filipinos de a bordo—. Tengamos paciencia. Dejad que me ocupe yo.

—No decir nada —le espetó Jimali.

Le disgustaba que los cautivos hablasen ni siquiera en inglés, ya que no dominaban la lengua.

Descolgaron una escalerilla por la borda y la tripulación de relevo —casi todos adolescentes— empezó a subir con gran agilidad. El señor Abdi, a quien no le gustaba el mar, ni siquiera tan cerca de la costa, se lo tomó con calma, agarrándose bien a las cuerdas a medida que subía. Tan pronto hubo puesto el pie en la cubierta del *Malmö*, le entregaron su maletín.

El capitán no sabía quién era aquel individuo, pero, por su manera de vestir y sus modales, vio que al menos era un hombre culto. Dio un paso al frente.

—Capitán Eklund, comandante del *Malmö* —se presentó.

El señor Abdi le tendió una mano.

—Yo soy Ali Abdi, negociador por la parte somalí —dijo. Su inglés era bueno, con un ligero acento norteamericano—. ¿Nunca había sido usted... cómo expresarlo... huésped del pueblo somalí?

—No —respondió el capitán—, y preferiría no serlo ahora.

—Lo comprendo. Para ustedes tiene que ser difícil. Pero imagino que le habrán informado, ¿no? Hemos de atender ciertas formalidades antes de ponernos a negociar. Tan pronto hayamos alcanzado un acuerdo, podrán ustedes marcharse.

El capitán Eklund sabía que, en alguna parte, su patrón estaría reunido en cónclave con aseguradoras y abogados, y que ellos también designarían a un negociador. Confiaba en que ambos serían expertos en la materia y que llegarían pronto a un acuerdo sobre el rescate que debía pagarse. Estaba claro que no conocía las reglas. En ese momento, la rapidez era algo que solo preocupaba a los europeos.

Lo primero que Abdi pidió fue que lo escoltaran hasta el puente para contactar, mediante el teléfono por satélite del barco, con el centro de control en Estocolmo, y a continuación con la oficina del negociador (presumiblemente en Londres, donde Lloyds tenía su sede), que sería el epicentro de toda la negociación. Mientras examinaba la cubierta desde la posición estratégica del puente de mando, murmuró:

—Sería aconsejable tender unos toldos en los espacios donde no hay carga. Así su tripulación podría tomar el aire sin asarse al sol.

Stig Eklund había oído hablar del síndrome de Estocolmo, el proceso por el cual secuestradores y secuestrados establecían vínculos de amistad en virtud de la proximidad compartida. No tenía la menor intención de rebajar el odio que sentía por dentro contra los piratas que habían capturado su nave. Pero, por otro lado, aquel somalí bien vestido, cortés y educado era alguien con quien uno podía comunicarse de manera civilizada, lo cual ya era mucho.

—Gracias —dijo.

Su primer y segundo oficiales esperaban detrás. Habían oído y entendido; Eklund les hizo una seña y abandonaron el puente para colocar los toldos.

—Y ahora, si no le importa, debería hablar con Estocolmo —dijo Abdi.

Rápidamente contactaron por teléfono con la capital sueca. A Abdi se le iluminó la cara cuando le informaron de que el armador se hallaba ya en Londres con la gente de Chauncey Reynolds. Había negociado con anterioridad, aunque para otros jefes de clan, a través de Chauncey Reynolds, y las dos veces habían logrado un acuerdo en tan solo unas semanas. Le pidió al capitán Eklund que se pusiera en contacto con los abogados de Londres. Julian Reynolds contestó al aparato.

—Ah, señor Reynolds, me alegro de oírle. Soy el señor Ali Abdi y me encuentro en el puente del *Malmö*. El capitán Eklund está aquí conmigo.

En Londres, Julian Reynolds pareció complacido. Tapó el auricular y dijo:

—Abdi otra vez.

Hubo un suspiro general de alivio, incluido el de Gareth Evans. En Londres conocían la mala reputación de Al-Afrit, el cruel y viejo tirano de Garacad. La designación de Abdi fue para ellos un bienvenido rayo de luz en la oscuridad.

—Buenos días, señor Abdi. *Salaam alaikhum.*

—*Alaikhum as-salaam* —respondió Abdi vía satélite.

Sospechaba que suecos y británicos le habrían retorcido con gusto el cuello de haber podido hacerlo, pero el saludo musulmán era un gesto de urbanidad, y él agradeció el detalle.

—Voy a pasarle con alguien a quien, si no me equivoco, ya conoce —dijo Reynolds.

Gareth Evans cogió el aparato y puso la función de teleconferencia. La voz que hablaba desde la costa somalí sonó clara como el agua. Y así pudieron oírla también en Fort Meade y en Cheltenham, donde lo estaban grabando todo.

—Hola, señor Abdi. Le habla el señor Gareth. Volvemos a encontrarnos, aunque sea a distancia. Se me ha pedido que represente a la parte londinense.

En Londres cinco hombres —el armador, dos abogados, un asegurador y Gareth Evans— oyeron la risa satisfecha de Abdi por los altavoces.

—Señor Gareth, amigo mío. Cuánto me alegro de que sea usted. Estoy seguro de que podremos llevar este asunto a una feliz conclusión.

La costumbre de Abdi de poner el «señor» antes del nombre de pila era su forma de no resultar ceremonioso en exceso ni demasiado familiar. A Evans siempre le llamaba «señor Gareth».

—Me han reservado una sala en el bufete, aquí en Londres —dijo Evans—. ¿Quiere que me traslade y así empezamos a hablar?

Demasiado rápido para Abdi. Había que observar las formalidades. Una era dejar claro a los europeos que las prisas las tenían ellos. Sabía que Estocolmo habría calculado ya lo que les estaba costando el *Malmö* cada día que pasaba; otro tanto las aseguradoras, que probablemente eran tres.

Una cubriría el casco y la maquinaria, la segunda el cargamento, y la tercera se encargaría de cubrir los riesgos de guerra de la tripulación. Cada una de esas compañías tendría sus propios cálculos de pérdidas, en curso o pendientes. Que sufran un poco más con sus cifras, pensó Abdi. Y dijo:

—Señor Gareth, amigo, va usted a un paso más rápido que el mío. Necesito un poco más de tiempo para examinar el barco y el cargamento antes de proponer una cifra razonable para que usted se la plantee con confianza a sus jefes.

Abdi había estado investigando en internet desde la sala que le habían asignado en el fortín donde Al-Afrit tenía su cuartel general, en las colinas próximas a Garacad. Sabía que había varios factores que tener en cuenta: edad y estado del mercante, carácter perecedero del cargamento, pérdida de posibles ganancias futuras.

Todo eso ya lo había estudiado y tenía decidida una cifra inicial de veinticinco millones de dólares. Contaba con bajar hasta cuatro millones, tal vez cinco si el sueco tenía prisa.

—Señor Gareth, déjeme que le sugiera empezar mañana por la mañana. ¿A las nueve hora de Londres le parece bien? Aquí serán las doce del mediodía. Para entonces ya estaré de vuelta en mi oficina en tierra.

—De acuerdo, amigo mío. Estaré aquí pendiente de su llamada.

Sería vía satélite desde un ordenador. Hacerlo por Skype estaba totalmente descartado. Las expresiones faciales pueden revelar demasiado.

—Solo una cosa antes de despedirnos. ¿Me garantiza usted que la tripulación, incluidos los filipinos, permanecerá a salvo en el barco y no sufrirá ningún maltrato?

Ningún otro somalí en el barco oyó esas palabras, pues los piratas a bordo del *Malmö* estaban lejos del puente de mando y, de todos modos, no sabían inglés. Pero Abdi captó el significado.

Por regla general los señores de la guerra y los caciques somalíes trataban a sus cautivos de manera humanitaria, pero había un par de notables excepciones. Una de ellas, y la peor, era Al-Afrit, un bárbaro que se había ganado a pulso su fama de brutalidad.

A nivel personal, Abdi no tenía inconveniente en trabajar para Al-Afrit, y además se llevaba un veinte por ciento del rescate. Su labor como negociador para los piratas lo estaba convirtiendo en un hombre rico a una edad mucho más temprana de lo habitual. Pero eso no significaba que su jefe le cayera bien. De hecho, lo despreciaba. Lo malo era que él, Abdi, no tenía un séquito de guardaespaldas.

—Estoy seguro de que toda la tripulación será retenida a bordo y que no recibirá ningún maltrato —dijo, y luego puso fin a la llamada.

Rezó para que su afirmación fuera cierta.

Los ojos de color ámbar miraron al joven prisionero durante un buen rato. En la habitación reinaba un silencio sepulcral. Ópalo notaba detrás de él la presencia del somalí educado que lo había llevado hasta allí y de los dos guardaespaldas paquistaníes. La voz, cuando por fin se dejó oír, le sorprendió por su tono afable.

—¿Cómo te llamas? —preguntó en árabe.

Ópalo se lo dijo.

—¿Eso es somalí?

Detrás de él, el somalí negó con la cabeza. Los paquistaníes no entendían nada.

—No, jeque. Soy etíope.

—Un país mayormente *kuffar*. ¿Eres cristiano?

—Gracias a Alá, el misericordioso, el compasivo, no. No,

jeque. Nací en Ogaden, junto a la frontera. Allí somos todos musulmanes, y nos persiguen por ello.

La cara de ojos ambarinos asintió con gesto de aprobación.

—¿Y por qué viniste a Somalia?

—En mi aldea corrían rumores de que el ejército de Etiopía iba a reclutar por la fuerza a todos los hombres disponibles para combatir en la invasión de Somalia. Yo me escapé y vine aquí para unirme a mis hermanos en Alá.

—¿Anoche viniste a Marka desde Kismayo?

—Sí.

—¿Por qué?

—Busco empleo, jeque. Trabajo controlando la carga en el muelle, pero esperaba encontrar algo mejor.

—¿Y cómo llegaron estos papeles a tus manos?

Ópalo relató la historia que tenía ensayada. Conducía en moto de noche para evitar el calor y las tormentas de arena típicas del día. Entonces vio que estaba quedándose sin combustible y se detuvo para llenar el depósito con el bidón de reserva. La casualidad quiso que eso ocurriera en mitad de un puente de hormigón que cruza un wadi seco.

Oyó una especie de grito ahogado. Pensó que sería el viento que agitaba los árboles cercanos, pero entonces lo oyó otra vez. Parecía venir de debajo del puente.

Descendió por el terraplén hasta el wadi y encontró una camioneta siniestrada. Parecía haber caído del puente y haberse estrellado contra la ribera seca. Sentado al volante había un hombre muy malherido.

—Intenté ayudarle, pero no había nada que hacer. En mi motocicleta no pueden ir dos personas, y tampoco podía subirlo a cuestas por el terraplén. Lo saqué de la cabina, eso sí, por si se incendiaba. Pero el hombre ya estaba agonizando, *inshallah*.

El moribundo le había suplicado como hermano que cogiera su paquete y lo llevase a Marka. Le explicó adónde tenía que ir: un recinto cerca de la calle del mercado, pasada la rotonda italiana, una puerta de troncos con un ventanuco para controlar la entrada.

—Murió en mis brazos, jeque, pero no podría haberlo salvado.

El hombre de la túnica meditó unos instantes y luego se volvió para mirar los papeles que habían llegado con el paquete.

—¿Abriste el paquete?

—No, jeque. No era asunto mío.

Los ojos ambarinos adoptaron una expresión pensativa.

—Dentro había dinero. Quizá hemos dado con un hombre honrado, ¿qué opinas tú, Jamma?

El somalí sonrió. El Predicador gritó unas órdenes en urdu a los paquistaníes, y estos agarraron a Ópalo.

—Mis hombres irán a ese sitio que dices. Examinarán el puente y la camioneta siniestrada, que sin duda seguirá allí. Junto al cadáver de mi siervo. Si has mentido, ten por seguro que desearás no haber venido aquí en tu vida. Mientras tanto, esperarás aquí a que regresen.

Lo encerraron otra vez, pero no en el maltrecho cobertizo del patio, de donde un hombre ágil podía escapar al amparo de la noche, sino en una especie de sótano con suelo de arena. Pasó allí dos días y una noche. Totalmente a oscuras. Le dieron una botella de plástico con agua, de la que fue bebiendo sorbos en la negrura. Cuando lo dejaron salir y lo hicieron subir, tuvo que entrecerrar los ojos, que le parpadeaban furiosamente a causa del sol que entraba a través de los postigos. Fue llevado de nuevo ante el Predicador.

El hombre de la larga túnica tenía algo en la mano derecha y le daba vueltas y vueltas entre sus dedos. Los ojos de color ámbar se volvieron hacia el prisionero y se clavaron en el aterrado agente Ópalo.

—Por lo visto tenías razón, mi joven amigo —dijo en árabe—. Mi siervo se estrelló contra el terraplén del wadi y murió allí. La causa del accidente… —Sostuvo en alto el objeto—. Este clavo. Mi gente lo encontró en uno de los neumáticos. Dijiste la verdad.

Se puso de pie, cruzó la estancia y se plantó delante del joven etíope, mirándolo con gesto especulativo.

—¿Cómo es que hablas árabe?

—Lo estudié en mi tiempo libre, señor. Para poder entender mejor nuestro sagrado Corán.

—¿Algún otro idioma?

—Un poco de inglés.

—¿Y eso?

—Cerca de mi aldea había un colegio, lo dirigía un misionero que era inglés.

El Predicador se quedó peligrosamente callado.

—Un infiel —dijo al fin—. Un *kuffar*. ¿Y de él aprendiste también a amar a Occidente?

—No, señor. Justo lo contrario. Aquello me enseñó a odiarlos por los siglos de desgracias que han infligido a nuestro pueblo, y a estudiar solamente las palabras y la vida de nuestro profeta Mahoma, que Alá tenga en su gloria.

El Predicador meditó un momento y finalmente sonrió.

—Parece que tenemos a un joven —sin duda estaba dirigiéndose a su secretario somalí— lo bastante honrado para no coger dinero, lo bastante compasivo para cumplir los deseos de un moribundo, y que solo aspira a servir al Profeta. Y que además habla somalí, árabe y un poco de inglés. ¿Tú qué opinas, Jamma?

El secretario cayó en la trampa. Buscando complacer, concedió que, efectivamente, era todo un hallazgo. Pero el Predicador tenía ahora un grave problema: había perdido a su experto en informática, el hombre que le traía sus mensajes descargados desde Londres sin revelar en ningún momento que él, el Predicador, se encontraba en Marka y no en Kismayo. Solo Jamma podía sustituirlo en Kismayo; los demás no tenían ni idea de ordenadores.

Eso lo dejaba sin secretario, pero podría disponer de un joven culto, que hablaba tres lenguas además de su dialecto de Ogaden y que buscaba trabajo.

El Predicador había sobrevivido durante diez años gracias a una exagerada cautela rayana en la paranoia. Había visto cómo muchos de sus coetáneos —de Lashkar-e-Taiba, la Brigada 313, los verdugos del Khorasan, el clan Haqqani y Al Qaeda de la Península Arábiga, el grupo yemení— eran rastreados, localizados, atacados y eliminados. Más de la mitad por culpa de traidores.

Él había huido de las cámaras como de la peste, cambiado de residencia constantemente, modificado su nombre, escondido su cara, enmascarado sus ojos. Y seguía con vida.

En su séquito personal no admitía más que a aquellos en quienes estaba seguro que podía confiar. Los cuatro guardaespaldas paquistaníes darían la vida por él, pero no tenían cerebro. Jamma era listo, pero en ese momento lo necesitaba para manejar los dos ordenadores que tenía en Kismayo.

El recién llegado le caía bien. Había pruebas de su honradez, de su sinceridad. Si lo contrataba, podría tenerlo vigilado día y noche. No podría comunicarse con nadie. Y lo cierto era que necesitaba un secretario. La idea de que aquel joven fuera un judío y un espía le resultaba totalmente inconcebible. Decidió correr el riesgo.

—¿Te gustaría ser mi secretario? —le preguntó en tono afable, y Jamma dejó escapar un grito ahogado al oírlo.

—Sería un grandísimo privilegio para mí, señor. Te serviré fielmente, *inshallah*.

Se impartieron órdenes. Jamma cogería una de las camionetas e iría a Kismayo para encargarse de administrar el almacén de Masala y para ocuparse del ordenador desde donde se emitían los sermones.

Ópalo ocuparía la habitación de Jamma y aprendería cuáles eran sus obligaciones. Una hora después se puso la gorra de béisbol roja con el logotipo de Nueva York que le habían dado junto al camión siniestrado. Había pertenecido al capitán israelí del pesquero, que hubo de renunciar a ella al recibir nuevas órdenes de Tel Aviv.

Salió al patio y llevó su moto de trial hasta el cobertizo para que no le diera tanto el sol. A medio camino, se detuvo un momento y levantó la cabeza. Hizo un gesto de asentimiento y siguió caminando hacia el muro.

En una sala de control en las cercanías de Tampa, Florida, la diminuta figura que se movía bajo el vigilante Global Hawk fue vista y registrada. Se dio la alerta, y la imagen fue enviada a otra sala en la embajada estadounidense en Londres.

Al ver la delgada figura con *dishdasha* y gorra de béisbol roja mirando al cielo en Marka, el Rastreador murmuró:

—Buen trabajo, muchacho.

El agente Ópalo estaba dentro de la fortaleza y acababa de confirmar todo cuanto el Rastreador necesitaba saber.

El último asesino no era reponedor de supermercado ni trabajaba en un taller mecánico. Nacido en Siria, culto y con un diploma en odontología, trabajaba como técnico de laboratorio en la consulta de un prestigioso dentista a las afueras de Fairfax, Virginia. Se llamaba Tariq Husein.

No era ni un refugiado ni un estudiante cuando llegó de Alepo diez años atrás, sino un inmigrante legal que había cumplido todos los requisitos para entrar en el país. No se pudo establecer si su odio contra Estados Unidos en particular y contra Occidente en general (un odio patente en los escritos a los que tuvieron acceso la policía estatal de Virginia y el FBI al registrar su bungalow situado en una zona residencial) venía de antiguo o si lo había desarrollado en el transcurso de su estancia en el país.

Según su pasaporte, Husein habría hecho tres viajes a Oriente Próximo a lo largo de esos diez años, lo que llevó a especular si se habría «contagiado» de toda la rabia y el odio durante aquellas visitas. Su diario y su portátil proporcionaron algunas respuestas, pero no todas.

Sus jefes, vecinos y círculo de amistades fueron interrogados a conciencia, pero al parecer los había engañado a todos. Tras la fachada de joven educado y risueño, se escondía un salafista convencido que suscribía el yihadismo en su vertiente más cruel y sanguinaria. No había una sola línea en sus escritos donde no afloraran el odio y el desdén contra la sociedad norteamericana.

Al igual que otros salafistas, no veía la necesidad de llevar prendas tradicionales musulmanas, como tampoco de dejarse la barba ni de hacer la pausa para las cinco oraciones diarias. Se afeitaba cada día y llevaba su oscuro cabello bien cortado. Aunque vivía solo en un bungalow de las afueras, se veía a menudo con compañeros de trabajo y con otras personas. El gusto estadounidense por los diminutivos en los nombres de pila hizo que se convirtiera en Terry Husein.

Justificaba el ser abstemio por su deseo de «mantenerse en forma», y nadie en su círculo de amigos se extrañó. Que se negara a probar la carne de cerdo o a sentarse a una mesa donde alguien la estuviera comiendo, fue algo que nadie advirtió.

Como era soltero, bastantes chicas le habían echado el ojo, pero sus negativas siempre eran educadas y afables. Había un par de homosexuales que frecuentaban el bar del vecindario y más de una vez le preguntaron si era gay. Tariq «Terry» Husein, sin perder jamás las formas, lo negó y dijo que solo estaba esperando a que apareciese la chica de sus sueños.

Su diario no dejaba dudas acerca de lo que pensaba que había que hacer con los homosexuales: lapidarlos hasta la muerte de la forma más lenta posible. Y no podía sentir sino asco ante la mera idea de acostarse con un infiel gordo, blanco y que comiera cerdo.

La rabia y el odio no habían surgido a partir de las enseñanzas del Predicador, pero sus sermones le sirvieron para canalizar esos sentimientos. En su portátil quedaba claro que venía siguiendo fielmente al Predicador desde hacía dos años. Sin embargo, no se había delatado apuntándose a la base de admiradores, aunque sí deseaba contribuir a la causa. Al final decidió hacer caso al Predicador y perfeccionar su devoción mediante el sacrificio supremo a fin de morar eternamente en el paraíso con Alá y su Profeta.

Y de paso se llevaría por delante a unos cuantos norteamericanos y moriría como *shahid* a manos de la policía infiel. Para lo cual necesitaba un arma de fuego.

Tenía permiso de conducir, el típico carnet con foto expedido en Virginia, pero el documento estaba a nombre de Husein. Dada la amplia cobertura que los varios asesinatos islamistas habían generado ya aquella primavera y verano, pensó que eso podía ser un impedimento.

Al mirarse en el espejo comprendió que, con el pelo negro, los ojos oscuros y la tez morena, parecía oriundo de Oriente Próximo. Y su apellido lo corroboraba.

Uno de sus compañeros de trabajo en el laboratorio se le parecía bastante y era de origen hispano. Tariq Husein decidió buscarse un permiso de conducir con un apellido que sonara más español y se puso a investigar en internet.

Fue asombrosamente sencillo. Ni siquiera tuvo que comparecer en persona, ni tampoco escribir una carta. Solicitó el carnet online a nombre de Miguel «Mickey» Hernandez, de Nuevo México. Había que pagar, lógicamente: setenta y cinco dólares a cargo de Global Intelligence ID Card Solutions, más otros cincuenta y cinco por envío urgente. El carnet que iba a sustituir al que había «perdido» le llegó por correo.

Lo que más tiempo le llevó fue conseguir el arma. Se pasó

horas buscando en internet, millares de páginas relativas a armas y revistas especializadas. Sabía más o menos lo que quería y concretamente para qué; solo necesitaba asesoramiento sobre el tipo de arma que comprar.

Se entretuvo mirando el Bushmaster, el arma utilizada en la matanza de Sandy Hook, pero lo descartó por sus balas ligeras de 5,6 mm. Quería algo más pesado y con mayor penetración. Al final se decidió por el Heckler & Koch G3, una variante del rifle de asalto A4; utilizaba munición de 7,62 mm, la estándar de la OTAN, que según le dijeron podía atravesar hojalata sin hacerla trizas.

El motor de búsqueda le informó de que la legislación de Estados Unidos le impediría casi con seguridad conseguir la versión totalmente automática, pero para sus propósitos le bastaba con el modelo semiautomático. Cada vez que apretara el gatillo dispararía una bala; eso era suficiente para lo que tenía pensado hacer.

Si le sorprendió la facilidad con que podía obtener un permiso de conducir, más perplejo le dejó lo sencillo que era comprar un rifle. Fue a una feria de armas celebrada en Manassas, en el recinto ferial del condado de Prince William, a una hora escasa de camino y dentro todavía del estado de Virginia.

Recorrió un tanto desconcertado las diversas naves de exposición, en las que podía verse un surtido de armamento letal lo bastante amplio como para iniciar varias guerras, y finalmente encontró el HK G3. Cuando enseñó su flamante permiso de conducir, el rollizo comercial estuvo encantado de venderle el «rifle de caza» a cambio de dinero en metálico. Nadie levantó siquiera una ceja cuando Husein salió de allí con el arma y la guardó en el maletero de su coche.

Conseguir la munición para el cargador de veinte balas fue igual de fácil. La adquirió en una armería de Church Falls. Compró cien, un cargador extra y una abrazadera para sujetar dos cargadores juntos, lo que le permitiría disponer de cuarenta proyectiles seguidos sin necesidad de recargar. Cuando tuvo todo lo que necesitaba, volvió tranquilamente a su casa y se preparó para morir.

Fue al tercer día, por la tarde, cuando Al-Afrit se presentó para hacer una visita a su nuevo botín. Desde el puente del *Malmö* el capitán Eklund vio el *dhow* cuando estaba ya a medio camino entre la playa y el barco. Sus prismáticos captaron el traje del señor Abdi junto a un hombre de blanca túnica bajo un toldo tendido en la parte central de la embarcación.

Jimali y su grupo habían sido sustituidos por otra docena de jóvenes, que estaban entregados a una práctica que el capitán sueco no había visto en su vida. Cuando llegó el nuevo grupo de vigilantes somalíes trajo consigo una gran cantidad de hojas verdes, no pequeños ramilletes sino verdaderos arbustos. Era *khat*, la hierba que no dejaban de masticar en todo momento. Stig Eklund se fijó en que para cuando se ponía el sol, estaban ya muy colocados; y su estado anímico alternaba entre la somnolencia y la agresividad.

Cuando el pirata somalí que estaba a su lado siguió la dirección de su mirada y divisó el *dhow*, se puso serio de golpe, bajó a toda velocidad por la escalera de cámara y desde la cubierta avisó a sus compañeros, que haraganeaban bajo el toldo.

El viejo jefe de clan trepó por la escalera de aluminio, se irguió una vez en cubierta y miró a su alrededor. El capitán, con la gorra puesta, le saludó marcialmente. Más vale curarse en salud, pensó. El señor Abdi, que esa vez estaba allí en calidad de intérprete, hizo las presentaciones.

Bajo el tocado, la arrugada cara de Al-Afrit era de un negro casi carbón, pero era en la boca donde se reflejaba su legendaria crueldad. Gareth Evans, desde Londres, había estado tentado de prevenir a Eklund, pero no podía saber quién estaría a su lado. Tampoco el señor Abdi le había dicho nada. De modo que el capitán no tenía una idea clara de quién era su captor.

Mientras Abdi los acompañaba para ir traduciendo, recorrieron el puente y la sala de oficiales. Luego, Al-Afrit ordenó que todos los extranjeros formasen en cubierta. De los diez filipinos apenas si hizo caso, deteniéndose en cambio frente a los cinco europeos y mirándolos con detenimiento.

Se demoró especialmente al llegar a la altura del jovencísimo cadete Ove Carlsson, muy pulcro con sus pantalones blancos de dril. Al-Afrit le ordenó, por mediación de Abdi, que se quitara la gorra. Contempló aquellos ojos azul claro y luego alargó un brazo y acarició los cabellos rubios como el trigo. Carlsson, de repente pálido, apartó la cabeza. Al somalí no pareció gustarle nada su reacción, pero retiró la mano.

Cuando el grupo abandonaba la cubierta, Al-Afrit dijo algo en somalí, un torrente de palabras. Cuatro de los guardias que habían subido al *Malmö* con él se adelantaron para agarrar al cadete y lo inmovilizaron contra el suelo.

El capitán Eklund dio un paso al frente para protestar, pero Abdi lo cogió del brazo.

—No haga nada —dijo en voz queda—. Tranquilo, seguro que todo irá bien. No le haga enfadar.

El cadete fue obligado a descender por la escala. Una vez abajo, en el *dhow*, otros brazos agarraron al muchacho.

—¡Auxilio, capitán! —gritó el joven.

Eklund corrió hacia Abdi, el último hombre en abandonar la cubierta. Su rostro estaba rojo por la ira.

—Le hago responsable de la seguridad de ese muchacho —dijo—. Esto no es civilizado.

Abdi, que tenía ya los pies en la escala para descender, estaba pálido de preocupación.

—Hablaré con el jeque —dijo.

—Pienso informar a Londres —le espetó el capitán.

—Eso no puedo permitirlo, capitán Eklund. Es por las negociaciones. Se trata de algo muy delicado. Deje que yo me ocupe de ello.

Y se marchó. De regreso hacia la costa, el señor Abdi permaneció en silencio, maldiciendo al diablo que estaba sentado junto a él. Si pensaba que llevándose al cadete iba a presionar a Londres para aumentar el precio del rescate, lo echaría todo a perder. Él, Abdi, era el negociador y sabía lo que se hacía. Además, empezaba a temer por el chico. Al-Afrit tenía fama de tratar con crueldad a sus prisioneros.

Aquella tarde el Rastreador telefoneó a Ariel a su desván en Centreville.

—¿Te acuerdas de esa filmación que te dejé?

—Sí, coronel Jackson.

—Quiero que la pases por el canal yihadista de internet, el que usa siempre el Predicador.

Una hora más tarde, la filmación estaba al alcance del mundo entero. El Predicador, sentado en su silla de siempre, hablando a la videocámara y a todos los musulmanes. Tras una hora de comunicados previos, toda la base de admiradores estaría escuchando y observando, además de los millones de fieles que no se habían convertido al extremismo pero estaban interesados… y también las agencias antiterroristas de todo el planeta.

La primera reacción fue de sorpresa; la segunda de fascinación. Aquel hombre de dura mirada y treinta y pocos años no llevaba esa vez una tela que lo cubriera desde el tocado hasta el cuello. Lucía una poblada barba negra y sus ojos eran de un curioso tono ambarino.

De todos cuantos miraban, solo había una persona que supiera que llevaba lentes de contacto y que quien hablaba era un tal Tony Suarez, que malvivía en Malibú y que no tenía ni idea de lo que ponía en las inscripciones coránicas que servían de telón de fondo.

La voz tenía un acento perfecto, el del imitador británico que solamente había escuchado dos horas de sermones antes de conseguir una réplica idéntica de la voz original. Y la imagen era en color, no monocroma. Pero, para los fieles, no habría duda de que era el Predicador.

—Amigos míos, hermanos y hermanas en Alá, he estado fuera de vuestras vidas durante un tiempo. Pero no ha sido un tiempo desperdiciado. He estado leyendo, estudiando nuestra hermosa fe, el islam, y reflexionando sobre muchas cosas. Y he cambiado, *inshallah*.

»Me pregunto cuántos de vosotros habréis oído hablar del *Muraaja'aat*, las Revisiones de la causa salafo-yihadista. Pues eso es lo que he estado estudiando.

»En muchas ocasiones os he urgido a ir más allá de la mera devoción a Alá, alabado sea su nombre, y a demostrar vuestro odio a los infieles. Pero las Revisiones nos enseñan que eso es un error, que nuestro hermoso islam no es de hecho un credo de odio y acritud, ni siquiera contra aquellos que no piensan como nosotros.

»Entre las Revisiones, las más célebres son las de la Serie para las Correcciones de Conceptos. Dichas correcciones fueron escritas por los miembros de Al-Gama al-Islamiya, que procedían de Egipto, al igual que aquellos que nos enseñaron el odio. Pero ahora he comprendido que era ellos quienes tenían razón, y no los maestros del fanatismo y el odio.

El teléfono de la sala donde estaba el Rastreador sonó en ese momento. Era Zorro Gris, desde Virginia.

—¿Estoy oyendo bien o es que ha pasado algo muy raro? —preguntó.

—Escucha un rato más —le sugirió el Rastreador antes de colgar.

En la pantalla Tony Suarez seguía hablando sin entender nada de lo que decía.

—He leído las Revisiones una veintena de veces en traducciones inglesas. Recomiendo su lectura a todos aquellos que no hablan ni leen árabe, y a los que puedan hacerlo, les recomiendo leerlas en la lengua original.

»Y es que ahora veo claramente que lo que dicen nuestros hermanos de Al-Gama es verdad. El sistema de gobierno conocido como democracia es perfectamente compatible con el islam verdadero; lo que es ajeno a las palabras del profeta Mahoma, que Alá tenga en su gloria, es el odio y la sed de sangre.

»Aquellos que afirman ser los auténticos creyentes y que claman por el asesinato, la crueldad, la tortura y la muerte de miles de personas son, de hecho, como los rebeldes jariyitas que se enfrentaron a los compañeros del Profeta.

»Debemos considerar a todos los yihadistas y salafistas iguales a aquellos rebeldes; nosotros, que veneramos al verdadero Alá y a su profeta Mahoma, debemos acabar con los herejes que todos estos años han descarriado a su pueblo.

»Y nosotros, los auténticos creyentes, debemos destruir a los paladines del odio y la violencia, como los compañeros del Profeta destruyeron en su tiempo a los jariyitas.

»Bien, ahora ha llegado el momento de revelar quién soy yo en realidad. Mi nombre es Zulfikar Ali Shah, nací en Islamabad y fui educado como un buen musulmán. Sin embargo, me desvié del recto camino y me convertí en Abu Azzam, asesino de hombres, mujeres y niños.

De nuevo sonó el teléfono.

—¿Se puede saber quién coño es ese? —gritó Zorro Gris.

—Espera a que acabe. Falta muy poco —dijo el Rastreador.

—Así pues, ante el mundo entero y especialmente ante vosotros, hermanos y hermanas en Alá, pronuncio mi *tawba*, mi sincero arrepentimiento por todo cuanto he hecho y dicho por una causa errónea. Y declaro mi *baraa'a* absoluto, y reniego de todo cuanto dije y prediqué en contra de las verdaderas enseñanzas de Alá el misericordioso, el compasivo.

»Yo no mostré misericordia ni compasión algunas, y ahora debo imploraros que tengáis vosotros conmigo la misericordia y la compasión que según nuestro sagrado Corán debe hacerse extensiva al pecador que se arrepiente sinceramente de su pecaminoso proceder. Que Alá os bendiga y esté con todos vosotros.

Fundido en negro. Otra vez el teléfono. De hecho, los teléfonos estaban sonando por toda la *umma*, la comunidad del islam, en su mayoría para proferir gritos de indignación.

—Rastreador, ¿qué demonios has hecho? —preguntó Zorro Gris.

—Espero haber acabado con él, eso es todo.

Se acordó de lo que le había dicho años atrás aquel docto profesor de la Universidad de Al-Azhar cuando él estudiaba en El Cairo:

«Los mercaderes del odio tienen cuatro niveles de aversión. Quizá pienses que los cristianos ocupáis el puesto más alto como objeto de ese odio. Pero no es así, porque vosotros también creéis en un solo Dios verdadero y por tanto, como los judíos, sois el Pueblo del Libro.

»A continuación están los ateos e idólatras que no tienen dios, tan solo ídolos tallados. Por eso los muyahidines de Afganistán odiaban tanto a los comunistas, por ser ateos.

»Luego, según los fanáticos, vendrían los musulmanes moderados, los que no siguen sus creencias radicales, y es por eso por lo que intentan derrocar a cualquier gobierno más o menos prooccidental poniendo bombas en los mercados y matando a musulmanes como ellos, que no han hecho ningún daño.

»Pero en el puesto más alto, cual perro entre los Imperdonables, está el apóstata, aquel que abandona o denuncia el yihadismo y que se retracta y vuelve a la fe de sus padres. Para él no hay perdón posible y solo le espera la muerte».

Y tras decir aquello, sirvió el té y rezó.

El señor Abdi se encontraba a solas en su suite compuesta de alcoba y despacho en el fuerte próximo a Garacad, con los nudillos blancos sobre la superficie de la mesa. Las paredes de más de medio metro de grosor estaban insonorizadas, pero no así las puertas, y desde el pasillo le llegaban los chasquidos de látigo. Se preguntó qué pobre desgraciado habría cometido el error de disgustar a su amo.

Era imposible disimular el ruido a medida que el instrumento de tortura, probablemente una fusta semirrígida, subía y bajaba, y los troncos sin desbastar de la puerta tampoco lograban enmascarar los escalofriantes gritos que seguían a cada latigazo.

Ali Abdi no era ningún desalmado, y aunque era consciente del apuro que suponía para los navegantes estar presos en sus barcos bajo un sol de justicia, y de que aun así él no iba a hacer nada por acelerar la negociación si con una demora podía sacar algo más de dinero, no veía motivo para el maltrato. Ni siquiera en la persona de los criados somalíes. Empezaba a lamentar haber accedido siquiera a mediar en nombre de aquel pirata. Al-Afrit era un bárbaro.

Se puso blanco como la cera cuando, en una pausa durante la flagelación, la víctima imploró piedad. En sueco.

La reacción del Predicador a la emisión de las devastadoras palabras de Tony Suarez fue casi de histeria.

Como hacía tres semanas que no pronunciaba ningún sermón online, no estaba mirando la página yihadista cuando se emitió. Fue uno de sus guardaespaldas paquistaníes, que chapurreaba algo de inglés, quien le avisó. Pudo oír el final, y luego, tan incrédulo como estupefacto, procedió a verlo desde el principio.

Sentado ante su ordenador, visionó horrorizado la emisión. Era un montaje, claro que era un montaje, pero creíble. El parecido era asombroso: la barba, la cara, el vestuario, la sábana del fondo, incluso los ojos. Aquel hombre era su clon. Y la voz era idéntica.

Pero lo peor de todo estaba en el contenido del sermón: la retractación formal constituía una sentencia de muerte. Se tardaría semanas en convencer a los fieles de que habían sido víctimas de un fraude perfecto. Sus gritos se oyeron más allá de las paredes de su estudio, chillando al hombre de la pantalla que la *tawba* era un embuste, que su retractación era una asquerosa mentira.

Cuando el rostro del actor norteamericano se desvaneció, el Predicador se quedó sentado donde estaba durante casi una hora. Y entonces cometió un error. Necesitado de alguien que le creyera, estableció contacto con su único amigo de verdad, su aliado en Londres. Vía correo electrónico.

Cheltenham estaba a la escucha, y Fort Meade. Y también un coronel de marines en un despacho de la embajada estadounidense en Londres. Y Zorro Gris, en Virginia, con una solicitud del Rastreador encima de la mesa. Diciéndole que aquello supondría el fin del Predicador, pero que no era suficiente. Zulfikar Ali Shah tenía las manos demasiado manchadas de sangre: era preciso matarlo. Y el Rastreador planteaba varias opciones. Zorro Gris remitiría su petición al jefe del J-SOC en persona, el almirante McRaven, y estaba convencido de que sería sometida a consideración incluso en el Despacho Oval.

Bastaron unos minutos para certificar la autenticidad del e-mail enviado desde Marka: el texto, la ubicación exacta de ambos ordenadores y el propietario de cada uno de ellos. No había ya la menor duda sobre dónde estaba el Predicador, como tampoco sobre la complicidad de Mustafa Dardari a todos los niveles.

Zorro Gris pudo dar una respuesta al Rastreador en menos de veinticuatro horas, a través de la línea segura de la TOSA con la embajada en Londres.

—Lo he intentado, pero la respuesta es no. Presidencia ha vetado el uso de misiles contra ese recinto. En parte es por la densidad de población circundante, y en parte porque allí dentro está Ópalo.

—¿Y las otras propuestas?

—No a las dos. Nada de desembarcos. Ahora que Shabab ha vuelto a infestar Marka, no sabemos cuántos son ni hasta qué punto están bien armados. Los peces gordos militares creen que podría escabullirse en ese laberinto de callejuelas y que lo perderíamos para siempre.

»Y lo mismo vale para un comando de paracaidistas desde un helicóptero, como lo de Bin Laden. Rangers, SEAL, Night Stalkers… Nada de nada. Demasiado lejos de Yibuti y de Kenia, demasiados ojos en Mogadiscio. Y luego está el riesgo de un tiroteo. El episodio «Blackhawk derribado» sigue levantando ampollas y provocando pesadillas.

»Lo siento, Rastreador. Magnífico trabajo. Lo has identificado, localizado y desacreditado. Pero supongo que esto se acabó. Ese cabrón está en Marka, y dudo que salga de allí, a menos que encuentres un cebo muy suculento. Y no hay que olvidarse de Ópalo. Creo que será mejor que vuelvas.

—Todavía está vivo, Zorro Gris. Ese hombre es responsable de muchas muertes. Que no siga predicando no quiere decir que deje de ser muy peligroso. Podría trasladarse a Mali, por ejemplo. Deja que yo termine la tarea.

Zorro Gris tardó un rato en responder.

—Te doy una semana, Rastreador. Luego recoges y te vuelves a casa.

Nada más colgar el teléfono, el Rastreador comprendió que había cometido un error de cálculo. Al destruir la credibilidad del Predicador ante el conjunto del fundamentalismo islámico, su intención había sido obligarlo a exponerse, a salir de su guarida en Somalia. Quería verle huir de su propia gente, convertido otra vez en un refugiado sin tapadera. No había pensado en que sus propios superiores le prohibirían seguir adelante.

Se enfrentaba a una crisis de conciencia. Votara lo que votase como ciudadano, como oficial y por si fuera poco como marine, el Rastreador debía lealtad absoluta a su comandante en jefe. Y eso significaba obedecer órdenes. Pero esa, en concreto, no podía obedecerla.

Le habían encomendado una misión y la misión no estaba cumplida del todo. Además, la situación había cambiado; desde hacía un tiempo se trataba de una venganza personal. Estaba en deuda con un anciano al que había querido mucho y al que había visto morir en la UCI de un hospital de Virginia Beach. Era una deuda que pensaba saldar a toda costa.

Por primera vez desde sus años de cadete, barajó la idea de dejar el Cuerpo. Fue un mecánico dental del que nunca había oído hablar quien unos días más tarde salvaría su carrera.

Al-Afrit se contuvo de mostrar la imagen del horror durante dos días, pero cuando de repente apareció en la pantalla del centro de operaciones de Chauncey Reynolds, el impacto fue brutal. Durante ese tiempo, Gareth Evans había estado hablando con el señor Abdi; los temas, cómo no, habían sido el dinero y los plazos del rescate.

Abdi había bajado de veinticinco a veinte millones de dólares, pero el tiempo transcurría muy lento… para los europeos. Había pasado una semana, lo que para los somalíes representaba una nimiedad. Al-Afrit exigía todo el dinero y lo quería ya. Abdi le había explicado que el armador sueco no iba a aceptar la cifra de veinte millones. Evans confiaba en que al final llegarían a un acuerdo por cinco millones o poco más.

Pero entonces Al-Afrit tomó la iniciativa y envió la foto. Casualmente, Reynolds estaba en ese momento en el despacho, así como Harry Andersson, pese a que le habían aconsejado volver a Estocolmo y esperar acontecimientos. La imagen dejó a los tres hombres descompuestos y mudos.

El cadete estaba inmovilizado sobre una mesa de madera, boca abajo. Un somalí grandullón le sujetaba por las muñecas. Tenía las piernas separadas, con los tobillos atados a las patas de la mesa. No llevaba pantalones ni calzoncillos.

Sus nalgas eran una papilla sanguinolenta. A juzgar por la expresión de su rostro, vuelto hacia un lado y pegado a la madera, estaba gritando.

La primera reacción de Evans y Reynolds fue comprender que se enfrentaban a un loco, un sádico. Nunca se habían encontrado con nada semejante. La reacción de Andersson fue más visceral. Soltó una exclamación que fue casi un chillido y salió disparado hacia el baño anexo a la sala. Lo oyeron vomitar. Cuando volvió, el armador estaba blanco, a excepción de dos manchas rojas en las mejillas de apoyar la cara en la taza del inodoro.

—¡Ese muchacho es mi hijo! —gritó—. Mi hijo, con el apellido de soltera de su madre. —Agarró a Evans por las solapas y lo levantó de la silla hasta tenerlo cara a cara, nariz contra nariz—. Rescate a mi hijo, Evans, haga que vuelva. Dele a ese cerdo lo que pida. Da igual la cifra, ¿me oye? Diga a esa gente que pagaré cincuenta millones por mi hijo, dígaselo.

Salió en tromba del despacho, dejando a los otros dos pálidos y temblando. La imagen del muchacho torturado seguía en la pantalla.

11

La mañana de su inmolación Tariq «Terry» Husein se levantó antes del amanecer. Con las cortinas echadas procedió a purificar su cuerpo según el ritual, se sentó delante de la sábana con pasajes del Corán fijada a la pared del dormitorio, conectó la videocámara y grabó sus palabras de despedida. Después entró en el canal yihadista y envió su mensaje al mundo entero. Para cuando las autoridades se percataran, sería ya demasiado tarde.

A primera hora de aquel hermoso día de verano, Husein se incorporó en su coche a la comitiva de gente que se dirigía al trabajo, unos desde Maryland hacia Virginia, otros en sentido opuesto, y muchos en dirección al distrito de Columbia. No tenía prisa alguna, pero quería hacer las cosas bien, a su debido tiempo.

Detenerse en el carril derecho de una importante vía circulatoria no podía hacerse durante mucho rato. Si llegaba demasiado pronto, los coches de detrás se pondrían a tocar el claxon y llamarían la atención. Uno de los helicópteros que sobrevolaban la zona podría alertar a la policía de carreteras. El coche patrulla tardaría un poco debido a los atascos, pero cuando llegara lo haría con dos agentes armados en su interior. Era lo que Husein pretendía, pero no antes de hora.

Si llegaba demasiado tarde, los objetivos que tenía en mente quizá habrían pasado ya, y él no podía esperar al siguiente. A las siete y diez entró en el Key Bridge.

Ese famoso puente de Washington tiene ocho arcos. Cinco están tendidos sobre el río Potomac, que separa Virginia de Georgetown, en el DC. Otros dos, del lado de Washington, cruzan el parque del C & O Canal y la calle K. El octavo arco, del lado de Virginia, salva la George Washington Memorial Parkway, otra de las vías de máxima afluencia.

Husein se aproximó al puente desde la carretera 29 pegado al carril derecho de los seis que tiene la autopista. Al llegar al punto central que se alzaba sobre la George Washington, su vehículo sufrió una avería y fue frenando poco a poco. Algunos automovilistas lo adelantaron con expresiones de enojo. Él se apeó del coche, abrió el maletero, sacó dos triángulos rojos de avería y los colocó debidamente sobre el asfalto.

Abrió las dos puertas del lado del acompañante, formando una especie de compartimento entre el coche y el pretil. Sacó el rifle, previamente cargado con cuarenta balas en sendos cargadores dobles, se inclinó sobre el pretil y apuntó a través de la mira hacia las columnas de acero que pasaban por debajo. Si alguien de los que pasaban en ese momento pudo ver lo que estaba haciendo aquel hombre metido entre las dos puertas laterales de un coche averiado, o bien no dio crédito a sus ojos o bien estaba demasiado ocupado forcejeando con el volante y mirando por encima del hombro intentando al mismo tiempo no se embestido por los que venían detrás.

A esa hora, las siete y cuarto, aproximadamente uno de cada diez vehículos que pasan por debajo del puente es un autobús. En el área del DC los hay de color azul y de color naranja. Estos últimos hacen la ruta 23C, que sale de la estación de metro de Rosslyn, atraviesa todo Langley y acaba a las puertas del enorme complejo que se conoce simplemente como la CIA, o la Agencia.

En el puente no había atascos, pero el tráfico avanzaba a paso de tortuga. Tariq Husein había investigado previamente en internet y sabía qué autobús debía buscar. Ya casi se había dado por vencido cuando, a lo lejos, divisó un techo naranja. Un helicóptero que sobrevolaba la zona giró y se alejó del río; en cualquier momento vería el vehículo detenido en la autopista.

Por fin, el autobús naranja se puso a su altura. Las cuatro primeras balas atravesaron el parabrisas y mataron al conductor. El vehículo dio un bandazo, golpeó a un coche que pasaba por su lado y finalmente se detuvo. Tirado sobre el volante, con el uniforme de la empresa de transportes municipales, había un hombre aparentemente muerto. Empezaron las reacciones.

El coche embestido de costado se detuvo también. El conductor se apeó y se puso a lanzar improperios contra el autobús, pero entonces vio al conductor derrumbado sobre el volante. Creyendo que el hombre había sufrido un infarto, sacó el móvil.

Los conductores de los vehículos que estaban detrás de los dos accidentados empezaron a tocar el claxon. Algunos se apearon también. Uno de ellos miró hacia arriba, vio al hombre asomado al pretil y dio la voz de alarma. El helicóptero sobrevoló Arlington y viró hacia el Key Bridge. Husein abrió fuego repetidas veces sobre el techo del autobús detenido. Después de veinte disparos, el percusor se encontró con la recámara vacía. Husein extrajo el cargador, le dio la vuelta e insertó el de repuesto. Empezó a disparar de nuevo.

Abajo reinaba el caos. Había corrido la voz. Los conductores salían a toda prisa de sus vehículos para parapetarse tras ellos. Al menos dos estaban gritando por sus teléfonos móviles.

Sobre el puente, dos mujeres que estaban en la cola del atasco no paraban de chillar. El techo del bus 23C parecía un colador. Dentro todo eran cuerpos sin vida, sangre e histeria. Hasta que el segundo cargador se agotó.

No fue el hombre que empuñaba un rifle a bordo del helicóptero quien puso fin a la masacre, sino un policía en su día libre que estaba diez coches más atrás del vehículo supuestamente averiado en la carretera 29. Había bajado la ventanilla para que su mujer no notara más tarde el olor del cigarrillo que estaba fumando. Al oír los disparos reconoció el chasquido de un rifle de gran potencia. Salió del coche, sacó su automática reglamentaria y echó a correr en dirección al lugar de donde procedían los disparos.

La primera noticia que Tariq Husein tuvo de él fue al oír que estallaba el cristal de una de las puertas que mantenía abiertas. Volvió la cabeza, vio al hombre que se acercaba corriendo y alzó el arma para disparar. Pero no le quedaban balas. El agente no podía saberlo, de modo que a unos seis metros paró en seco, se agachó y, sujetando su arma con ambas manos según dictaba el manual, vació el cargador contra la puerta del coche y contra el individuo que estaba detrás.

Posteriormente se supo que tres de las balas alcanzaron al agresor y que con eso bastó. Cuando el policía llegó al coche encontró al terrorista tirado en el arcén, respirando a duras penas. Murió al cabo de treinta segundos.

El caos en la carretera 29 duró casi todo el día. La vía fue cerrada al tráfico y los equipos forenses se llevaron el cadáver, el arma y finalmente el coche. Pero eso no era nada comparado con lo que estaba sucediendo abajo, en la GW Memorial Parkway.

El interior del autobús que hacía el recorrido Rosslyn-Langley era una carnicería. Las cifras oficiales hablaban de siete muertos y nueve heridos en estado crítico, con cinco amputaciones importantes y veinte heridas superficiales. No había habido forma de ponerse a cubierto dentro del vehículo.

Al conocerse en Langley la noticia, la reacción entre los miles de empleados fue como una declaración de guerra… pero contra un enemigo ya difunto.

La policía estatal de Virginia y el FBI no perdieron un segundo. Fue fácil identificar el coche a través de la oficina de matriculación. Un comando SWAT asaltó la casa en las afueras de Fairfax. No había nadie, pero los equipos forenses, ataviados con sus monos especiales, examinaron hasta el yeso de las paredes, y luego hasta los cimientos.

En menos de veinticuatro horas la red de interrogatorios se había ampliado en todas las direcciones inimaginables. Expertos en antiterrorismo analizaron el portátil y el diario del asesino. En el edificio Hoover, hombres y mujeres del FBI visionaron en silencio la declaración de muerte. Se hicieron copias para la CIA.

No todos los pasajeros del autobús atacado trabajaban en la CIA, naturalmente, pero la mayor parte hacía el recorrido hasta el final del trayecto: Langley/McLean.

Esa misma tarde, el director de la Agencia ejerció sus prerrogativas y consiguió una entrevista cara a cara con el presidente en el Despacho Oval. Quienes se cruzaron con él en los pasillos afirmaron que el hombre todavía estaba lívido por la rabia.

Es muy extraño que jefes de espionaje de un país sientan la menor consideración hacia sus oponentes de países enemigos, pero ocurre. Durante la Guerra Fría, en Occidente eran muchos los que sentían un respeto reticente por el hombre que dirigía el servicio de espionaje de la Alemania del Este.

Markus «Mischa» Wolf contaba con un presupuesto escaso frente a un enemigo grande: Alemania Federal y la OTAN. No se molestó en intentar captar para su bando a los ministros del gobierno de Bonn; su objetivo eran las anodinas, esquivas e invisibles ratitas de las oficinas de los peces gordos, sin las cuales no hay gabinete que funcione: las secretarias privadas de los ministros, sus personas de confianza.

Estudió sus aburridas y con frecuencia solitarias vidas de

solteras y les buscó amantes jóvenes y apuestos. Estos Romeos trabajaban con suma paciencia, paso a paso, hasta ir introduciendo cálidos abrazos en aquellas gélidas existencias, y promesas de vida en común después de la jubilación en lugares soleados; y todo a cambio de echar una simple ojeada a aquellos insulsos papeles que no dejaban de circular por la mesa del ministro en cuestión.

Y ellas, las Ingrid y Waltraud de turno, accedieron a pasarles copia de todo el material confidencial y secreto que quedaba desatendido cuando el ministro se marchaba a comer su almuerzo de tres platos y postre. Llegó un momento en que en el gobierno de Bonn había tantas filtraciones que los aliados de la OTAN no se atrevían a decirle ni qué día de la semana era, porque en menos de veinticuatro horas la información se conocía en Berlín Este, y después en Moscú.

Cuando finalmente se presentaba la policía, el Romeo se esfumaba y la desconsolada ratita de oficina salía de escena fugazmente custodiada entre dos corpulentos agentes. A partir de ese momento la secretaria cambiaba su pequeño y solitario piso por una pequeña y solitaria celda.

Aquel Mischa Wolf era un cabrón implacable, pero tras la caída de Alemania del Este se jubiló y falleció tranquilamente en su cama de muerte natural.

Cuarenta años después, el SIS británico hubiera dado cualquier cosa por poder oír lo que se decía en las oficinas de Chauncey Reynolds, pero, de forma regular, Julian Reynolds hacía registrar a fondo sus dependencias por un equipo de magos electrónicos, varios de los cuales eran precisamente ex funcionarios del gobierno.

Así pues, ese verano «la Firma» no tenía tecnología de última generación estratégicamente escondida en el despacho de Gareth Evans, pero contaba con Emily Bulstrode. Ella lo veía, lo leía y lo oía todo, y nadie se fijaba en la secretaria cuando entraba y salía con sus bandejas.

El día que Harry Andersson le gritó suplicante a Gareth Evans, la señora Bulstrode compró su bocadillo habitual en la charcutería de la esquina y se dirigió a una cabina de teléfonos. No le gustaban aquellos trastos modernos que la gente llevaba encima y que siempre fallaban en el momento más inoportuno. Ella prefería llamar desde una de las pocas cabinas clásicas de color rojo que quedaban. Introdujo monedas, llamó a Vauxhall Cross, pidió una extensión y, tras decir unas pocas palabras, colgó y regresó a la oficina.

Al terminar su jornada laboral fue andando hasta St. James's Park, se sentó en el banco convenido y mientras esperaba dio a los patos unas migas que había guardado de su bocadillo. Recordó aquellos tiempos en los que su querido Charlie era el agente infiltrado en Moscú que cada día iba al parque Gorky para recoger de manos del traidor Oleg Penkovsky microfilmes soviéticos ultrasecretos. Esos secretos de Estado, una vez reenviados al despacho del presidente Kennedy, permitieron a este burlar a Nikita Jruschov y conseguir que retiraran aquellos malditos misiles de Cuba en el otoño de 1962.

Un hombre joven se aproximó y se sentó a su lado. El intercambio habitual de trivialidades le confirmó su identidad. Ella le miró sonriente. Un jovencito, pensó, seguramente en período de prueba, alguien que ni siquiera había nacido cuando ella cruzaba el Telón de Acero hacia Alemania del Este para la Firma.

El joven fingió leer el *Evening Standard*. No tomó notas porque llevaba una grabadora funcionando, silenciosa, en el bolsillo de su americana. La señora Bulstrode tampoco tomó ninguna nota; le bastaba con sus dos principales cualidades: un aire totalmente inofensivo y una memoria prodigiosa.

Así pues, le contó al joven lo sucedido esa mañana en el bufete jurídico, con todo lujo de detalles y palabra por palabra. Literalmente. Luego se levantó y echó a andar hacia la estación para tomar el tren hasta su pequeña casita en Coulsdon. Por la ventanilla, vio deslizarse los suburbios del sur de la ciudad. Tiempo atrás había burlado a la temible Stasi; ahora tenía setenta y cinco años y servía café y pastas en una firma de abogados.

El joven de Vauxhall Cross volvió a su casa y redactó el informe. Al abrir la carpeta se fijó en que había una pestaña que indicaba que el Jefe había acordado que toda la información relativa a Somalia fuera compartida con los «primos» de la embajada estadounidense. No vio qué relación podía existir entre un despiadado cacique de Garacad y la captura del Predicador, pero las normas son las normas, de modo que hizo una copia para la CIA.

En su piso franco a unas cuantas manzanas de la embajada, el Rastreador estaba terminando de preparar el equipaje cuando su BlackBerry vibró discretamente. Echó un vistazo, leyó el mensaje hasta el final, desconectó y se quedó un rato pensando. Luego deshizo el equipaje. Una divinidad bondadosa acababa de proporcionarle el cebo que buscaba.

A la mañana siguiente, Gareth pidió una conferencia con el señor Ali Abdi. Cuando se puso, el somalí parecía muy apagado.

—Señor Abdi, amigo mío, yo le tenía por una persona civilizada —empezó Evans.

—Y lo soy, señor Gareth —le aseguró el negociador desde Garacad.

La voz se notaba tensa, preocupada, y a Evans le pareció que no fingía. Claro que no podía estar del todo seguro. No en vano Abdi y Al-Afrit eran de la misma tribu, los habar gidir; de lo contrario, Abdi no habría sido designado como negociador.

Evans recordó un consejo que le dieron años atrás, cuando estaba en el Cuerno de África trabajando para el departamento de Aduanas y Aranceles británico. Su mentor era un veterano de la época colonial, un tipo de piel apergaminada y ojos amarillentos por la malaria. Los somalíes, le dijo el hombre, tenían una jerarquía invariable de seis prioridades.

La primera de todas era uno mismo. Luego estaban la familia, el clan y la tribu. Y por último, la nación y la religión, que solo contaban cuando había que echar a los extranjeros. Por lo demás, se dedicaban simplemente a luchar unos contra otros, mudando continuamente de alianzas y lealtades en función de posibles beneficios, y clamando venganza en función de lo que percibían como presuntos agravios.

Lo último que su mentor dijo al entonces joven Gareth Evans, antes de saltarse la tapa de los sesos cuando el Colonial Service amenazó con jubilarlo y hacerle volver a la lluviosa Inglaterra, fue: «La lealtad de un somalí no está en venta, pero se puede alquilar».

La idea que le rondaba en ese momento por la cabeza a Gareth Evans era averiguar si la lealtad de Ali Abdi para con sus compañeros de tribu era superior a la lealtad para consigo mismo.

—Lo que le han hecho a uno de los prisioneros ha sido humillante, inaceptable. Eso podría echar por tierra toda la negociación. Y le aseguro que antes de que ocurriera semejante atrocidad yo estaba muy contento de que este asunto lo lleváramos entre usted y yo, porque considero que somos hombres de honor.

—Así lo creo yo también, señor Gareth.

Evans no sabía hasta qué punto era segura la línea. No porque estuviera pensando en Fort Meade y en Cheltenham (eso era de prever), sino en la posibilidad de que alguno de los esbirros del cacique que estuvieran escuchando supiera suficiente inglés. Pero tuvo que jugársela confiando en que Abdi captaría una palabra en concreto.

—Lo digo, amigo mío, porque creo que hemos llegado a la fase Thuraya.

Hubo una larga pausa. La apuesta de Evans se basaba en suponer que, si algún otro somalí menos culto estaba escuchando la conversación, no sabría a qué se refería, pero Abdi sí lo entendería.

—Creo comprender lo que intenta decirme, señor Gareth —respondió finalmente Abdi.

El teléfono móvil Thuraya permite comunicaciones vía satélite. En Somalia operan cuatro empresas de telefonía móvil: Nation Link, Hormud, Semafone y France Telecom. Todas ellas utilizan antenas repetidoras. El Thuraya, en cambio, solo necesita satélites estadounidenses surcando lentamente el espacio.

Lo que Evans trataba de decirle a Abdi era que, si tenía o podía conseguir un teléfono Thuraya, se adentrara con él en el desierto y, parapetado detrás de una roca, llamara a Evans para poder hablar de manera totalmente privada. La respuesta de Abbi daba a entender que había captado el mensaje y que lo intentaría.

Estuvieron hablando media hora más; el precio del rescate quedó provisionalmente fijado en dieciocho millones. Se despidieron prometiendo ponerse de nuevo en contacto una vez que hubieran consultado las condiciones con sus respectivos jefes.

El almuerzo corría a cuenta del gobierno estadounidense; el Rastreador había insistido en ello. Pero la reserva la había hecho su contacto en el SIS, Adrian Herbert. Había elegido el Shepherd's, de Marsham Street, y había exigido disponer de un reservado.

La comida se desarrolló en un clima amistoso, afable, pero ambos eran conscientes de que no irían al grano hasta la hora del café. El norteamericano planteó entonces su propuesta. La reacción de Herbert fue de sorpresa.

—¿Pillarlo? —dijo, dejando su taza sobre la mesa—. ¿A qué te refieres con «pillarlo»?

—Llámalo como prefieras. Cogerlo, raptarlo…

—Secuestrarlo, vaya. ¿En Londres y en plena calle? ¿Sin que medie orden de arresto ni haya cargos en su contra?

—Adrian, Dardari es cómplice de un terrorista cuyas enseñanzas han instigado cuatro asesinatos en vuestro país.

—Sí, pero si llegara a saberse que lo hemos secuestrado se armaría un enorme escándalo. Necesitaríamos el visto bueno de las fuerzas policiales, y eso supone la firma de la ministra del Interior. Ella lo consultaría con los abogados y estos exigirían que se presentaran cargos formales.

—En ocasiones anteriores nos has demostrado que eres capaz de grandes cosas, Adrian.

—Sí, pero se trataba de secuestrar a gente en sitios donde la ley había dejado de imperar. Knightsbridge no es Karachi, por si lo has olvidado. Y, de cara a la galería, Dardari es un empresario respetable.

—Ya, pero tú y yo sabemos la verdad.

—Claro. ¿Y por qué? Pues porque nos colamos en su casa, instalamos micrófonos y accedimos a su ordenador personal. Imagínate el papelón, si todo esto saliera en un juicio. No, Rastreador, lo siento. Siempre intentamos ayudar, pero esto sería ir demasiado lejos.

Herbert se quedó un rato pensativo, mirando al techo.

—No, amigo, no puede ser —dijo al fin—. Para conseguir autorización para algo así tendríamos que trabajar como troyanos.

Pagaron la cuenta y se dirigieron cada cual en una dirección. Adrian Herbert volvió andando a Vauxhall Cross; el Rastreador paró un taxi. Una vez dentro, se puso a meditar sobre la última frase.

¿A qué había venido aquella alusión a la Grecia clásica? Cuando estuvo delante de su ordenador, buscó en internet. Le costó un rato, pero allí estaba. Trojan Horse Outcomes, una pequeña empresa especializada en seguridad con sede en las afueras de Hamworthy, en Dorset.

Sabía que aquel era territorio de la infantería de marina británica. Los Royal Marines tenían una base muy importante en la cercana Poole, y era frecuente que quienes habían dedicado su vida profesional a las Fuerzas Especiales, al retirarse, se instalaran cerca de sus antiguas bases. En ocasiones se juntaban varios colegas y fundaban una empresa privada de seguridad; lo típico: servicio de guardaespaldas, protección de patrimonio, escolta personal. Si contaban con escaso respaldo financiero, trabajaban desde casa. Tras investigar un poco más, el Rastreador averiguó que la empresa en cuestión estaba en un barrio residencial.

Llamó al teléfono de contacto y concertó una cita para la mañana siguiente. Luego telefoneó a una compañía de alquiler de coches y reservó un Volkswagen Golf que recogería tres horas antes del encuentro. Dijo llamarse Jackson y que era un turista de nacionalidad estadounidense, que su permiso de conducir estaba en regla y que necesitaba el vehículo para todo el día porque iba a visitar a un amigo que vivía en la costa sur.

Nada más colgar, su BlackBerry vibró. Era un SMS de la TOSA, a salvo de interceptación. En el identificador vio que se trataba de Zorro Gris. Lo que el Rastreador no sabía era que el general de cuatro estrellas al mando del J-SOC acababa de abandonar el Despacho Oval con órdenes nuevas.

Zorro Gris no perdió el tiempo. Su mensaje solo necesitó cuatro palabras. Decía así: «El Predicador. Sin prisioneros».

TERCERA PARTE

Resolución

12

Gareth Evans vivía, prácticamente en el bufete. Habían instalado una cama plegable para él en la sala de operaciones. Disponía del cuarto de baño adjunto, que tenía ducha, lavabo e inodoro. Se alimentaba de platos preparados que se hacía subir de la tienda de la esquina. Había dejado de regirse por el procedimiento habitual de conferencias a horas convenidas con su homólogo somalí. Necesitaba estar en todo momento en la sala de operaciones por si Abdi, siguiendo su consejo, le llamaba desde el desierto. Debían de tenerle bastante controlado. Y, poco antes del mediodía, el teléfono sonó. Era Abdi.

—¿Señor Gareth? Soy yo. He encontrado un teléfono vía satélite, pero tengo poco tiempo.

—Entonces vayamos al grano, amigo mío. Lo que su jefe le hizo a ese muchacho nos deja muy clara una cosa: quiere presionarnos para llegar a una rápida resolución. No es algo muy normal. Por lo general a los somalíes les sobra todo el tiempo del mundo. Pero esta vez parece que ambas partes desean alcanzar un acuerdo cuanto antes, ¿no es así?

—Sí, eso parece —dijo la voz desde el desierto.

—Mi jefe lo ve igual, aunque no por lo del cadete. Eso fue un cruel chantaje, y esa no es forma de negociar. El armador quiere que su barco vuelva a navegar lo antes posible. La clave es el precio final, y en esto el consejo que usted le dé a su jefe resultará crucial, señor Abdi.

Revelar que el chico valía diez veces más que el *Malmö* y toda su carga junta habría sido suicida.

—¿Qué propone usted, señor Gareth?

—Cinco millones de dólares. Usted y yo sabemos que es un precio más que justo. Y, de todos modos, dentro de tres meses nos habríamos puesto de acuerdo en esa cifra, lo sabe usted muy bien.

El señor Abdi, agazapado en el desierto con el aparato pegado a la oreja, a dos kilómetros de la fortaleza de Garacad, estuvo de acuerdo pero no dijo nada. Presentía que también habría algo para él.

—Le propongo lo siguiente. Veamos, cinco millones significa que su parte sería un millón. Yo le ofrezco ingresar ahora mismo otro millón de dólares en su cuenta numerada particular, y otro más cuando el barco zarpe. Nadie sabrá nada de esto salvo usted y yo. La clave de todo este asunto es llegar a una rápida conclusión. Es lo que confío obtener a cambio de todo ese dinero.

Abdi reflexionó. El tercer millón lo cobraría igualmente de Al-Afrit. Total, el triple de lo acostumbrado. Y valoró otras cosas. Por ejemplo, que al margen de cualquier otra consideración, quería zanjar ese asunto lo antes posible.

Los días de secuestros y rescates fáciles habían terminado. Las potencias marítimas occidentales habían tardado bastante en reaccionar, pero estaban volviéndose mucho más agresivas.

Había habido ya dos asaltos de comandos occidentales. Un barco había sido liberado por marines descendiendo con cuerdas desde un helicóptero. Los guardias somalíes habían plantado batalla. Dos de los marinos secuestrados habían muerto, pero también muchos somalíes: todos salvo dos, que ahora se encontraban en prisión en las Seychelles.

Ali Abdi no era ningún héroe y no tenía la menor intención de estrenarse como tal. Palideció de miedo solo de pensar en aquellos monstruos vestidos de negro, con sus gafas de visión nocturna y sus metralletas, asaltando la fortaleza de adobe donde actualmente se alojaba.

Además, quería jubilarse; eso sí, con una gran fortuna y muy lejos de Somalia. En algún sitio civilizado y, sobre todo, seguro.

—Trato hecho, señor Gareth —dijo por fin, y le dio un número de cuenta—. Ahora trabajo para usted, señor Gareth. Pero tenga presente una cosa: yo presionaré para cerrar el trato lo antes posible y por cinco millones, pero no creo que pueda ser antes de cuatro semanas.

Habían pasado ya quince días, pensó Evans. Seis semanas entre captura y liberación sería casi un récord.

—Gracias, amigo. Acabemos con este desagradable asunto lo más rápido posible y volvamos a la civilización…

Colgó. Muy lejos de Londres, Abdi hizo otro tanto y regresó a la fortaleza. Que hubieran hablado utilizando una cobertura telefónica distinta de la somalí no quería decir que en Fort Meade o en Cheltenham no hubieran escuchado hasta la última palabra.

Siguiendo órdenes, Fort Meade pasó la transcripción de la conversación a la TOSA, que a su vez hizo llegar una copia al Rastreador en Londres. Un mes, pensó. El tiempo vuela. Se guardó la BlackBerry en el bolsillo cuando llegaba ya a los alrededores de Poole, pendiente de un indicador que pusiera Hamworthy.

—Eso es mucho dinero, jefe.

Trojan Horse Outcomes era una empresa realmente pequeña. El Rastreador suponía que el nombre estaba inspirado en uno de los mayores y más famosos engaños de la historia, pero lo que el hombre que le atendió podía aportar era mucho menos que las huestes griegas.

La empresa operaba desde una modesta casa adosada de las

afueras, y el Rastreador calculó que eran solo dos o tres personas. El individuo que tenía enfrente, al otro lado de la mesa de comedor, era sin duda el alma de la pequeña compañía. El Rastreador dedujo que se trataba de un antiguo miembro de la Royal Marine, probablemente un mayor o un brigada. Resultó que había acertado en ambas cosas. El hombre se llamaba Brian Weller.

En ese momento, Weller estaba señalando con la cabeza un fajo de billetes de cincuenta dólares, grueso como un ladrillo refractario, que el Rastreador había depositado sobre la mesa.

—¿Y qué es lo que quiere que hagamos exactamente? —preguntó.

—Que saquen a un hombre de las calles de Londres sin armar escándalo, que lo lleven a un sitio tranquilo y aislado, lo tengan allí encerrado durante un mes y luego lo devuelvan al lugar de donde lo cogieron. Nada de violencia; solo unas bonitas vacaciones lejos de la gran ciudad, y de cualquier tipo de teléfono.

Weller se quedó pensando. No tenía la menor duda de que aquel secuestro sería ilegal, pero él era persona de filosofía simple y castrense: estaban los buenos y estaban los malos, y los malos se salían con la suya demasiado a menudo.

La pena de muerte estaba abolida, pero él tenía dos hijas pequeñas, y si uno de aquellos cerdos pederastas se metiera con ellas, no dudaría en mandarlo inmediatamente al otro mundo, fuera mejor o peor que este.

—¿Tan malo es ese tipo?

—Ayuda a terroristas. De forma muy discreta, les pasa dinero. El hombre con el que está colaborando ahora ha matado ya a cuatro británicos y a quince estadounidenses. Un terrorista, vaya.

Weller gruñó por lo bajo. Había estado tres veces en Helmand, Afganistán, y había visto morir delante de él a buenos camaradas.

—¿Guardaespaldas?

—No. De vez en cuando alquila una limusina con chófer, pero normalmente para un taxi en la misma calle.

—¿Tiene sitio adonde llevarlo?

—Aún no, pero lo tendré.

—Me gustaría hacer un reconocimiento a fondo antes de tomar una decisión.

—Si no lo hiciera, yo me marcharía de aquí ahora mismo —dijo el Rastreador.

Weller levantó la vista del fajo de billetes y observó fijamente al norteamericano que tenía enfrente. No se dijeron nada. No hacía falta. A Weller no le cupo duda de que el yanqui también había entrado en combate, también había oído silbar las balas y visto caer camaradas. Asintió con la cabeza.

—Iré a Londres. ¿Mañana le parece bien, jefe?

El Rastreador sonrió para sus adentros. Sabía que ese apelativo, «jefe», era el que usaban los soldados de las fuerzas especiales británicas para dirigirse a un oficial… a la cara; a sus espaldas empleaban otros nombres, como «Rupert» o algo más humillante.

—Sí, mañana está bien. Mil dólares por tomarse la molestia. Si acepta el trabajo, se queda el resto; si no es así, me lo devuelve.

—¿Y cómo sabe que se lo devolveré?

El Rastreador se puso de pie.

—Señor Weller —dijo—, creo que tanto usted como yo somos perros viejos.

Cuando el Rastreador se marchó tras fijar una cita en un lugar alejado de la embajada, Brian Weller se quedó mirando el ladrillo refractario. Veinticinco mil dólares. Cinco de los grandes para gastos; el escondite lo proporcionaría el yanqui. Tenía esposa y dos niñas en edad escolar, debía alimentar a la familia, y lo que él sabía hacer no gozaría de mucha publicidad en una merienda en casa del párroco.

Acudió a la cita en compañía de un colega de su mismo comando; dedicaron toda una semana a investigar el trabajo. Y luego dijo que lo haría.

Ali Abdi se armó de valor y fue a ver a Al-Afrit.

—Las cosas van bien —le comunicó—. Conseguiremos un suculento rescate a cambio del *Malmö*. —Dicho lo cual, abordó el siguiente asunto—: Ese chico rubio. Si muere nos complicará la vida, habrá demoras y el pago se reducirá.

No dijo nada de la posibilidad de que apareciera un comando de europeos en misión de rescate, que era su pesadilla personal. Solo habría conseguido provocar a su jefe.

—¿Y por qué tendría que morir? —rezongó el cacique.

Abdi se encogió de hombros.

—Qué sé yo. Infección, septicemia…

Logró lo que buscaba. En Garacad había un médico que, por lo menos, tenía conocimientos de primeros auxilios. Le desinfectaron y vendaron las heridas al cadete. Seguía estando encerrado en el sótano, y Abdi nada podía o se atrevía a hacer al respecto.

—Esta es zona de ciervos —dijo el hombre de la agencia inmobiliaria—. Pero los venados pronto estarán en celo, de modo que no falta mucho para la veda.

El Rastreador sonrió. Estaba haciéndose pasar otra vez por un inofensivo turista norteamericano.

—Bueno, por mi parte los ciervos no tienen de qué preocuparse. Yo solo quiero escribir un libro, y para eso necesito paz y quietud absolutas. Nada de teléfonos, ni carreteras cercanas, ni visitas, ni interrupciones. Una bonita cabaña lejos de todo, donde pueda escribir la gran novela americana.

El administrador de fincas tenía cierta experiencia con gente así. Tipos raros, los escritores. Volvió a teclear en su ordenador y miró la pantalla.

—Veo que tenemos en lista un pequeño pabellón de caza —dijo—. Está libre hasta que comience de nuevo la temporada.

Se levantó y fue a consultar el mapa fijado a una pared. Comprobó las coordenadas y señaló una zona donde no había una sola marca de pueblos o carreteras. Estaba entrecruzada por algunos senderos intrincados. Se hallaba en la parte norte de Caithness, el último condado de Escocia antes del agreste Pentland Firth.

—Tengo algunas fotos.

Volvió al ordenador y abrió un archivo de imágenes. Era perfecta: una cabaña de troncos en medio de un inmenso y ondulante brezal, una profunda cañada entre colinas altas; el tipo de sitio donde un urbanita que tratara de escapar de dos ex militares de la Royal Marine no lograría alejarse más de medio kilómetro antes de caer exhausto.

Tenía dos dormitorios, un salón grande, cocina y ducha, además de una chimenea enorme y una buena pila de leña.

—Pues sí, parece que he encontrado mi Shangri-la —dijo el turista-escritor—. No he tenido tiempo de abrir una cuenta corriente. ¿Puedo pagarle al contado, en dólares?

No hubo problema. La dirección exacta y las llaves del pabellón se las enviarían en un par de días, pero a Hamworthy.

Mustafa Dardari había decidido no tener coche ni conducir en Londres. Aparcar era una pesadilla que prefería ahorrarse. En la parte de Knightsbridge donde residía pasaban taxis a cada momento, aunque saliera caro. Pero si tenía alguna cita elegante, una cena de gala, recurría a una empresa de limusinas, siempre la misma y, por regla general, solicitaba el mismo conductor.

Había estado cenando con unos amigos a menos de dos kilómetros de su casa, y mientras se despedía había llamado al chófer por el móvil para que volviera a recogerlo. Una doble línea amarilla prohibía aparcar delante del pórtico de la residencia las veinticuatro horas. El conductor contestó desde la esquina, puso el motor en marcha y pisó el acelerador. El coche avanzó un metro y, de pronto, uno de los neumáticos traseros reventó.

Más tarde se supo que, mientras el chófer dormitaba al volante algún vándalo había introducido bajo la banda de rodamiento un pequeño trozo de contrachapado con un clavo de acero fino como una aguja. El hombre llamó a su cliente para explicarle lo sucedido; iba a cambiar el neumático, pero tardaría un rato porque la limusina era grande y muy pesada.

Mientras el señor Dardari esperaba en el pórtico departiendo con los otros invitados, un taxi libre dobló la esquina. Dardari levantó la mano y el coche giró hacia él. Qué suerte. Montó en el vehículo y dio la dirección de su casa. Y el taxi, efectivamente, arrancó en aquella dirección.

En Londres los taxistas tienen orden de activar la cerradura de las puertas de atrás tan pronto como el cliente ha tomado asiento. De ese modo se evita que un pasajero se marche sin pagar, pero también que sea molestado por algún desaprensivo que intente subir al mismo coche. Por lo visto, aquel estúpido taxista se olvidó de hacerlo.

En cuanto estuvieron fuera del campo de visión del chófer de la limusina, que estaba agachado cambiando el neumático, el taxi se arrimó bruscamente al bordillo y un tipo corpulento abrió la portezuela y montó. Dardari se apresuró a objetar que el taxi estaba ocupado, pero el grandullón cerró de un portazo y le dijo:

—Sí, señor. Acabo de ocuparlo yo.

El magnate paquistaní se vio envuelto en un abrazo de oso mientras una mano le estampaba en la boca y la nariz un paño empapado en cloroformo. Veinte segundos más tarde, Dardari dejaba de forcejear.

Al cabo de un par de kilómetros cambiaron a un monovolumen. El tercer ex comando esperaba al volante. Tal como habían acordado, dejaron el taxi aparcado con las llaves debajo del asiento; se lo habían pedido prestado a un antiguo camarada que se había metido a taxista.

Dos de los hombres se sentaron en el banco alargado de detrás del conductor, sosteniendo entre ambos al sedado paquistaní hasta que dejaron atrás el norte de Londres. Después acostaron a Dardari en un pequeño camastro que había detrás de los asientos. Por dos veces pareció que volvía en sí, pero volvieron a dormirlo.

Pese a ser un trayecto largo no se demoraron mucho, gracias en parte a un GPS y una guía Sat Nav. Hubo que empujar un poco el monovolumen para subir la última cuesta, pero finalmente llegaron a su destino al anochecer, y Brian Weller hizo una llamada. No había repetidores en las cercanías, pero llevaba consigo un teléfono vía satélite.

El Rastreador llamó a Ariel por la línea segura especial que ni siquiera Fort Meade o Cheltenham podían captar. En Centreville, Virginia, era media tarde.

—Ariel, ¿recuerdas ese ordenador de Londres que estuviste examinando hace un tiempo? ¿Podrías enviarme mensajes de correo electrónico que parezcan provenir de él?

—Desde luego, coronel. Tengo el acceso aquí mismo.

—Y no necesitas salir de Virginia, ¿verdad?

A Ariel le pasmaba que en la actualidad alguien pudiera ser tan ingenuo en cuestiones de ciberespacio. Con lo que tenía bajo sus dedos podía «convertirse» en Mustafa Dardari transmitiendo desde Pelham Crescent, Londres.

—¿Y te acuerdas de ese código basado en precios de frutas y verduras que utilizaba el usuario para escribir los mensajes? ¿Podrías encriptar el texto con ese mismo código?

—Desde luego, señor. Yo lo descifré, yo puedo recrearlo.

—¿Exactamente igual? Quiero decir, como si el antiguo usuario estuviera tecleando en su ordenador…

—Idéntico.

—De fábula. Pues quiero que envíes un mensaje desde la dirección de Londres al destinatario de Kismayo. ¿Tienes papel y lápiz?

—Que si tengo… ¿qué?

—Ya sé que estoy anticuado, pero vamos a hacerlo por esta línea segura, nada de e-mails. Por si las moscas.

Ariel bajó por la escalerilla metálica del desván y regresó poco después con unos objetos que apenas si sabía cómo utilizar. El Rastreador le dictó el mensaje.

El texto fue encriptado por Ariel exactamente con el mismo código que habría empleado Dardari. Puesto que todo lo que enviaba Dardari a Somalia estaba pinchado, Fort Meade y Cheltenham lo «captaron» y lo descodificaron a su vez.

Hubo cejas levantadas en ambos puntos de escucha, pero sus instrucciones eran espiar y no interferir. Fort Meade procedió a mandar copia a la TOSA, como tenía orden de hacer, y dicha unidad lo remitió al Rastreador, que lo volvió a leer con rostro impasible.

En Kismayo no fue el difunto Troll quien lo recibió, sino su sustituto, Jamma, el antiguo secretario del Predicador. Jamma lo descodificó palabra por palabra valiéndose de la chuleta que antes utilizaba el Troll, aunque él no era ningún experto. De todos modos, no vio nada extraño. Incluso las erratas tipográficas estaban en su sitio exacto.

Como es engorroso enviar e-mails en urdu o en árabe, tanto Dardari como el Troll y el Predicador habían utilizado siempre el inglés. El nuevo mensaje estaba en ese idioma, que Jamma, como somalí, conocía aunque no dominaba. Sí lo suficiente, no obstante, para ver que era importante y que el Predicador debía leerlo sin demora.

Era uno de los pocos que sabía que la aparición del Predicador en internet para retractarse de sus enseñanzas era un fraude; su jefe no había emitido ningún sermón en las últimas tres semanas. Pero sabía que, entre la gran diáspora musulmana en Occidente, la reacción mayoritaria había sido de claro rechazo. Jamma había podido leer los comentarios en la base de admiradores, hora tras hora. Sin embargo, su lealtad seguía firme como siempre. Haría el pesado viaje hasta Marka para llevarle al Predicador el mensaje procedente de Londres.

Del mismo modo que Jamma estaba convencido de haber recibido un mensaje de Dardari, Fort Meade y Cheltenham estaban convencidos de que el magnate de los encurtidos se hallaba sentado en su escritorio en Londres ayudando a su amigo somalí.

En realidad, en esos momentos el verdadero Dardari contemplaba totalmente abatido, la insistente lluvia de finales del verano, mientras a su espalda tres ex comandos instalados frente a un buen fuego rememoraban entre risas las misiones de combate en las que habían intervenido juntos. Nubarrones grises se alzaban por encima de la cañada, dejando caer sin cesar grandes gotas sobre el tejado.

En Kismayo, el calor era abrasador mientras el fiel Jamma llenaba el depósito de su camioneta preparándose para el largo camino hasta Marka.

En Londres, Gareth Evans transfirió el primer millón de dólares a la cuenta secreta que Abdi tenía en Gran Caimán; calculaba que en un plazo de tres semanas el *Malmö*, con su tripulación y su cargamento, estaría de nuevo en alta mar escoltado por un destructor de la OTAN.

En su piso franco de la embajada en Londres, el Rastreador se preguntó si su pez mordería el anzuelo. Anochecía ya en Virginia cuando llamó al cuartel general de la TOSA.

—Zorro Gris, creo que voy a necesitar el Grumman. ¿Podrías enviármelo a Northolt? —dijo.

13

El Predicador se encontraba en su estudio, dentro del recinto de Marka, reflexionando acerca de su enemigo. No era ningún estúpido y sabía que tenía uno, dondequiera que estuviese. Prueba de ello era el espurio sermón con el que había logrado desacreditarlo ante la comunidad musulmana.

Durante diez años se había esmerado en ser el más escurridizo de los terroristas. Había cambiado a menudo de refugio en las montañas del norte y el sur del Waziristán. Había utilizado otros nombres y alterado su aspecto. Había prohibido que se le acercasen cámaras de cualquier tipo.

A diferencia de la docena o más de terroristas que ya habían sido asesinados, él nunca había utilizado un móvil, pues conocía hasta qué punto los estadounidenses eran capaces de captar hasta el más pequeño susurro en el ciberespacio, localizar el origen aunque se tratara de una choza perdida en el monte y reducirla a cenizas junto con sus ocupantes.

Con una sola excepción, de la que se lamentaba amargamente en ese momento, nunca había enviado un e-mail desde su lugar de residencia. Siempre había hecho transmitir sus sermones de odio desde puntos muy alejados de donde vivía.

Sin embargo, alguien le había descubierto. El actor del sermón fingido era prácticamente idéntico a él. Y ese hombre que se parecía tanto a él y hablaba exactamente como él había proclamado su verdadero nombre, así como el alias que utilizara como verdugo en el Khorasan.

No sabía cómo, por qué ni quién le había traicionado, pero tenía que aceptar la posibilidad de que su enemigo hubiera descubierto la verdadera IP de su ordenador en Kismayo. No entendía cómo podía haberlo hecho, ya que el Troll le había asegurado que eso era imposible. Pero el Troll estaba muerto.

Conocía los drones. Había leído en publicaciones occidentales lo que eran capaces de hacer. Con todo, ciertos detalles jamás habían sido divulgados, ni siquiera en revistas técnicas. Debía suponer, pues, que lo habían localizado y que, allá en lo alto, invisible, inaudible, había un artilugio sobrevolando y observando su pueblo, incluso el recinto donde se escondía.

Todo ello le había llevado a convencerse de que era preciso cortar de raíz con su vida actual y desaparecer una vez más. Pero entonces apareció Jamma desde Kismayo con un mensaje de su amigo Mustafa y la situación cambió por completo. Tenía que ver con cincuenta millones de dólares. Hizo venir a su antiguo secretario, el sustituto del Troll.

—Jamma, hermano —le dijo—, estás cansado. Ha sido un viaje muy largo. Descansa, duerme, come bien. No vas a regresar a Kismayo. Abandonamos ese puesto. Pero tengo preparado otro viaje para ti. Mañana, o quizá pasado mañana.

Zorro Gris estaba perplejo. Se le notó en la voz cuando se comunicó por la línea segura entre la TOSA y el centro de operaciones del Rastreador en la embajada de Estados Unidos en Londres, en Grosvenor Square.

—¿Pretendes acelerar la comunicación entre el colaborador paquistaní y su colega en Marka?

—Desde luego. ¿Por qué lo dices? —preguntó el Rastreador.

—Eso que Dardari ha estado enviando al Predicador. Eso lo ha sacado de algún abogado de medio pelo en una cena en Belgravia.

El Rastreador meditó su respuesta. No es lo mismo mentir que, como lo expresó un antiguo ministro británico, «ser parco con la verdad»; hay una sutil diferencia.

—Sí, es lo que Dardari parece estar diciendo.

—¿Y los británicos qué opinan?

—Que ese cabrón se dedica a pasar rumores a su amigo del sur desde su casa en Londres —contestó el Rastreador ajustándose bastante a la verdad—. Por cierto, ¿los de arriba siguen empeñados en negarse a mis peticiones?

Quería cambiar de tema. Naturalmente, Mustafa Dardari no estaba enviando mensajes desde Londres sino contemplando la lluvia allá en Caithness, vigilado por tres ex comandos.

—Así, es, Rastreador. Nada de misiles porque el agente Ópalo está allí. Y nada de desembarcos. Y nada tampoco de ataques con helicóptero desde nuestra base en Mogadiscio. Imagínate que un lanzagranadas enemigo hace blanco en un helicóptero lleno de muchachos de la Delta Force, y ya tenemos armada otra catástrofe somalí. Busca alguna otra manera.

—A la orden, jefe —dijo el Rastreador antes de colgar.

El Predicador acertaba al pensar que su ordenador de Kismayo había quedado inutilizado debido a una serie de transmisiones secretas. Sin embargo, no podía saber que su aliado en Londres, su amigo de adolescencia y financiador secreto, había sido desenmascarado. También ignoraba que el código de los precios de frutas y verduras que protegía sus comunicaciones había sido descifrado. Saltándose de nuevo las normas de seguridad, envió un mensaje a Dardari desde Marka... que fue interceptado y desencriptado.

—¿Coronel Jackson?

—Sí, Ariel.

—Se ha producido un intercambio muy extraño entre Marka y Londres.

—Tú sabrás, Ariel. Los mensajes los envías tú en nombre de Dardari.

—Ya, pero es que Marka acaba de responder. Le pide a su amigo que le preste un millón de dólares.

Debería haberlo previsto. Desde luego, el presupuesto daba para eso y más. Un millón era una pequeñísima parte de lo que costaba un solo misil. Pero ¿por qué malgastar el dinero del contribuyente?

—¿Especifica cómo quiere que le envíe ese millón?

—A través de Dahabshiil, que no tengo ni idea de qué es.

El Rastreador asintió; él sí lo sabía. Basado en la antiquísima figura del hundi, un método astuto, seguro y que no dejaba apenas rastro.

El terrorismo cuesta dinero, gran cantidad de dinero. Detrás de los títeres que hacen estallar las bombas, a menudo poco más que niños, están sus jefes inmediatos, por lo general hombres maduros que no tienen la menor intención de morir. Detrás de estos se encuentran los caciques, y por último están los que financian los atentados, gente que suele llevar una vida de aparente respetabilidad.

Las agencias antiterroristas han encontrado un auténtico filón siguiendo el rastro del papel desde una cuenta bancaria operativa hasta la fuente original. Y es que los movimientos de dinero dejan una pista de papel. No así el hundi, un sistema que, en Oriente, se remonta a muchos siglos de antigüedad.

Todo empezó porque en aquel entonces mover dinero o riquezas a través de un territorio repleto de bandidos era demasiado peligroso si no se contaba con un pequeño ejército. Así pues, el hundi recibe el dinero en el país A y autoriza a un pariente suyo a desembolsar esa misma cantidad —restando la comisión— al beneficiario en el país B. Nada de mover capital a través de fronteras; basta con una simple llamada o un breve e-mail, eso sí, codificados.

Dahabshiil se fundó en Burco, Somalia, en 1970, y su sede central se encuentra actualmente en Dubai. En lengua somalí significa «fundidor de oro», y básicamente lo que hace es remitir a las respectivas familias el dinero ganado por los cientos de miles de somalíes que trabajan en el extranjero. Gran parte de la diáspora somalí reside en Gran Bretaña, lo cual explica que haya una floreciente oficina de Dahabshiil en Londres.

—¿Podrías entrar en el sistema bancario de Dardari? —preguntó el Rastreador.

—No veo por qué no, coronel. ¿Puede darme un día?

Ariel volvió al séptimo cielo de su monitor y empezó a hurgar en las inversiones del magnate paquistaní y en su manera de hacerlas. Eso lo llevó a una serie de cuentas en paraísos fiscales, y más concretamente a la que Dardari tenía en Gran Caimán. La cuenta estaba protegida por complejos y sofisticados cortafuegos. Desde su desván en Virginia, el adolescente con síndrome de Asperger empleó diez horas en penetrar en el sistema, transfirió un millón de dólares a la cuenta personal de Dardari en Londres y salió sin dejar otro rastro que la confirmación de que el magnate en persona había hecho legítimamente la transferencia.

La transferencia desde el banco londinense hasta la oficina de Dahabshiil en la misma capital británica fue pura formalidad; incluía los detalles del beneficiario, los que el Predicador había escrito en el correo electrónico que Ariel había interceptado y luego descodificado. La correduría somalí advirtió de que iba a llevar unos cuantos días reunir semejante cantidad de dólares estadounidenses en el país de llegada. Y, sí, tenían sucursal en Marka.

Fort Meade y Cheltenham interceptaron y archivaron debidamente esas comunicaciones, pero no tenían más datos que la suposición de que era Dardari quien enviaba y recibía los mensajes. Y sus instrucciones, como ha quedado dicho, eran estar a la escucha pero sin interferir.

—Jamma, voy a encomendarte una tarea muy delicada. Solo puede llevarla a cabo un somalí, porque en la operación intervendrán personas que no hablan otro idioma.

Pese a su gran sofisticación, la tecnología occidental rara vez logra interceptar a un emisario personal. Durante diez años Osama bin Laden, que no vivía en una cueva sino en una serie de pisos francos, se comunicó con sus partidarios en todo el mundo sin emplear ni una sola vez un teléfono móvil y libre de oídos ocultos. Siempre recurrió a mensajeros personales. Fue el último de ellos, Al-Kuwaiti, quien sería desenmascarado y cuyo rastreo condujo finalmente a sus denodados perseguidores a localizar a Bin Laden en un complejo en la población de Abbottabad.

El Predicador se plantó delante de Jamma y le recitó el mensaje en árabe. Jamma lo tradujo mentalmente al somalí, repitiéndolo varias veces hasta conseguir una versión exacta. Luego escogió a un guardaespaldas paquistaní y se puso en camino.

Era la misma camioneta pick-up con la que había llegado de Kismayo dos días atrás. Desde las alturas, ojos extranjeros observaron cómo antes de partir llenaban la trasera de bidones de plástico con combustible de repuesto.

Desde el búnquer a las afueras de Tampa vieron cómo en Marka tapaban los bidones con una lona, pero esa era una precaución normal. Luego dos hombres se subieron a la cabina; no eran el Predicador embozado en su túnica ni el joven flaco de la gorra de béisbol roja. La camioneta puso rumbo a Kismayo y el sur del país. Cuando quedó fuera de su campo visual, el Global Hawk recibió instrucciones de seguir vigilando el recinto. Entonces la camioneta se detuvo; los hombres retiraron la lona y pintaron de negro el techo de la cabina. Camuflada de esa guisa, la camioneta bordeó Marka por el oeste y se encaminó hacia el norte. Se ponía el sol cuando dejó atrás el enclave de Mogadiscio y continuó hacia Puntland y sus numerosas guaridas de piratas.

Por caminos llenos de baches y roderas, conduciendo a menudo por desiertos de afiladas rocas, repostando y cambiando neumáticos, el viaje hasta Garacad duró dos días.

—Señor Gareth, soy yo.

Ali Abdi telefoneaba desde Garacad. Parecía muy nervioso. Gareth Evans estaba cansado y tenso. El agotador esfuerzo de intentar negociar con gente desprovista del más mínimo sentido de la prisa, por no decir del tiempo, siempre era extenuante para un europeo. De ahí que los buenos negociadores de rescates fueran escasos y se les pagara muy bien.

Por otro lado, Evans estaba sometido a constante presión por parte de Harry Andersson, que le llamaba a diario, incluso varias veces el mismo día, preguntando si tenía noticias de su hijo. Evans había intentado explicarle que el menor asomo de nerviosismo, y no digamos de desesperación, por parte de Londres complicaría las cosas todavía más. El multimillonario sueco era un hombre de negocios, y esa faceta de su persona aceptaba el razonamiento de Evans. Pero era también padre, de modo que las llamadas se sucedían sin tregua.

—Buenos días, amigo mío —dijo Evans, aparentando calma—. ¿Qué dice su jefe en este bonito y soleado día?

—Creo que pronto llegaremos a un acuerdo, señor Gareth. Estamos dispuestos a aceptar siete millones de dólares. —Y luego añadió—: Hago todo lo que puedo.

Fue un comentario que, aun si estaban siendo escuchados por algún somalí de habla inglesa, no resultaba sospechoso. Evans entendió lo que quería decir: el negociador de Al-Afrit trataba de ganarse su segundo soborno de un millón. Pero, claro, la palabra «prisa» tiene dos significados muy distintos según se esté al norte o al sur del Mediterráneo.

—Me parece muy bien, señor Abdi, pero con eso no basta —dijo Evans.

Solo dos días atrás la oferta mínima aceptable para Al-Afrit había sido de diez millones. Evans había ofrecido tres. Sabía que Andersson habría aceptado los diez sin pestañear. Pero también que eso habría despertado muchas señales de alarma en Somalia, donde eran conscientes de que cuatro o cinco millones era un precio de rescate aceptable.

Si los europeos cedían de un día para otro estarían demostrando pánico, lo cual probablemente haría ascender de nuevo el precio a quince millones.

—Mire, señor Abdi, me he pasado casi toda la noche al teléfono con Estocolmo y mis jefes han accedido, aunque de muy mala gana, a ingresar cuatro millones de dólares en la cuenta internacional de su jefe antes de sesenta minutos: el *Malmö* debe levar anclas una hora más tarde. Es una muy buena oferta, amigo mío. Creo que ambos lo sabemos, y estoy seguro de que su jefe lo verá así también.

—Le pasaré inmediatamente la nueva oferta, señor Gareth.

Después de colgar, Gareth Evans reflexionó sobre el historial de negociaciones exitosas con piratas somalíes. A los no iniciados podía sorprenderles que se transfiriera dinero a una cuenta sin que el barco hubiera sido liberado: ¿qué impedía a los piratas quedarse con el rescate y seguir reteniendo a la tripulación?

Pero he aquí lo raro: de los ciento ochenta acuerdos escritos e intercambiados vía fax o e-mail entre negociadores, todos debidamente firmados por las partes interesadas, solo en tres casos los somalíes habían roto su palabra.

De hecho, los piratas de la zona de Puntland tenían claro que se dedicaban a eso solo por el dinero. No necesitaban los barcos, no querían cargamentos ni prisioneros. Su industria, por llamarla así, se habría venido abajo si hubieran faltado a su palabra una y otra vez. Podían ser caprichosos y despiadados, pero el interés personal era el interés personal y eso primaba por encima de todo lo demás.

En condiciones normales. Lo cual no era el caso. De las tres excepciones señaladas, en dos de ellas el protagonista había sido Al-Afrit. Tenía una infame reputación, lo mismo que su clan. Él era de los sacad, un subclan de la tribu habar gidir. Farrah Aidid, el brutal señor de la guerra que provocó la intervención norteamericana en Somalia en 1993 al robar ayuda humanitaria destinada a paliar el hambre, el mismo que abatió el famoso Blackhawk, mató a los rangers y arrastró sus cuerpos por las calles, era un sacad.

En sus conversaciones privadas vía satélite, Ali Abdi y Gareth Evans se habían puesto de acuerdo en fijar un tope de cinco millones de dólares siempre y cuando el viejo monstruo del fortín de adobe accedía a pagar, sin sospechar que su propio negociador había sido sobornado. Cinco millones, de todos modos, era una cifra perfectamente aceptable por ambas partes. Los dos millones extra que pagaría Harry Andersson para sobornar a Abdi solo tenían como objetivo reducir sustancialmente la demora en la medida de lo posible.

A bordo del *Malmö* y bajo el achicharrante sol africano, el mal olor empezaba a notarse. La comida de los europeos se había terminado, ya fuese por haber sido consumida o por haberse echado a perder al desconectar los congeladores para ahorrar combustible. Los guardias somalíes subieron cabras vivas a bordo y las mataron en la misma cubierta.

El capitán Eklund habría ordenado lavar las cubiertas a

manguerazos, pero las bombas eléctricas que impulsaban los chorros funcionaban con carburante, lo mismo que el aire acondicionado, de modo que la tripulación tuvo que coger agua del mar con cubos y utilizar escobas.

Por fortuna el mar era un hervidero de peces, atraídos por los despojos de las cabras sacrificadas a bordo. A europeos y filipinos les gustaba el pescado fresco, pero la dieta empezaba a resultar monótona.

Habían tenido que recurrir a lavarse con agua salada después de que las duchas dejaran de funcionar; el agua dulce era oro líquido, utilizada solo para beber, y aun así de sabor repugnante a causa de las tabletas purificadoras. El capitán se alegraba de que de momento no hubiera ningún enfermo grave; únicamente habían tenido algún caso de diarrea.

Pero no sabía cuánto podrían durar así. Muchas veces los somalíes ni se molestaban en levantar el trasero por encima de la borda cuando se ponían a defecar. Después los filipinos, lógicamente furiosos, tenían que barrerlo todo hacia los imbornales bajo aquel insoportable calor.

El capitán Eklund ni siquiera podía hablar ya con Estocolmo. Habían desconectado su teléfono vía satélite siguiendo instrucciones de aquel a quien él llamaba «ese pequeño cabrón del traje». Ali Abdi no quería interferencias por parte de aficionados en sus delicadas negociaciones con la oficina de Chauncey Reynolds.

En todo ello pensaba el marino sueco cuando su segundo dio la voz de que se aproximaba una embarcación. Agarró los prismáticos y divisó el *dhow*, y en su popa al peripuesto hombrecillo de la sahariana. Se alegraba de la visita. Así podría preguntar una vez más cómo estaba el cadete de marino mercante llamado Carlsson. En todo aquel entorno, Eklund era el único que conocía la verdadera identidad del muchacho.

Lo que no sabía era que al chaval le habían pegado una paliza de muerte. Abdi se limitó a decirle que Ove Carlsson se encontraba bien, que seguía retenido en la fortaleza pero únicamente para garantizar el buen comportamiento del resto de la tripulación. El capitán Eklund le rogó que lo dejaran volver al barco, pero fue en vano.

Mientras el señor Abdi se encontraba a bordo del *Malmö*, una camioneta polvorienta accedía al patio de la fortaleza situada a las afueras de Garacad. Dentro iban un gigantón paquistaní que no hablaba somalí ni inglés, y otro hombre.

El primero se quedó en el vehículo. El otro fue llevado a presencia de Al-Afrit, que enseguida reconoció a un miembro del clan harti darod, lo cual quería decir Kismayo. Al señor de la guerra, un sacad, le caían mal los harti y los somalíes del sur en general.

Aunque estrictamente hablando era musulmán, Al-Afrit no pisaba casi nunca la mezquita y raras veces se le veía orar. En su fuero interno consideraba que todos los meridionales pertenecían a Al-Shabab y que estaban chiflados. Ellos torturaban por Alá; él, por gusto.

El visitante se presentó como Jamma e hizo las reverencias propias de quien se halla en presencia de un cacique. Dijo estar allí en calidad de emisario personal de un jeque de Marka y que traía una propuesta que solamente el señor de la guerra de Garacad debía escuchar.

Al-Afrit nunca había oído hablar de un predicador yihadista llamado Abu Azzam. Tenía un ordenador que solo los más jóvenes de su séquito sabían manejar, pero aunque él hubiera sido un experto en informática jamás se le habría ocurrido mirar una página web yihadista. No obstante, escuchó con creciente interés.

De pie ante Al-Afrit, Jammal recitó el mensaje que se había aprendido de memoria. Empezaba con el habitual despliegue de saludos antes de pasar al asunto propiamente dicho.

Cuando Jamma terminó de hablar, el viejo sacad se lo quedó mirando durante dos largos minutos.

—¿Quiere que lo mate? ¿Que lo degüelle? ¿Delante de una cámara? ¿Para mostrárselo al mundo entero?

—Sí, jeque.

—¿Y me paga un millón de dólares? ¿En metálico?

—Sí, jeque.

Al-Afrit consideró la situación. Matar al infiel blanco…, bueno, eso lo podía entender. Pero mostrar al mundo occidental lo que había hecho, eso era una locura. Los infieles, los *kuffar*, se le echarían encima para vengar a la víctima, y tenían muchas armas. Él secuestraba barcos y exigía rescates, pero no estaba tan loco como para provocar a todo el mundo infiel con un crimen de sangre.

Al final tomó una decisión: demorar la decisión. Dio instrucciones de que llevaran a sus invitados a un lugar donde pudieran descansar y que se les proporcionara comida y agua. Cuando Jamma se hubo ido, ordenó que les quitaran las llaves de su vehículo, así como cualquier arma o aparato telefónico. Él llevaba siempre encima un puñal curvo, una *jambiya*, remetido en el fajín, pero no le gustaba que nadie tuviera armas cerca de él.

Ali Abdi regresó del *Malmö* una hora más tarde, pero como había estado ausente no vio llegar la pick-up ni a sus dos ocupantes, uno de los cuales era portador de una estrafalaria proposición.

Su principal cometido era atender las conversaciones telefónicas previamente acordadas con su homólogo Gareth Evans, pero como Londres estaba a tres husos horarios del Cuerno de África, se llevaban a cabo cuando en Garacad era media mañana. Así que el día siguiente no salió temprano de su habitación.

Por ese motivo no se encontraba presente cuando, poco después de amanecer, Al-Afrit dio prolijas instrucciones a uno de sus hombres de confianza, un salvaje tuerto llamado Yusuf, y tampoco vio cómo la camioneta con el techo de la cabina pintado de negro abandonaba el patio una hora después.

Había oído hablar vagamente de un fanático yihadista que exhortaba al asesinato y el odio a través de internet, pero no sabía nada de que hubiera sido desacreditado ni tampoco de sus reiteradas protestas alegando que había sido vilmente difamado mediante un complot *kuffar*. Abdi, al igual que Al-Afrit aunque por diferentes razones, detestaba a los salafistas, los yihadistas y demás extremistas radicales, y observaba tan poco las normas islámicas como era posible hacerlo.

Cuando se encontraron para la entrevista matutina, le sorprendió encontrar a su jefe de un humor razonablemente bueno. Tanto, que Abdi le sugirió la posibilidad de reducir sus exigencias de siete millones a seis, con lo que el asunto quedaría prácticamente zanjado. Y el jefe de clan accedió.

Cuando Abdi habló con Gareth Evans, estaba exultante. A punto estuvo de decir «Ya casi lo tenemos», pero comprendió a tiempo que eso podía interpretarse como que ambos negociadores se habían conchabado para conseguir un precio. Una semana más, se dijo, quizá solo cinco días, y aquel monstruo dejaría zarpar al *Malmö*.

Además, saber que se había asegurado otro millón le hizo sentirse más cerca de un muy confortable retiro en algún paraje civilizado.

El Rastreador empezaba a estar preocupado. En terminología de pescadores, había lanzado al agua un anzuelo con exceso de cebo, confiando en que picara un pez monstruoso. Pero el corcho estaba inmóvil; ni siquiera se balanceaba.

Desde su despacho en la embajada mantuvo una comunicación en tiempo real con el búnquer cercano a Tampa, donde un suboficial de la Fuerza Aérea, columna de control en mano, «pilotaba» un Global Hawk a gran altura sobre un recinto de la localidad somalí de Marka. Podía ver lo que podía ver el sargento mayor: un silencioso grupo de tres casas rodeadas por un muro en una calle estrecha y abarrotada, al final de la cual había un mercado de fruta.

Pero dentro del recinto no se apreciaban señales de vida. No salía ni entraba nadie. El Hawk no solamente tenía ojos, sino también oídos. Podía oír hasta el más mínimo susurro electrónico procedente de aquel recinto; si un ordenador o un teléfono móvil lanzaban una palabra al ciberespacio, el drone la captaba. Y otro tanto la NSA desde Fort Meade, con sus satélites en el espacio interior.

Sin embargo, toda esa tecnología estaba siendo burlada. El Rastreador no había visto cómo la camioneta de Jamma cambiaba su apariencia con un techo negro y luego daba media vuelta para dirigirse al norte en vez de al sur. Tampoco sabía que la camioneta estaba regresando a Marka. No podía saber que el pez había picado, que se había sellado un pacto entre el sádico de Garacad y un paquistaní desesperado en Marka. En términos de la peculiar filosofía de Donald Rumsfeld, se enfrentaba a lo desconocido que desconocemos.

Solo podía hacer conjeturas, y lo que sospechaba era que estaba perdiendo la partida, que los bárbaros eran más listos que él. Entonces sonó el teléfono de la línea segura.

Era el sargento mayor Orde desde Tampa.

—Coronel, señor, un vehículo técnico se acerca al objetivo.

El Rastreador volvió a su monitor. El recinto ocupaba el centro de la pantalla, más o menos una cuarta parte del espacio. Una camioneta pick-up estaba detenida frente a la entrada. El techo de la cabina era negro. No reconoció el vehículo.

Alguien ataviado con una *dishdasha* blanca salió de una de las casas laterales, cruzó el patio de arena y abrió la cancela. La camioneta entró en el recinto. La puerta se cerró. Tres figuras diminutas bajaron del vehículo y se metieron en la casa principal. El Predicador tenía visita.

El Predicador recibió al trío en su despacho e hizo salir al guardaespaldas. Ópalo presentó al emisario procedente del norte. El sacad, Yusuf, lanzó una mirada furibunda con su ojo bueno. Él también había memorizado sus instrucciones. El Predicador le indicó con un gesto que podía empezar. Las condiciones de Al-Afrit eran escuetas y claras.

Estaba dispuesto a intercambiar a su joven rehén sueco por un millón de dólares en efectivo. Su siervo Yusuf vería y contaría el dinero antes de comunicárselo a su amo.

Por lo demás, Al-Afrit no entraría en territorio de Al-Shabab. El intercambio se haría en la frontera. Yusuf conocía el lugar y se ocuparía personalmente de guiar hasta allí a los vehículos con el dinero y los guardias. La delegación del norte acudiría a la cita con el prisionero.

—¿Y dónde es el lugar de reunión? —preguntó el Predicador.

Yusuf se limitó a mirarlo y a negar con la cabeza.

El Predicador había conocido a hombres como aquel en las tribus de los territorios fronterizos de Pakistán, entre los patanes. Ya podía hacer que le arrancaran las uñas de los dedos de manos y pies, que el hombre se iría a la tumba sin hablar. Asintió con una sonrisa.

Sabía que ningún mapa mostraba una frontera real entre el norte y el sur, pero la cartografía era para los *kuffar*. La gente de las tribus llevaba el mapa en la cabeza. Sabían el punto exacto donde, una generación antes, dos clanes habían peleado a muerte por la propiedad de un camello. Sabían que si un miembro del clan enemigo cruzaba la línea, era hombre muerto. No necesitaban mapas del hombre blanco.

El Predicador sabía también que podían tenderle una emboscada para robarle el dinero. Ahora bien, ¿qué sentido tenía? El cacique de Garacad obtendría igualmente su dinero, ¿y para qué iba a querer al cadete sueco? Solamente él, el Predicador, conocía el extraordinario valor del joven marino de Estocolmo, porque su buen amigo Dardari se lo había contado. Y esa inmensa suma de dinero le restituiría su fortuna y su reputación, incluso entre el supuestamente devoto Al-Shabab. Tanto en el norte como en el sur, el dinero mandaba. Y cómo.

Alguien llamó a la puerta.

Había otro vehículo en el exterior del recinto, esta vez un pequeño turismo. A más de quince mil metros de altura, el Hawk giró y prosiguió con su vigilancia. La misma figura vestida de blanco cruzó el patio de arena y habló unos instantes con el conductor. En Tampa y en Londres, los norteamericanos observaban.

El coche no entró en el patio. Alguien entregó un maletín grande a cambio de una firma. El hombre de blanco se dirigió hacia la casa principal.

—Seguid al coche —dijo el Rastreador.

El perímetro del recinto desapareció por un costado de la pantalla mientras la cámara seguía al turismo desde la estratosfera. Al cabo de poco más de un kilómetro, el coche se detuvo frente a un pequeño bloque de oficinas.

—Primer plano. Quiero ver bien ese edificio.

El bloque de oficinas fue haciéndose cada vez más grande. En Marka el sol estaba alto y no había apenas sombras. Estas aparecerían alargadas y negras, cuando el sol empezara a ponerse sobre el desierto. Verde claro y verde oscuro; un logotipo y una palabra que empezaba por D en alfabeto romano. Dahabshiil. El dinero había llegado y fue entregado. La vigilancia desde las alturas volvió al recinto del Predicador.

Fajo a fajo, los billetes de cien dólares fueron extraídos del maletín y colocados sobre la larga mesa de madera bruñida. Por muy lejos que estuviera de sus orígenes en Rawalpindi, el Predicador no había perdido el gusto por el mobiliario tradicional.

Yusuf había anunciado que tenía que contar el dinero del rescate. Jamma iba traduciendo del árabe al somalí, lo único que hablaba Yusuf. Por su parte, Ópalo, que había traído el maletín, permaneció en la estancia como uno de los dos secretarios privados. Al ver a Yusuf un tanto incómodo con el recuento, Ópalo le preguntó en somalí:

—¿Te ayudo?

—¡Perro etíope! —le espetó el sacad—. Me basto solo.

Tardó dos horas. Luego soltó un gruñido y dijo:

—Tengo que hacer una llamada.

Jamma tradujo. El Predicador asintió con la cabeza. Yusuf sacó un móvil de entre sus ropajes e intentó llamar, pero dentro de aquellas gruesas paredes no había cobertura. Fue al exterior, escoltado.

—En el patio hay un tipo hablando por un móvil —dijo desde Tampa el sargento mayor Orde.

—Pínchalo, necesito saber qué dice —ordenó el Rastreador.

La llamada sonó en un fortín de adobe cerca de Garacad. Fue una conversación extremadamente breve. Cuatro palabras desde Marka, y cuatro en respuesta. Luego la comunicación se cortó.

—¿Y bien? —dijo el Rastreador.

—Era en somalí.

—Pregunta a la NSA.

Unos mil quinientos kilómetros al norte, en Maryland, un somalí americano se quitó los auriculares de las orejas antes de hablar.

—Uno ha dicho: «Los dólares han llegado». Y el otro ha contestado: «Mañana por la noche».

Tampa llamó al Rastreador a Londres.

—Tenemos los dos mensajes —le informaron los técnicos de interceptación—. Pero utilizaban una red de móviles local, Hormud. Sabemos dónde está el que habló primero: en Marka. Pero no sabemos quién o desde dónde respondió.

Tranquilos, pensó el Rastreador. Yo sí lo sé.

14

—Coronel, señor, se ponen en marcha.

El Rastreador se había quedado dormido delante del monitor en su despacho de la embajada en Londres, viendo las imágenes que transmitía el drone desde Marka. La voz procedía del manos libres conectado al búnquer de control a las afueras de Tampa. Era la voz del sargento mayor Orde, que estaba nuevamente de servicio.

El Rastreador se despertó sobresaltado y miró su reloj. Las tres de la madrugada hora de Londres, las seis en Marka; no tardaría en amanecer.

El Global Hawk había sido sustituido por otro con los depósitos llenos y muchas horas operativas por delante. Frente a la costa somalí, el horizonte mostraba apenas un tenue rubor rosado. El océano Índico era todavía negro, como los últimos vestigios de la noche sobre los callejones de Marka.

Pero en el recinto del Predicador había en ese momento luces encendidas, y pequeños puntos rojos se movían de acá para allá: fuentes de calor captadas por los sensores corporales del drone. Sus cámaras estaban todavía en modo infrarrojo a fin de penetrar la oscuridad y ver lo que sucedía unos diez mil metros más abajo.

Mientras el Rastreador observaba, el sol fue incrementando la luminosidad; los puntos rojos se transformaron en siluetas oscuras que se movían el patio del recinto. Al cabo de media hora, la puerta de un garaje se abrió y de dentro salió una camioneta.

No era una pick-up polvorienta y abollada, el más socorrido de los vehículos para pasajeros y carga en Somalia. Era un lujoso Toyota Land Cruiser con lunas tintadas, el vehículo preferido por Al Qaeda ya desde la primera aparición de Bin Laden en Afganistán. El Rastreador sabía que tenía capacidad para diez personas.

Los observadores, a seis mil kilómetros de distancia unos de otros en Londres y Florida, solo vieron ocho formas oscuras que subían al todoterreno. Estaban demasiado lejos para ver que en la parte de delante iban dos de los guardaespaldas paquistaníes, uno para conducir y el otro armado hasta los dientes en el asiento del copiloto.

Detrás de ellos se sentaban el Predicador, inidentificable con sus prendas somalíes y la cabeza cubierta; Jamma, su secretario somalí, y Ópalo. Más atrás iban los otros dos guardaespaldas paquistaníes, completando el grupo de los cuatro esbirros en los que el Predicador confiaba de verdad. Todos ellos lo habían acompañado desde los tiempos de la banda asesina de Khorasan. Entre los dos hombres de atrás iba Yusuf, el sacad llegado del norte.

A las siete hora de Marka, se abrió la verja y el Land Cruiser abandonó el recinto. ¿Era un señuelo?, se preguntó el Rastreador. ¿Seguía el objetivo dentro de la casa, listo para escabullirse mientras el drone, que a estas alturas ya debía de saber que lo vigilaba, se dirigía a otra parte?

—¿Señor?

El hombre que manejaba la columna de control en el búnquer de Tampa esperaba órdenes.

—Siga al vehículo —dijo el Rastreador.

El Land Cruiser se adentró en el laberinto de calles y callejuelas de Marka en dirección a las afueras, luego torció por una de ellas y se perdió de vista bajo un gran almacén con tejado de amianto.

Tratando de no sucumbir al pánico, el Rastreador, dio orden de que el drone regresara a la vivienda, pero el recinto y su patio estaban envueltos en sombras y no se apreciaba movimiento. Todo estaba en calma. El drone volvió al almacén. Veinte minutos después salía el todoterreno negro y desandaba el camino, sin prisa, hacia el recinto.

En algún momento el conductor debía de haber tocado el claxon, pues un criado salió de la casa y fue a abrir la verja. El Toyota entró en el patio y se detuvo. Nadie bajó. Qué raro, pensó el Rastreador. Pero luego lo entendió. No bajaba nadie porque dentro no había nadie salvo el conductor.

—Rápido, vuelve al almacén —ordenó.

El sargento mayor Orde hizo un zoom inverso, pasando de primer plano a visión en gran angular. De ese modo abarcaba toda la población, solo que con menos detalle. Llegaron justo a tiempo.

Del almacén estaban saliendo no uno, sino cuatro de los llamados vehículos técnicos, es decir, pick-ups de plataforma corta. En fila india. El Rastreador había estado a punto de morder el anzuelo.

—Sigue al convoy —le dijo a Tampa—. A donde sea que vayan. Puede que tenga que marcharme, pero estaré localizable en el móvil.

Un ruido de motores al pie de su ventana despertó al señor Ali Abdi en Garacad. Consultó el reloj. Las siete de la mañana. Quedaban aún cuatro horas hasta la conferencia diaria con Londres. Atisbó entre las lamas de la persiana y vio que dos vehículos técnicos abandonaban el fortín.

No le dio importancia. Se sentía un hombre plenamente feliz. La víspera había logrado el visto definitivo final de Al-

Afrit a sus negociaciones. El pirata aceptaba un rescate de cinco millones de dólares estadounidenses, a pagar por Chauncey Reynolds y las aseguradoras, a cambio del *Malmö*, con su cargamento y su tripulación.

Pese al pequeño contratiempo, Abdi estaba seguro de que el señor Gareth se alegraría también cuando se enterara de que, dos horas después de que el banco de los piratas en Dubai confirmara la recepción del dinero, el *Malmö* podría zarpar. Para entonces un destructor de la flota occidental estaría en las inmediaciones para escoltar al mercante. Y es que varios clanes rivales habían enviado ya sus lanchas, que merodeaban cerca del buque sueco con la esperanza de secuestrarlo de nuevo en caso de que no estuviera bien vigilado.

Abdi pensó en el futuro. El segundo de sus sobornos de un millón de dólares estaría garantizado. Gareth Evans no le jugaría una mala pasada, no fuera que tuviesen que negociar otro rescate en el futuro. Pero solamente él, Abdi, podía saber que se jubilaba y que se iba a vivir a una casa preciosa en Túnez lejos de todo, a muchos kilómetros del caos y las matanzas de su país de origen. Volvió a mirar la hora y se dispuso a dormir un ratito más.

El Rastreador estaba todavía en su despacho, analizando las escasas opciones. Sabía muchas cosas, pero no podía saberlo todo.

Tenía a un agente infiltrado en las filas enemigas; probablemente viajaba en aquellos momentos por el desierto en el mismo vehículo técnico que el Predicador, unos diez mil metros por debajo del Global Hawk. Pero no podía comunicarse con él, y tampoco viceversa. El transceptor de Ópalo seguía enterrado bajo el suelo de una cabaña en la playa de Kismayo. El agente habría firmado su propia sentencia de muerte si hubiera intentado llevar algo consigo a Marka, con excepción hecha, por supuesto, del inofensivo artículo que le habían entregado junto a las casuarinas.

El Rastreador calculaba que en alguna parte se produciría un intercambio: una entrega de dinero a cambio del marinero sueco. No sentía reparos por lo que había hecho, ya que creía que el cadete corría más peligro en manos del hombre a quien su propio clan apodaba el Diablo que con el Predicador, quien se preocuparía de mantenerlo con vida para conseguir el dinero.

Después del trueque, lo más probable era que el Predicador regresara a Marka, pues allí era intocable. La única oportunidad de acabar con él había sido engañarlo para que se aventurara en el desierto somalí, espacios abiertos en los que no había civiles que pudieran resultar heridos.

Pero los misiles seguían estando prohibidos, y así se lo había dejado bien claro Zorro Gris, una vez más, la noche anterior. Mientras el sol que ya abrasaba Somalia empezaba a elevarse tímidamente sobre Londres, el Rastreador consideró las alternativas. Pese a haber insistido tanto, eran más bien escasas.

El Equipo 6 de los SEAL tenía su base en Little Neck, Virginia, y no había tiempo para hacerlos cruzar medio planeta. Los Night Stalkers y sus helicópteros de largo alcance estaban en Fort Campbell, Kentucky. Aparte de la enorme distancia, sospechaba que los helicópteros harían demasiado ruido. Él conocía la selva y el desierto; sabía que de noche la selva es una infernal algarabía de croar de ranas y ruidos de insectos, mientras que en el desierto reina un silencio espectral y los seres que lo habitan tienen tan buen oído como los zorros orejudos con quienes comparten la arena. Si hay algo de brisa, el zumbido de los rotores de un helicóptero puede detectarse a kilómetros de distancia.

Había oído hablar de una unidad especial, pero nunca había visto a sus miembros en acción, ni tampoco los conocía. Solo sabía de su buena fama y cuál era su especialidad. Ni siquiera eran norteamericanos siquiera. Sobre el papel, había dos unidades en Estados Unidos que se les podían comparar; pero tanto los SEAL como los chicos de la Delta Force estaban al otro lado del Atlántico.

El sargento mayor Orde lo sacó de sus cavilaciones.

—Coronel, parece que se separan.

El Rastreador volvió a la pantalla y, una vez más, el pánico incipiente fue como un directo al estómago. Los cuatro vehículos técnicos avanzaban en fila por el desierto, pero muy espaciados. Entre uno y otro dejaban cuatrocientos metros.

De esa manera el Predicador se aseguraba que los yanquis no lanzarían un misil, temiendo no dar en el blanco que les interesaba. Lo que ignoraba era que, si estaba a salvo, era gracias al joven etíope que iba detrás. Pero ahora ya no avanzaban en caravana y muy separados: estaban tomando diferentes direcciones.

El convoy se encontraba al norte del enclave militar de Mogadiscio y se dirigía hacia el valle del Shebele en el noroeste. Para cruzar el río se podían utilizar una media docena de puentes entre Etiopía y el mar. Los cuatro vehículos técnicos parecían encaminarse cada uno hacia un puente diferente. Con un solo drone no había manera de controlarlos a los cuatro.

Incluso a máxima amplitud de pantalla, el drone podría vigilar solo a dos, pero serían demasiado pequeños para que sirviera de algo. La voz del controlador en Tampa sonó apremiante:

—¿A cuál sigo, señor?

Gareth Evans entró en la oficina poco después de las ocho. Los abogados no suelen ser muy madrugadores, y Evans siempre era el primero en llegar. El vigilante nocturno ya estaba acostumbrado a salir de su garita detrás del mostrador de recepción para ir a abrir las puertas de cristal cilindrado y dejarle entrar; eso cuando el negociador no se quedaba a dormir en la cama plegable que tenía en el despacho.

Evans había traído consigo un termo de café del hotel donde Chauncey Reynolds le había reservado habitación para los días que durara el proceso negociador. Más tarde aparecería la entrañable señora Bulstrode, que bajaría a la cafetería de la esquina a buscarle un buen desayuno y regresaría antes de que se le enfriara. El hombre ignoraba por completo que el SIS conocía al dedillo todas las fases de la negociación.

A las ocho y media, una luz roja intermitente le informó de que el señor Abdi estaba al teléfono. Gareth Evans jamás se permitía arrebatos de optimismo; había salido escaldado en ocasiones anteriores. Pero pensaba que él y el intermediario somalí estaban a un paso de pactar el rescate del *Malmö* por cinco millones de dólares, un precio que Evans estaba plenamente autorizado a aceptar. De la transferencia se ocuparían otros; ese no era problema suyo. Y sabía además que una fragata británica se hallaba cerca de la costa somalí para escoltar al mercante sueco cuando llegara el momento.

—Hola, señor Abdi, aquí Gareth Evans. ¿Tiene noticias para mí? Hoy llama más temprano que de costumbre.

—¿Noticias? Desde luego, señor Gareth. Y muy buenas. No podrían ser mejores. Mi jefe ha accedido a un rescate de solo cinco millones de dólares.

—Eso es excelente, amigo mío. —Procuró que el júbilo no lo delatara. Era la negociación más corta de cuantas había gestionado—. Creo que podré arreglarlo para que la transferencia se haga hoy mismo. ¿La tripulación está bien?

—Sí, sí, todos bien. Bueno, hay un… ¿Cómo lo dicen ustedes? Ah, un pelo en el caldo, pero nada importante.

—Un pelo en la sopa, creo que es. Un problema, vaya. En fin, dígame, ¿cómo de grueso es ese pelo?

—Verá, señor Gareth. Ese muchacho, el cadete sueco…

Evans se quedó de piedra. Levantó una mano en dirección a la señora Bulstrode, que en ese momento entraba con el desayuno.

—Se refiere a Ove Carlsson, sí. ¿Cuál es el problema, señor Abdi?

—Él no va a poder venir, señor Gareth. Mi jefe... Lamento decirle que... ha recibido una oferta... Yo no tuve nada que ver...

—¿Qué le ha pasado al cadete Carlsson? —El tono de Evans había perdido todo el buen humor.

—Me temo que lo han vendido a la gente de Al-Shabab en el sur. Pero no debe preocuparse, señor Gareth. Solo era un cadete.

Gareth Evans colgó el teléfono, se inclinó hacia delante y se llevó las manos a la cara. La señora Bulstrode dejó la bandeja con el desayuno y salió.

El agente Ópalo iba sentado entre Jamma y la puerta. El Predicador estaba en el lado opuesto. El vehículo técnico no tenía la suspensión del Land Cruiser, por lo que daba tremendos bandazos y se estremecía violentamente a cada bache y cada piedra que pisaba. Llevaban cinco horas de viaje; era casi el mediodía y hacía un calor asfixiante. Si aquel vehículo había tenido aire acondicionado alguna vez, hacía tiempo que había pasado a la historia.

El Predicador y Jamma dormitaban. De no haber sido por las sacudidas, Ópalo se habría dormido también y no habría visto lo que vio.

El Predicador se despertó e, inclinándose hacia delante, tocó en el hombro al conductor y le dijo algo. Aunque utilizó el urdu, el significado de sus palabras quedó de manifiesto unos segundos después. Habían ido en rigurosa fila india desde que salieron de Marka y el suyo era el segundo vehículo de los cuatro. Después del toquecito en el hombro, el conductor se desvió de la ruta marcada por el primer vehículo.

Ópalo miró hacia atrás. Los vehículos tres y cuatro estaban haciendo lo mismo. La disposición de los asientos era distinta a la del Land Cruiser. Delante iba solo el conductor; en el asiento corrido trasero, el Predicador, Jamma y él mismo. En la plataforma del pick-up viajaban los otros tres guardaespaldas y el tuerto Yusuf.

Vistos desde arriba, los cuatro vehículos técnicos no se diferenciarían entre ellos y tampoco del ochenta por ciento de las pick-ups que circulaban por Somalia. En cuanto a las otras tres camionetas del convoy, estaban ocupadas por mercenarios procedentes de Marka. Ópalo entendía de drones; en la academia de agentes del Mossad habían profundizado en el tema. Empezó a tener arcadas.

Jamma lo miró, alarmado.

—¿Te encuentras mal?

—Son las sacudidas —respondió.

El Predicador también lo miró.

—Si vas a vomitar —dijo—, más vale que vayas en la parte de atrás.

Ópalo abrió la puerta de su lado y sacó medio cuerpo. El viento del desierto agitó los cabellos contra su cara. Alargó un brazo hacia la plataforma de la camioneta, y un paquistaní le agarró ágilmente la mano. Tras un peligroso segundo suspendido en el vacío sobre una rueda en movimiento, Ópalo fue izado a la parte de atrás. Jamma estiró un brazo para cerrar la puerta desde dentro.

Ópalo esbozó una sonrisa forzada, pero los tres guardaespaldas paquistaníes y el sacad Yusuf no le hicieron el menor caso. Del interior de su *dishdasha* sacó lo que le habían entregado junto a las casuarinas y que había utilizado ya una vez. Se lo puso.

—¿A cuál seguimos, señor?

La pregunta empezaba a requerir una respuesta urgente.

El Global Hawk había ampliado su visión y el desierto se veía ahora más lejos, con los cuatro vehículos en la periferia de la imagen. El Rastreador se fijó en algo que se movía en uno de ellos.

—Pero ¿qué hace ese tipo? —preguntó—. Vehículo número dos.

—Parece que ha salido a tomar el aire —respondió Orde—. Ahora se está poniendo algo. Una gorra de béisbol, señor. De color rojo.

—Zoom al vehículo dos —dijo rápidamente el Rastreador—. Olvídate de los otros. Son simples señuelos. Sigue al número dos.

La cámara se desplazó hacia el vehículo dos y, una vez que este se halló en el centro del encuadre, fue acercándose al objetivo. Los cinco hombres que iban detrás se vieron cada vez más grandes. Uno de ellos lucía una gorra de béisbol roja, en la que desde miles de kilómetros de distancia pudieron entrever la insignia de Nueva York.

—Bendito seas, Ópalo —dijo el Rastreador.

El Rastreador localizó a su colega el agregado de Defensa cuando este volvía de correr sus siete kilómetros matutinos por los caminos rurales de su zona residencial en Ickenham. Eran las ocho de la mañana. El agregado era coronel del 82 Regimiento Aerotransportado, los Screaming Eagles. La pregunta que hizo el Rastreador fue sencilla y directa.

—Sí, claro que le conozco. Es un buen tipo.

—¿Tienes su teléfono particular?

El agregado consultó su BlackBerry y le dictó un número. Segundos más tarde el Rastreador estaba hablando con el hombre que buscaba, un general británico. Solicitó una entrevista.

—En mi despacho. A las nueve.

—Allí estaré —dijo el Rastreador.

La oficina del director de las Fuerzas Especiales del ejército británico se encuentra en los cuarteles de Albany Street, en el elegante barrio residencial de Regent's Park. Un muro de tres metros de alto protege el recinto de edificaciones, y varios centinelas se turnan en la verja de entrada, por la que raramente pasan desconocidos.

El Rastreador iba de paisano y llegó en taxi. Dijo al conductor que no le esperara. El centinela examinó el pase de la embajada donde constaba el rango militar del recién llegado, hizo una llamada y momentos después le franqueó el paso. Otro soldado lo condujo al edificio principal, subieron dos plantas y enfilaron un pasillo hasta la oficina del director.

No solo eran de edad similar, sino que tenían otras cosas en común. Ambos se veían en buena forma física. El británico estaba dos peldaños en el escalafón por encima del teniente coronel, y aunque iba en mangas de camisa, la chaqueta que colgaba en un rincón lucía las insignias rojas del Estado Mayor. Tanto el uno como el otro tenían ese algo indefinible de quien ha visto duros combates y no una vez, sino muchas.

Will Chamney había empezado en los Guards, siendo transferido después al regimiento del SAS, el servicio aéreo especial británico. Había salido airoso del extenuante cursillo de selección y pasado los tres años siguientes como comandante de la Tropa 16 en el Escuadrón D, los especialistas de caída libre.

Las normas del Regimiento, como se le conoce sin más, dictan que un oficial o «Rupert» no puede ser destinado dos veces al mismo, a no ser por invitación expresa. Chamney regresó en calidad de jefe de escuadrón a tiempo de participar en la liberación de Kosovo y en el conflicto de Sierra Leona.

Estuvo en el equipo del SAS que, junto con los paracas, rescató a un grupo de soldados irlandeses capturados por una turba dispuesta a lincharlos en su base en lo más profundo de la selva. Los West Side Boyz, como se hacen llamar los insurgentes puestos de droga hasta las cejas, sufrieron un centenar de bajas en menos de una hora, antes de volver a ocultarse en la espesura de la jungla. En su tercer destino en la base del SAS en Hereford, Chamney había comandado el regimiento con el rango de coronel.

En ese momento controlaba las cuatro unidades reconocidas de las Fuerzas Especiales: el SAS, el Special Boat Service (servicio especial de embarcaciones), el Special Reconnaissance Regiment (regimiento especial de reconocimiento) y el SFSG (grupo de apoyo a las fuerzas especiales).

Debido a la enorme flexibilidad de desplazamientos a que está sujeto todo oficial de fuerzas especiales, durante su destino en Hereford comandó también las unidades de asalto aéreo (paracaidistas) tanto en Gran Bretaña como en Helmand, en Afganistán.

Había oído hablar del Rastreador, sabía que estaba en Inglaterra y conocía el motivo. Aunque la TOSA llevaba la voz cantante, eliminar al Predicador venía siendo una operación conjunta. Aquel individuo había sido el instigador de cuatro asesinatos en suelo británico.

—¿Qué puedo hacer por usted? —preguntó Will tras los saludos de rigor.

El Rastreador se lo explicó. Necesitaba que le hicieran un favor y el asunto era prioritario frente a las cuestiones de seguridad. Chamney le escuchó en silencio, y cuando habló fue directamente al grano.

—¿De cuánto tiempo dispone?

—Sospecho que solo hasta primera hora de mañana. Y hay tres husos horarios entre aquí y Somalia. Ahora allí son las doce del mediodía. O acabamos con el Predicador esta noche o lo perdemos de nuevo, y tal vez para siempre.

—¿Lo está siguiendo con un drone?

—Desde luego. Ahora mismo hay un Global Hawk justo

encima de él. Si paran, creo que será toda la noche. Allí tienen doce horas de oscuridad. De seis a seis.

—¿Un misil está descartado?

—Completamente. Hay un agente israelí viajando con él, forma parte de su séquito. Es preciso rescatarlo con vida. Si le ocurriera algo, el Mossad pondría el grito en el cielo. Y me quedo corto.

—No me extraña. Y usted no quiere que se enfaden. Bien, ¿qué es lo que desea de nosotros?

—Los Pathfinder.

El general Chamney alzó lentamente una ceja.

—¿HALO?

—Me temo que es lo único que podría funcionar. ¿Tiene algún equipo de Pathfinder en la zona en estos momentos?

Los Pathfinder es probablemente la unidad menos conocida de todas las fuerzas armadas británicas, y también la menos numerosa: solo treinta y seis comandos homologados. Proceden en su mayoría del regimiento de paracaidistas, una unidad de por sí rigurosamente entrenada, y su adiestramiento posterior raya lo destructivo.

Operan en seis grupos de seis miembros. Incluso contando su unidad de apoyo, no sobrepasan los sesenta hombres. Y son prácticamente invisibles. Suelen actuar muy por delante de las fuerzas convencionales; en 2003, durante la invasión de Irak, estaban situados noventa kilómetros por delante de las unidades de avanzada estadounidenses.

En tierra utilizan Land Rover reforzados y con camuflaje desértico, conocidos como *pinkies*. Una unidad de combate consta de solo dos *pinkies*, con tres hombres por vehículo. Su especialidad es lanzarse en paracaídas desde gran altitud y con baja apertura (HALO, las siglas en inglés de High Altitude, Low Opening).

O bien pueden entrar en zona de guerra en HAHO (gran altitud, alta apertura), desplegando sus paracaídas nada más saltar del avión a fin de sobrevolar kilómetros de cúpula arbórea y adentrarse en territorio enemigo; silenciosos, invisibles, toman tierra con el sigilo de un gorrión.

El general Chamney giró un monitor de ordenador hacia él y tecleó durante unos segundos. Luego miró la pantalla.

—Casualmente tenemos una unidad en Thumrait. Haciendo un cursillo de habituación al desierto.

El Rastreador había oído hablar de Thumrait, la base aérea situada en el desierto de Omán. Había servido de escala en la primera invasión de la Irak de Sadam Husein, en 1990-1991. Hizo un cálculo mental. Hasta la enorme base aérea estadounidense de Yibuti, volando en un Hercules C-130, el avión preferido de las Fuerzas Especiales, serían cuatro horas.

—¿Qué clase de autorización necesitaría para prestarle unos Pathfinder al Tío Sam?

—De las más altas esferas —respondió el director—. Yo diría que del primer ministro. Si él dice que sí, es que sí. Pero los demás se limitarían a pasar el asunto a instancias superiores.

—¿Y quién sería el más adecuado para convencer al primer ministro?

—El presidente de Estados Unidos —dijo el general.

—¿Y si lograra convencerle?

—La orden seguiría la cadena de mando habitual: ministro de Defensa, jefe del Estado Mayor de la Defensa, director de Operaciones Militares y, por último, yo. Y yo haré lo necesario.

—Eso podría llevarnos un día entero. No dispongo de tanto tiempo.

El director de las Fuerzas Especiales se quedó pensando.

—Mire, de todos modos los chicos están volviendo a casa. Vía Baréin y Chipre. Podría hacer que vayan a Chipre vía Yibuti. —Consultó su reloj—. Es cerca de la una del mediodía en Somalia. Si despegasen dentro de dos horas, tomarían tierra en Yibuti hacia la puesta de sol. ¿Lo arreglaría usted para que los recibieran y pudieran repostar?

—Desde luego.

—¿Se harían cargo de los gastos?

—Corre de nuestra cuenta.

—¿Podría estar usted allí para informarles, con fotos y objetivos?

—No hay problema. Tengo un Grumman a mi disposición en Northolt.

El general sonrió.

—Eso sí que es volar.

Ambos hombres sabían lo que era viajar horas y horas en los durísimos asientos de aviones de transporte que no dejaban de moverse. El Rastreador se puso de pie.

—Debo irme. Tengo que hacer un montón de llamadas.

—Daré orden de desviar el Hercules —dijo el director—. Y no me moveré de mi despacho. Buena suerte.

Media hora después el Rastreador estaba de vuelta en la embajada. Se dirigió a toda prisa al centro de operaciones y examinó en su monitor las imágenes que estaban grabando desde Tampa. El vehículo técnico del Predicador continuaba dando tumbos por el desierto ocre y marrón. Los cinco hombres que viajaban en la plataforma trasera seguían allí, uno con la gorra de béisbol roja. Consultó su reloj. Las once de la mañana en Londres; las dos de la tarde en Somalia; pero solo las seis de la mañana en Washington. ¡Al cuerno!

Hizo la llamada a Zorro Gris. Al séptimo tono le contestó una voz soñolienta.

—¡¿Que quieres qué?! —gritó Zorro Gris cuando supo lo que su interlocutor pretendía.

—Te lo ruego, solo tienes que pedirle al presidente que le pida al primer ministro británico este pequeño favor. Y que autorice a nuestra base en Yibuti a cooperar en todo.

—Pero tendré que despertar al almirante. —Zorro Gris se refería al comandante en jefe del J-SOC.

—Es marino. No será la primera vez que alguien lo saca

de la cama. Ahí pronto serán las siete. El almirante suele levantarse temprano para hacer su rutina de ejercicios. Cogerá el teléfono. Pídele que hable con su amigo de Londres para asegurarnos el favor. Los amigos están para eso, ¿no?

El Rastreador tenía que hacer más llamadas. Primero le dijo al piloto del Grumman que trazara un plan de vuelo desde Northolt hasta Yibuti. Luego llamó a la flota de vehículos en el sótano de la embajada bajo Grosvenor Square y solicitó un coche para Northolt en treinta minutos.

Por último telefoneó a Tampa, Florida. Aunque no era un hacha en electrónica, sabía lo que necesitaba y que era posible conseguirlo. Quería tener línea directa desde la cabina del Grumman con el búnquer que controlaba el Global Hawk que en esos momentos sobrevolaba el desierto somalí. No dispondría de imágenes, pero necesitaba información en tiempo real sobre los movimientos del Land Cruiser y sobre el destino final de su trayecto a través del desierto.

En el centro de comunicaciones de la base de Yibuti quería tener comunicación directa, sonido y visión, con el búnquer en Tampa. Y necesitaba plena colaboración de Yibuti tanto con él como con los paracaidistas británicos que iban a llegar. Gracias a la enorme influencia del J-SOC en las fuerzas armadas estadounidenses, obtuvo todo lo que pedía.

Después de ducharse tras su sesión matutina de ejercicio, el presidente de Estados Unidos aceptó la llamada del comandante en jefe del J-SOC.

—¿Para qué los necesitamos? —fue su pregunta tras escuchar la petición.

—El blanco es uno que usted mismo designó la primavera pasada, señor. El hombre al que llamamos simplemente el Predicador. Ha sido el instigador ocho asesinatos en suelo estadounidense, aparte de la matanza del autobús con personal de la CIA. Ahora sabemos quién es y dónde se encuentra. Pero seguramente lo perderemos en cuanto amanezca.

—Sí, lo recuerdo, almirante. De todos modos no amanecerá hasta dentro de casi veinticuatro horas. ¿No podemos enviar allí a los nuestros?

—En Somalia está anocheciendo en estos momentos, señor. El comando británico se encuentra casualmente en el escenario de las operaciones. Estaban en un cursillo de adiestramiento cerca de allí.

—¿Y por qué no utilizar un misil?

—El Predicador tiene en su grupo a un agente de una potencia amiga.

—Así que ha de hacerse cuerpo a cuerpo, ¿no?

—Me temo que sí, señor. Al menos es lo que afirma nuestro hombre sobre el terreno.

El presidente dudó. Como político que era, sabía que todo favor exige ser devuelto tarde o temprano.

—Está bien —dijo—. Haré la llamada.

El primer ministro británico estaba en su despacho de Downing Street. Era la una del mediodía. Tenía por costumbre tomar un almuerzo ligero, una ensalada, antes de cruzar Parliament Square para ir a la Cámara de los Comunes. Una vez allí no habría modo de contactar con él. Su secretario privado recibió la llamada en la centralita de Downing Street, cubrió el auricular con la mano y dijo:

—El presidente de Estados Unidos.

Se conocían bien y mantenían cierta relación personal, cosa que sin ser determinante sí resultaba extremadamente útil. Sus esposas eran mujeres con clase y ambos tenían hijos pequeños. Hubo el intercambio habitual de saludos y preguntas acerca de los respectivos seres queridos. En Londres y en Washington, agentes invisibles grababan cada palabra.

—David, tengo un favor que pedirte.

—Adelante.

El presidente solo necesitó media docena de frases. Era una petición extraña y pilló desprevenido al premier británico. La llamada estaba sonando a través de altavoces; el secretario de Estado, el funcionario profesional más importante del país, miró de reojo a su superior. Los burócratas detestan las sorpresas. Había que meditar las posibles consecuencias. Lanzar un comando Pathfinder sobre un país extranjero podía considerarse una acción de guerra. Pero ¿y quién gobernaba el desierto somalí? Nadie digno de ser nombrado. Levantó un dedo en señal de advertencia.

—Tendré que hablarlo. Dentro de veinte minutos te llamo. Palabra de boy scout.

—Esto podría ser muy peligroso, señor —advirtió al premier el secretario de Estado.

No se refería a que fuera peligroso para los Pathfinder, sino a las repercusiones internacionales.

—Ponme, por este orden, con el jefe del Estado Mayor de la Defensa y con el jefe del MI6.

El militar profesional fue el primero en responder.

—Sí, conozco el problema y estoy al corriente de la petición —dijo—. Will Chamney me lo ha contado hace una hora.

Suponía que el primer ministro sabría quién era el actual director de las Fuerzas Especiales.

—Bien, ¿cree que podemos hacerlo?

—Desde luego que podemos. Siempre que les expliquemos muy bien las cosas antes de lanzarlos. De eso se encargarán nuestros primos americanos. Aunque si tienen a un drone allá arriba, se supone que estarán viendo el blanco con toda claridad.

—¿Dónde se encuentran ahora los Pathfinder?

—Sobrevolando Yemen. A dos horas escasas de la base estadounidense de Yibuti. Allí es donde tomarán tierra y repostarán. Luego se les facilitarán todos los detalles de la operación. Si el joven oficial al mando lo ve claro, se comunicará con Will en el cuartel de Albany para pedir luz verde. Y solamente puede darla usted, primer ministro.

—Tendré que hacerlo en menos de una hora. Es decir, tendré que tomar una decisión política; la decisión técnica depende de ustedes los profesionales. Necesito hacer dos llamadas y luego me pondré en contacto otra vez.

El hombre del SIS —también llamado MI6 o simplemente el Seis—con el que habló no era el jefe del servicio secreto, sino Adrian Herbert.

—El jefe está fuera del país, primer ministro, pero yo llevo unos meses gestionando este asunto con nuestros amigos estadounidenses.

—¿Sabe lo que nos piden? Que les prestemos una unidad de Pathfinder.

—Sí, lo sé —dijo Herbert.

—¿Y eso?

—Hacemos escuchas en todo momento, primer ministro.

—¿Y sabía que los estadounidenses no pueden utilizar un misil porque hay un agente occidental en el séquito de ese cabrón?

—Sí.

—¿Es de los nuestros?

—No.

—¿Algo más que yo deba saber?

—Cuando anochezca probablemente habrá también por allí un marino mercante sueco, un rehén.

—¿Y usted cómo demonios lo sabe?

—Es nuestro trabajo, primer ministro —respondió Herbert, tomando mentalmente nota de darle una prima extra a la señora Bulstrode.

—¿Se puede hacer? Quiero decir, rescatar a los dos. Apartarlos del blanco.

—Eso es cosa de los militares. Tenemos que dejarlo en sus manos.

El premier británico no era un político que careciera de vista para sacar partido de las situaciones. Si los Pathfinder ayudaban al sueco a salir del atolladero somalí, el país escandinavo les estaría muy agradecido. Un agradecimiento que bien podría llegar hasta el mismísimo rey Carlos Gustavo, quien a su vez quizá se lo mencionara a la reina Isabel. Y todos tan contentos: eso no haría daño a nadie.

—Daré luz verde, siempre y cuando los militares consideren que la misión es factible —dijo el primer ministro británico al jefe del Estado Mayor de la Defensa minutos más tarde.

Luego llamó al Despacho Oval.

—De acuerdo —dijo al presidente de Estados Unidos—. Si los militares dicen que se puede hacer, cuenta con los Pathfinder.

—Muchas gracias, esto no lo olvidaré —respondió el inquilino de la Casa Blanca.

Mientras los mandatarios colgaban el teléfono en Londres y Washington, el birreactor Grumman entraba en el espacio aéreo egipcio. Cruzaría Egipto y Sudán, y después descendería sobre Yibuti.

Fuera, a casi diez mil metros de altitud, el cielo era todavía azul, pero hacia el oeste, el sol parecía una bola de fuego sobre el horizonte. Pronto se pondría a ras del suelo en territorio somalí. Una voz procedente de Tampa sonó en los cascos del Rastreador.

—Se han detenido, coronel. El vehículo técnico ha entrado en una aldea en el quinto infierno, a medio camino entre la costa y la frontera de Etiopía. No son más que una docena, quizá veinte casas de adobe, algunos arbustos y unas cuantas cabras. Ni siquiera nos consta que tenga nombre.

—¿Seguro que no continúan camino?

—Diría que no. Están bajando y desperezándose. Veo a

uno del grupo clave hablando con un par de aldeanos. Y al de la gorra de béisbol. Ahora se la está quitando. Espere, se acercan otros dos vehículos técnicos por el norte. Y el sol está a punto de ponerse.

—Fija el GPS en esa aldea. Antes de pasar a infrarrojos consígueme una serie de imágenes a distintas escalas aprovechando la última luz, desde todos los ángulos posibles, y las envías a la sala de comunicaciones en la base de Yibuti.

—Eso está hecho, señor. A la orden.

El copiloto intervino desde la cabina de vuelo.

—Coronel, acabamos de recibir una llamada de Yibuti. Un Hercules C-130 británico con distintivo de la RAF acaba de aterrizar procedente de Omán.

—Diga a Yibuti que los traten bien y que les proporcionen combustible para el Hercules. Y diga a los británicos que yo no tardaré en llegar. A propósito, ¿cuánto falta para que tomemos tierra?

—Hemos dejado atrás El Cairo, señor. Quedan unos noventa minutos para aterrizar.

Y fuera el sol se puso. En cuestión de minutos, la República de Sudán del Sur, el este de Etiopía y toda Somalia quedaron envueltos en una noche sin luna.

15

El desierto puede ser un horno de día y una nevera de noche, pero Yibuti está a orillas del cálido golfo de Adén y allí las noches son templadas. El Rastreador fue recibido al pie de la escalerilla del Grumman por un coronel de las Fuerzas Aéreas estadounidenses enviado por el comandante de la base. El coronel llevaba prendas ligeras de camuflaje para el desierto, y al Rastreador le sorprendió el airc balsámico de la noche mientras cruzaba la pista de aterrizaje en dirección a las dos habitaciones que le habían asignado en el bloque de operaciones.

El comandante de la base había sido informado muy someramente por el cuartel general de las Fuerzas Aéreas en Estados Unidos; solo sabía que se trataba de una operación encubierta del J-SOC y que debía ofrecer toda la cooperación posible a un oficial de la TOSA a quien conocería simplemente como coronel Jamie Jackson. El Rastreador había optado por ese nombre pues contaba con todo el papeleo necesario para respaldarlo.

Pasaron junto al Hercules C-130 de la RAF británica. Llevaba los típicos redondeles en la cola, pero ninguna otra insignia. El Rastreador sabía que el avión pertenecía al 47 Escuadrón de las Fuerzas Especiales. Distinguió algunas luces encendidas en la cabina de vuelo; la tripulación había decidido quedarse a bordo y preparar un verdadero té inglés en vez de su equivalente norteamericano.

Pasaron bajo el ala del avión, dejaron atrás un hangar con

tripulación de tierra trabajando dentro y entraron en el edificio de operaciones. La orden de «máxima cooperación» incluía acoger a los seis desaliñados británicos expertos en caída libre que estaban congregados dentro, contemplando una serie de imágenes fijas desplegadas en la pared.

El sargento mayor estadounidense, que lucía en el hombro el distintivo del grupo de comunicaciones, puso cara de alivio al ver al coronel. Le saludó marcialmente.

Lo primero que el Rastreador notó fue que los británicos llevaban prendas de camuflaje para desierto pero ni un solo galón indicador de rango ni distintivo de unidad. Tenían el rostro y las manos muy morenos, barba de dos días y el pelo revuelto, a excepción de uno cuya cabeza parecía una bola de billar.

El Rastreador sabía que uno de ellos era el jefe de la unidad. Le pareció que lo mejor sería entrar rápidamente en materia.

—Caballeros, soy el teniente coronel Jamie Jackson del Cuerpo de Marines de Estados Unidos. El gobierno británico, a través de su primer ministro, ha accedido amablemente a permitirme utilizar los servicios de su unidad para esta noche. ¿Quién de ustedes está al mando?

Si creyó que la mención del primer ministro iba a suscitar algún tipo de genuflexión, estaba muy equivocado. Uno de los seis británicos dio un paso al frente. Su acento, cuando habló, sirvió al Rastreador para saber que se había educado en un centro privado de élite, eso que los británicos, con su talento para decir las cosas al revés, llaman «colegio público».

—Yo, coronel. Soy capitán, me llamo David. En nuestra unidad no empleamos apellidos ni rangos, y no hacemos el saludo militar. Bueno, salvo en presencia de la reina.

El Rastreador comprendió que nunca podría competir con una reina de blancos cabellos, de modo que se limitó a decir:

—Me parece bien, siempre y cuando puedan hacer lo que

les voy a pedir esta noche. Podéis llamarme Jamie. ¿Me presentas a todos, David?

De los otros cinco hombres, dos eran sargentos, dos cabos y uno soldado raso, aunque entre los Pathfinder no se mencione el rango militar. Cada uno era especialista en una materia. Pete, además de sargento, era sanitario, pero sus conocimientos iban mucho más allá de los meros primeros auxilios. El otro sargento era Barry, experto en todo tipo de armas de fuego. Parecía el fruto de la unión amorosa entre un rinoceronte y un carro de combate. Era un tipo enorme y de aspecto de lo más duro. Uno de los cabos era Dai, al que conocían como el «brujo galés», y que estaba a cargo de las comunicaciones y llevaría encima todos los artilugios de brujería necesarios para que, una vez en tierra, los Pathfinder siguieran en contacto con Yibuti y Tampa, así como la conexión de vídeo que les permitiría visionar lo que desde las alturas estaba captando el drone. El otro cabo, el calvo —al que apodaban, cómo no, Ricitos—, era todo un genio en la mecánica de vehículos.

El más joven y de menor graduación, Tim, había empezado en el cuerpo de logística y era un entendido tanto en explosivos como en desactivación de bombas.

El Rastreador se dirigió al sargento mayor norteamericano.

—Explíqueme esto —dijo, señalando la pared con las imágenes fijas.

Había una pantalla de grandes dimensiones en la que se veía lo mismo que estaba viendo el controlador desde la base aérea MacDill, a las afueras de Tampa. El sargento mayor le pasó un auricular con micro incorporado.

—Aquí el coronel Jackson desde la base de Yibuti —dijo el Rastreador—. ¿Hablo con Tampa?

En el vuelo desde Londres había estado en contacto permanente con Tampa, siempre por mediación del sargento mayor Orde. Pero en Yibuti los separaba una distancia de ocho husos horarios y había otra persona de guardia. Era una mujer con un acento sureño muy marcado, casi empalagoso.

—Aquí Tampa, señor. Al habla la especialista Jane Allbright a los mandos.

—Bien, Jane, ¿qué tenemos?

—Antes de ponerse el sol, el vehículo con el objetivo llegó a una pequeña localidad situada en medio del desierto. Según nuestras cuentas, bajaron cinco hombres de la trasera descubierta, incluido uno con gorra de béisbol roja, y tres de la cabina.

»El jefe del grupo fue recibido por una especie de cacique de la aldea. Luego empezó a anochecer, y con los infrarrojos las formas humanas pasaron a ser manchas de calor.

»Pero cuando aún quedaba un rastro de luz aparecieron otras dos pick-ups procedentes del norte. Ocho cuerpos salieron de ellos, uno de los cuales parecía ser llevado a rastras por otros dos. Al parecer el prisionero es rubio. Oscureció en cuestión de segundos, y uno de los hombres venidos del sur fue hacia el grupo de los del norte. El prisionero rubio se quedó con los del norte.

»Por la señales de calor se diría que estaban alojados en dos de las viviendas, a un lado y a otro del recinto central donde están aparcados los tres vehículos. Ahora todo está a oscuras, no hay manchas de calor. Aparentemente no ha salido nadie de ninguna de las casas. Las únicas señales rojas proceden de un corral de cabras que hay en un lado de la plaza de la aldea, y hay unas cuantas más pequeñas moviéndose de acá para allá, probablemente perros.

El Rastreador le dio las gracias y se acercó a la pared de las imágenes. La aldea estaba siendo observada, en tiempo real, por un nuevo Global Hawk. Ese RQ-4 tendría treinta y cinco horas de autonomía, más que suficiente, y con su tecnología óptica de última generación —radar de apertura sintética y cámara electro-óptica de infrarrojos— podría divisar cualquier cosa que se moviera allá abajo.

Después de mirar un rato las manchas rojas de los perros salvajes que se movían entre los cuadrados negros de las casas, el Rastreador preguntó a David:

—¿Tenéis algo para perros guardianes?

—Les pegamos un tiro.

—Demasiado ruido.

—No fallamos nunca.

—Un solo gemido y los demás echarán a correr ladrando como locos.

Se volvió hacia el sargento mayor.

—¿Puede enviar a alguien al centro médico? Dígale que traiga el anestésico comestible más potente y rápido que tengan. Y unas bandejas de carne cruda del economato.

El oficial procedió a hacer las llamadas. Los Pathfinder se miraron entre sí. El Rastreador volvió a examinar las fotos fijas, las últimas imágenes tomadas con luz de día.

El poblado estaba tan impregnado por la arena del desierto que, dado que la piedra arenisca empleada para construir era del mismo color, casi había desaparecido de la vista. Lo rodeaban unos cuantos árboles y arbustos raquíticos y, en mitad de la plaza, estaba su gran tesoro: un pozo de agua.

Las sombras iban de oeste a este, y eran largas y negras. Los tres vehículos técnicos aparcados junto al pozo se distinguían bastante bien. Se veían varias personas alrededor, pero no las dieciséis que componían el convoy. Algunos hombres habían entrado en las casas. Había ocho fotos desde diferentes ángulos, pero en todas se veía lo mismo. Aun así, le sirvieron para decidir desde qué punto cardinal había que lanzar el ataque: desde el sur.

La casa hacia la que había ido el grupo de Marka estaba en el lado sur; una callejuela partía desde allí en dirección al desierto. El Rastreador se acercó al mapa a gran escala fijado en la pared junto a las fotos. Alguien había tenido el detalle de marcar con una crucecita roja el punto en el desierto sobre el que se lanzarían los comandos. Llamó a los seis Pathfinder y dedicó media hora a explicarles lo que había deducido. Los hombres habían llegado prácticamente a las mismas conclusiones antes de que el Rastreador se presentara en el bloque de operaciones.

Pero este era consciente de que tendrían que concentrar en tres horas el proceso de asimilación de datos que, en condiciones normales, exigiría varios días de estudio. En su reloj eran las nueve de la noche. La hora de despegue no podía demorarse más allá de las doce.

—Yo propongo que saltemos cinco clics al sur del blanco y hagamos el resto a marcha forzada.

Conocía lo suficiente el argot militar británico para utilizarlo correctamente: «clic» significaba kilómetro.

El capitán arqueó una ceja.

—Has dicho «saltemos», Jamie.

—Sí. No he hecho todo este viaje solo para informaros. Vosotros lleváis la iniciativa, pero yo también voy.

—No solemos saltar con pasajeros, a no ser que vaya en tándem con Barry.

El Rastreador miró al gigante, inmenso junto a él. La idea de hacer un salto de ocho mil metros atado a un mastodonte humano en plena noche glacial no le resultó agradable.

—David, yo aquí no soy un pasajero. Soy marine de reconocimiento. He estado en primera línea tanto en Irak como en Afganistán. He hecho submarinismo extremo y también caída libre. Ponme en el lugar que más te guste, pero yo voy a llevar mi propio paracaídas, ¿de acuerdo?

—De acuerdo.

—¿A qué altitud quieres que saltemos?

—A siete mil quinientos.

Tenía sentido. A esa altitud los cuatro ruidosos turbopropulsores Allison serían casi inaudibles, e incluso si alguien en tierra llegaba a detectarlos pensaría que se trataba de un avión de pasajeros. La mitad de esa altitud podría disparar las alarmas. El Rastreador solo había saltado desde cuatro mil quinientos metros, y la cosa cambiaba mucho; no hacía falta ropa térmica ni botella de oxígeno. A siete mil quinientos, sí.

—Bien, entonces todo aclarado.

David le pidió a Tim, el más joven, que fuera al Hercules a buscar algunos componentes que iban a necesitar. Siempre llevaban equipo de repuesto, y como volvían a casa tras quince días en Omán, el Hercules iba cargado de material que de lo contrario habría quedado en tierra. Tim regresó pocos minutos después con tres hombres del ejército de tierra en ropa de faena; uno de ellos traía consigo un BT80 de repuesto, el velamen de fabricación francesa que los Pathfinder llevaban utilizando desde hacía tiempo. Como el resto de las Fuerzas Especiales británicas, gozaban del privilegio de elegir su material de cualquier país de procedencia.

Así, aparte del paracaídas francés, habían escogido el fusil de asalto M4 americano, la pistola belga Browning de trece disparos y el cuchillo de combate del SAS británico, el K-bar.

Dai, el experto en comunicaciones, llevaría una radio portátil TacSat (de satélite táctico) PRC 152, fabricada en Estados Unidos, y el sensor óptico Firestorm para localización del objetivo, de fabricación británica.

Dos horas para el despegue. En la sala de operaciones los siete hombres fueron colocándose una a una todas las piezas del equipo, con las que parecerían caballeros medievales provistos de armadura y tendrían tan poca movilidad como aquellos.

Le buscaron al Rastreador unas botas adecuadas. Por fortuna era de complexión media y no tuvo problema con el resto de las prendas. Luego venía la mochila Bergen, que contenía las gafas de visión nocturna, agua, munición, pistola y varias cosas más.

Para todo ello contaron, especialmente el Rastreador, con

la ayuda de los tres recién llegados, a quienes se conocía dentro de la unidad como «dispensadores de paracaídas». Venían a ser como los antiguos escuderos, y acompañarían al grupo al borde mismo de la rampa, enganchados a líneas de anclaje por si resbalaban, hasta el momento en que sus «caballeros» saltaran al vacío.

Hicieron una prueba de simulacro con toda el material. Se pusieron el BT80 y la Bergen, el uno en la espalda y la otra delante, y ajustaron las correas hasta hacerse daño. Luego el rifle de asalto, con el cañón apuntando hacia abajo, los guantes, la botella de oxígeno y el casco. Al Rastreador le sorprendió que el de los Pathfinder fuese tan parecido al que él utilizaba para montar en su moto, solo que este llevaba una mascarilla de caucho negro colgando debajo y las gafas eran más parecidas a unas de submarinismo. Terminado el proceso, se lo quitaron todo otra vez.

Eran las diez y media. No podían despegar más tarde de las doce porque tenían que cubrir una distancia de ochocientos kilómetros entre Yibuti y aquel puntito en el desierto de Somalia donde pensaban atacar. Dos horas de vuelo, había calculado el Rastreador, y otras dos de marcha forzada hasta el objetivo. Si llegaban hacia las cuatro de la madrugada, encontrarían a sus enemigos en el momento de sueño más profundo y de menor capacidad de reacción. Dio la última charla sobre la misión a sus seis compañeros.

—Este hombre es el blanco —dijo pasándoles un retrato tamaño postal.

Todos examinaron aquel rostro, memorizándolo, sabedores de que en el plazo de unas seis horas podía aparecer ante sus gafas de visión nocturna en el interior de una maloliente choza somalí. La cara en cuestión era la de Tony Suarez, que a aquellas horas debía de estar disfrutando del sol en California, once husos horarios más al oeste. Pero no tenía nada más para mostrarles.

—Es un objetivo muy valioso, y un asesino que odia profundamente a vuestro país y al mío. —Se acercó a las fotos fijas de la pared—. Llegó desde Marka, territorio de Al-Shabab, en una de esas pick-ups, un vehículo técnico. Ese de ahí. Iban con él siete hombres, entre los cuales se encontraba un guía que después se reunió con su propia gente. Hablaré de ellos más tarde. Es decir, que el grupo de nuestro objetivo lo componen ahora siete hombres. Uno de ellos no opondrá resistencia; se trata de un agente extranjero infiltrado en el séquito de ese cabrón, que trabaja para nosotros. Tendrá más o menos este aspecto.

Sacó otra fotografía, más grande esta vez, una ampliación de la cara de Ópalo en el recinto de Marka, mirando al cielo, justo hacia el objetivo de la cámara del Hawk. Llevaba puesta la gorra de béisbol roja.

—Con suerte oirá los disparos y se pondrá a cubierto, y confío en que se le ocurra usar la gorra que veis ahí. Él no se enfrentará a nosotros. Bajo ningún concepto debéis disparar contra él. Lo cual quiere decir que quedan seis, y esos sí plantarán batalla.

Los Pathfinder memorizaron el negro rostro etíope.

—¿Y el otro grupo, jefe? —preguntó Ricitos, el experto en vehículos.

—Sí. El drone ha visto que nuestro objetivo y su grupo se alojaban en esta casa de ahí, en la parte sur de la plaza de la aldea. Al otro lado se encuentra el grupo con el que se reunieron. Se trata de piratas del norte, todos ellos pertenecen al clan sacad. Han llevado consigo a un rehén, un joven cadete de la marina mercante sueca. Este de aquí.

El Rastreador les enseñó la última foto. La había conseguido a través de Adrian Herbert, del SIS, quien a su vez la había obtenido de la señora Bulstrode. Estaba sacada del formulario de solicitud de carnet de la marina mercante y la había proporcionado el padre del joven, el naviero Harry Andersson. Mostraba a un apuesto muchacho rubio vestido de uniforme, mirando con gesto inocente a la cámara.

—¿Qué hace ahí el chico? —preguntó David.

—Es el cebo que ha hecho que nuestro objetivo se encuentre donde está ahora. El objetivo quiere comprar al chaval, y para ello ha traído consigo un millón de dólares. Puede que hayan hecho ya el intercambio, en cuyo caso el muchacho estaría en la casa del objetivo y el millón de dólares en la otra casa. Pero podría ser que el intercambio esté previsto para primera hora de la mañana, antes de que se pongan en camino. En fin, vosotros estad atentos a una cabeza rubia, y mucho cuidado con dispararle.

—¿Para qué quiere nuestro objetivo a un cadete sueco? —Era Barry, el gigante.

No era una pregunta fácil de responder, y el Rastreador tuvo que medir mucho sus palabras. No mentiría; se ceñiría a la información reservada.

—A los sacad del norte, que lo capturaron hace unas semanas en alta mar, les han dicho que nuestro objetivo pretende degollarlo delante de una cámara. Un regalito para los occidentales.

Se hizo el silencio.

—¿Y esos piratas plantarán batalla también? —preguntó el capitán, David.

—Por descontado, pero yo calculo que cuando se despierten con el tiroteo estarán bastante atontados por los efectos de todo el *qat* que habrán consumido. Sabemos que eso los deja medio aturdidos o extremadamente violentos.

»Si podemos disparar bastantes ráfagas a través de sus ventanas, no pensarán que se trata de unos paracaidistas venidos de Occidente, sino que creerán que sus colegas en el negocio intentan quedarse gratis con el chico sueco o recuperar el dinero. Lo que me gustaría conseguir es que todos salieran a la plaza.

—¿Cuántos son esos piratas?

—Contamos a ocho bajando de esos dos vehículos antes de que anocheciera.

—O sea, catorce en total, ¿no?

—Así es. Y la idea es abatir a la mitad de ellos antes de que puedan ponerse en pie. Sin prisioneros.

Los seis británicos se reunieron alrededor de las fotos y los mapas. Debatieron en voz baja. El Rastreador captó palabras sueltas: «carga hueca» y «frag». Sabía que lo primero hacía referencia a un artefacto capaz de reventar la cerradura más resistente, y lo segundo a una granada de alta fragmentación. Vio dedos señalando diversos puntos en la foto ampliada de la aldea. Al cabo de diez minutos se separaron y el joven capitán se le acercó con una sonrisa.

—Listo —dijo—. Vamos a prepararnos.

El Rastreador entendió que finalmente habían accedido a intervenir en una operación que había sido solicitada por el presidente de Estados Unidos y autorizada por el primer ministro de su propio país.

—Estupendo —fue cuanto se le ocurrió decir.

Salieron al exterior, donde el aire continuaba siendo agradablemente tibio. Mientras ellos estudiaban la misión, los tres dispensadores habían estado muy ocupados. A la luz de la puerta abierta del hangar había siete pilas de material puestas en hilera. Era la disposición en que entrarían en el vientre del Hercules y el orden (inverso) en que se lanzarían a la noche desde siete mil quinientos metros.

Ayudados por los dispensadores, los siete hombres empezaron a ponerse el equipo. El más veterano de aquellos, un sargento que respondía al nombre de Jonah, prestó especial atención al marine estadounidense.

El Rastreador, que había llegado a Yibuti con el uniforme tropical de coronel del Cuerpo (se había cambiado a bordo del Grumman), tuvo que ponerse el traje de saltar, con camuflaje desértico, que llevaban ya los otros seis. Luego llegó el turno del material más pesado, pieza a pieza.

Jonah le colocó los treinta kilos de paracaídas a la espalda y ajustó las anchas correas de lona para que no se le moviera. Después de asegurar las hebillas, empezó a apretar hasta que el Rastreador creyó que se quedaba sin aire. Dos de las correas le ceñían la ingle, una por cada lado.

—Procure mantener las pelotas bien apartadas de estas cinchas, señor —dijo Jonah—. Si se tira teniendo sus partes cogidas entre ellas, lo va a pasar francamente mal cuando la lona se abra.

—Descuide —dijo el Rastreador ajustándose la entrepierna para asegurarse de que ningún elemento vital hubiera quedado aprisionado.

Luego fue el turno de la mochila Bergen. Pesaba cuarenta kilos, y llevarla pegada al pecho le hizo encorvarse ligeramente hacia delante. Las correas de la mochila, una vez ceñidas, casi le aplastaron la caja torácica. Pero había estado en la academia de paracaidismo de los marines y sabía que había un buen motivo para ello.

Con la Bergen por delante, el saltador descendería boca abajo. Cuando el paracaídas finalmente se abriera, lo haría desde detrás y hacia lo alto. Si el paracaidista descendía boca arriba, el velamen saldría disparado al abrirse y se enroscaría alrededor de su cuerpo, convirtiéndose en su mortaja cuando muriera al estrellarse contra el suelo.

La Bergen pesaba sobre todo por la comida, el agua y la munición (cargadores extra para el fusil y granadas) que llevaba dentro. Pero contenía también una pistola de refuerzo y las gafas de visión nocturna. Estaba descartado tenerlas puestas durante el salto; el rebufo se las arrancaría de la cara.

Jonah le ajustó la botella de oxígeno y los tubos por los que el gas vital debía llegar a la mascarilla facial.

Por último se colocó el casco y la ajustada visera que protegería sus ojos de la furia de la corriente de aire a doscientos cincuenta kilómetros por hora que experimentaría durante el descenso. Después todos se quitaron las Bergen hasta el momento de saltar.

Ahora parecían siete extraterrestres salidos del departamento de efectos especiales de un estudio cinematográfico. Apenas podían andar, tan solo anadeaban de forma lenta y precavida. A un gesto del capitán, se dirigieron por la pista de cemento hasta la trasera del Hercules, que los esperaba con sus puertas abiertas y la rampa bajada.

El capitán había fijado ya el orden de salto. El primero sería Barry, el gigante, por la sencilla razón de que era el más experimentado del grupo. A continuación el Rastreador y detrás David, el capitán. De los cuatro restantes el último en saltar sería Ricitos, veterano también, porque no tendría a nadie que lo vigilara por detrás.

Uno a uno los siete hombres, ayudados por los tres dispensadores, remontaron torpemente la rampa y se metieron en el casco del C-130. Faltaban veinte minutos para la medianoche.

Se sentaron en una hilera de asientos de lona roja en un costado del casco mientras los dispensadores procedían a hacer las últimas comprobaciones de seguridad. Jonah se encargó personalmente del capitán y el Rastreador.

El Rastreador advirtió que dentro del avión estaba muy oscuro, sin otra iluminación que la que llegaba de las lámparas de arco en la puerta del hangar, y supo que en cuanto subieran la rampa quedarían sumidos en la más absoluta negrura. Reparó en que había cajas de material de la unidad dispuestas para el viaje de regreso a Inglaterra, y también en dos siluetas en penumbra cerca de la pared entre el espacio de carga y la cabina de vuelo. Eran los dos empaquetadores que acompañaban en todo momento a la unidad; se ocupaban de los paracaídas antes y después del salto. El Rastreador rezó para que el que hubiera empaquetado la lona que él llevaba a la espalda fuese un experto en la materia. Los especialistas en caída libre tienen un dicho: nunca hagas enfadar a tu empaquetador.

Jonah levantó la parte superior de la mochila del Rastreador para comprobar que los dos cables de algodón rojo estuvieran en perfecto estado. Los sellos intactos. El veterano sargento de la RAF le conectó la mascarilla de oxígeno al alimentador del Hercules e hizo un gesto con la cabeza. El Rastreador se aseguró de que su mascarilla estuviera bien ajustada e inspiró.

Una bocanada de oxígeno casi puro. Es lo que respirarían hasta alcanzar la altitud prevista a fin de eliminar del torrente sanguíneo los últimos vestigios de nitrógeno. Es la manera de impedir que el nitrógeno forme burbujas en la sangre cuando el paracaidista atraviesa las zonas de presión en su descenso. Jonah desconectó el oxígeno y a continuación hizo la misma comprobación con David.

De fuera les llegó el estridente gemido de los cuatro motores Allison al ser conectados y arrancar entre estertores. Jonah ajustó la hebilla de la correa de seguridad sobre las rodillas del Rastreador. Lo último que hizo fue conectarle la mascarilla de oxígeno al suministro de a bordo del C-130.

El ruido de los motores se convirtió en un rugido atronador mientras la rampa trasera se elevaba hasta extinguir por completo las últimas luces de la base aérea, cerrándose herméticamente con un golpe seco. Dentro del casco del aparato se hizo la oscuridad más absoluta. Jonah prendió bengalas de luz química para que él y los otros dos dispensadores pudieran ocupar sus asientos, de espaldas a la pared, y al instante el Hercules empezó a rodar por la pista.

Los hombres, recostados contra sus paracaídas empaquetados y con mochilas Bergen de cuarenta kilos sobre el regazo, parecían estar inmersos en una martilleante pesadilla sonora a la que se sumó el gemido hidráulico de los alerones, cuyo funcionamiento estaba siendo verificado, y el chillido de los inyectores de combustible.

No pudieron ver nada, solo sentir cómo el cuatrimotor giraba para enfilar la pista de despegue, se detenía un momento y luego arrancaba con una sacudida. Pese a ser tan voluminoso, el Hercules aceleró en pocos segundos, levantó el morro y se elevó al cabo de quinientos metros para, acto seguido, ascender en pronunciada inclinación.

Ni el más rudimentario de los aviones de pasajeros puede compararse a la zona de cola de un C-130. No hay aislamiento acústico ni calefacción ni presurización ni, por supuesto, serviciales azafatas. El Rastreador sabía que el estruendo no iba a menguar en todo el trayecto y que el frío sería cada vez menos soportable conforme aumentara la altitud. Y luego estaban las filtraciones; a pesar de la mascarilla que le proporcionaba oxígeno, aquello ya apestaba a combustible aeronáutico.

El capitán, a su lado, procedió a quitarse el casco para ponerse unos auriculares. Del mismo gancho colgaban unos iguales, y David se los ofreció al Rastreador.

Jonah, que iba sentado de espaldas a la pared frontal, llevaba ya unos puestos. Necesitaba estar en contacto con la cabina para empezar los preparativos cuando llegara la hora P; P de paracaídas, el momento de saltar. El Rastreador y el capitán pudieron oír los comentarios del piloto en la cabina; era el veterano jefe del Escuadrón 47, que había llevado su «pájaro» hasta alguna de las pistas de aterrizaje más difíciles y peligrosas del globo terráqueo.

«Subiendo a tres mil metros», dijo, y luego: «Hora P menos cien». Una hora cuarenta minutos para saltar. Y por último: «Estabilizando a siete mil quinientos». Transcurrieron ochenta minutos.

Si bien los auriculares ayudaron a amortiguar el ruido de los motores, la temperatura había descendido a casi cero grados. Jonah se desabrochó el cinturón de seguridad y se acercó a ellos sujetándose de la barandilla que corría a lo largo del casco. No había la menor posibilidad de dialogar; toda la comunicación se realizó mediante signos.

Hizo lo mismo delante de cada uno de los siete hombres. Mano derecha en alto, índice y pulgar formando una O. Como los submarinistas. «¿Estás bien?» Los Pathfinder respondieron de la misma manera. Luego la mano en alto con el puño cerrado, soplar con los labios para abrir la palma y alzar los cinco dedos. «Velocidad del viento en punto de aterrizaje, cinco nudos.» Por último, la mano en alto con los cinco dedos desplegados, cuatro veces seguidas. «Veinte minutos para la hora P.»

Antes de que Jonah terminara su singular periplo, David le agarró un brazo y le puso en la mano un paquete plano. Jonah asintió con una sonrisa. Fue con el paquete hacia la cabina de vuelo. Al regresar, se le veía sonreír aun en la oscuridad. Volvió a sentarse.

Diez minutos más tarde, se plantó de nuevo delante de ellos. Esa vez extendió los diez dedos frente a cada uno de los siete saltadores. Siete cabezas asintieron. Se levantaron con sus Bergen y se giraron para dejar las mochilas sobre los asientos. Luego cargaron los cuarenta kilos sobre el pecho y ajustaron las correas correspondientes.

Jonah ayudó al Rastreador y le ciñó el arnés hasta que este creyó que se quedaba sin aire. Pero la velocidad de la caída iba a ser de doscientos cuarenta kilómetros por hora y nada debía moverse de su sitio ni un centímetro. Luego accionó el interruptor para pasar de oxígeno de a bordo a botella personal.

En ese preciso momento el Rastreador oyó un sonido nuevo. Por los altavoces del avión, entre el bramido de los motores, había empezado a sonar música a todo volumen. Entendió entonces qué era lo que David le había dado antes a Jonah: un CD. Las tripas del C-130 vibraban en ese momento con el clamor de la *Cabalgata de las valquirias*, de Wagner. El comienzo de su cántico de guerra personal fue la señal: quedaban tres minutos para la hora P.

Una vez los siete de pie en el lado de estribor del fuselaje, el pequeño estampido de un cierre hermético al abrirse les indicó que la rampa empezaba a bajar. Jonah y sus dos ayudantes habían enganchado sus respectivas líneas de anclaje para no resbalar hacia el exterior.

A medida que la rampa bajaba hasta dejar una abertura del tamaño de la puerta de un granero, una violenta ráfaga de aire gélido, aderezado con la pestilencia a combustible aeronáutico y aceite quemado, irrumpió en el avión.

El Rastreador, segundo en la fila detrás del gigante Barry, adelantó un poco la cabeza para mirar hacia el vacío. No había nada allá fuera, tan solo un torbellino de oscuridad, un frío terrible, un ruido infernal, y, dentro del fuselaje, el clamor de los metales de las *Valquirias* en su demencial marcha hacia el Valhalla.

Hubo una comprobación final. El Rastreador vio abrir la boca a Jonah, pero no oyó una sola palabra. Al final de la fila, Ricitos verificó el equipo de Tim, el hombre que le precedía, para cerciorarse de que el paracaídas y el oxígeno de su compañero no se hubieran enredado, hecho lo cual gritó: «¡Siete OK!».

Jonah sí debió de oírlo porque hizo una señal con la cabeza a Tim, quien a su vez repitió la operación con el sanitario Pete, que le precedía. La comprobación mutua fue recorriendo toda la hilera de saltadores. El Rastreador notó una palmada en el hombro y verificó que el equipo de Barry, delante de él, estuviera en orden.

Jonah estaba de cara al gigante. Asintió con la cabeza cuando el Rastreador hubo terminado su comprobación y se hizo a un lado. Era el momento. Después de los empujones, los codazos y los gruñidos de ánimo, a los siete no les quedaba otra cosa que lanzarse al vacío a unos ocho mil metros por encima del desierto somalí.

Barry adelantó un pie, dobló el torso como para zambullirse y saltó. El motivo de que la fila fuera tan compacta era que, una vez en el aire, estar demasiado separados podía resultar fatal. Un paréntesis de tres segundos en el aire, y dos saltadores podían quedar tan apartados entre sí que ya no lograrían volver a verse. Tal como le habían enseñado, el Rastreador saltó menos de un segundo después de que desaparecieran los talones de Barry.

Las sensaciones fueron instantáneas. En medio segundo se acabó el ruido —los cuatro Allison del C-130, la música de Wagner, todo—, y no percibió más que el silencio de la noche, solamente interrumpido por un siseo de viento cada vez más acentuado a medida que su cuerpo en descenso ganaba velocidad y superaba los ciento cincuenta kilómetros por hora.

Notó cómo la estela del Hercules intentaba voltearlo, primero levantándole los tobillos casi hasta la cabeza, después tratando de ponerlo boca arriba, pero se resistió como pudo. Pese a que no había luna, las estrellas del desierto, duras y brillantes, frías y perpetuas, libres de toda contaminación durante tres mil kilómetros, conferían al firmamento una suave iluminación.

Al mirar hacia abajo vio un bulto oscuro. Sabía que muy cerca, detrás de él, estaría el capitán, David, seguido más arriba por los otros cuatro.

David apareció a su altura, con los brazos pegados al costado en posición de flecha para así aumentar la velocidad de descenso y aproximarse a Barry. El Rastreador le imitó. Lentamente la voluminosa forma negra que los precedía se fue acercando. Barry había adoptado la posición de estrella de mar: puños cerrados, brazos y piernas semiabiertos para ralentizar la caída a unos ciento noventa kilómetros por hora.

Cuando se pusieron a su altura, el Rastreador y el capitán hicieron lo mismo.

En formación más o menos escalonada, los otros cuatro se sumaron al grupo. Vio que el capitán comprobaba su altímetro de pulsera, ajustado para controlar la presión atmosférica en todo momento.

Aunque no pudo verlo, el altímetro marcaba que estaban a unos cuatro mil quinientos metros. Los paracaídas se abrirían a los mil quinientos. Como vanguardia del salto, le correspondía a Barry adelantarse un poco y, valiéndose de la experiencia y de la escasa luz de las estrellas, elegir una zona de aterrizaje lo más llana y libre de rocas posible. Para el Rastreador, la clave era no perder de vista a David y hacer exactamente lo mismo que él.

Pese a haber saltado desde siete mil quinientos metros, la caída libre no duró más que noventa segundos. Barry se encontraba un poco más abajo que el resto y examinaba con rapidez el terreno al que ya se aproximaba. Los otros fueron adoptando una posición más o menos escalonada, sin perder entre ellos el contacto visual.

El Rastreador palpó el bolsillo de su paracaídas empaquetado para asegurarse de localizar el mecanismo que liberaba la lona. Los Pathfinder no utilizan la clásica anilla en forma de D. En un momento dado pueden recurrir a una apertura mediante sensor de accionamiento barométrico, pero todo lo que sea mecánico puede fallar y, de hecho, falla. Descubrir que el artilugio no ha funcionado como debía mientras bajas a ciento noventa kilómetros por hora no hace mucha gracia. El capitán, y el resto de la unidad, preferían activarlo manualmente.

Era lo que el Rastreador buscaba con su mano enguantada. Se trata de un trozo de tela con forma de paracaídas, sujeto por un bramante y metido en un bolsillo de fácil acceso en la parte de arriba. Cuando queda expuesto a la ráfaga de viento, saca toda la lona del BT80 de su envoltorio y la despliega.

Un poco más abajo vio que Barry rebasaba la cota de los mil quinientos metros y cómo abría el dosel de su paracaídas, gris en medio de la negrura circundante. Por el rabillo del ojo vio cómo David tiraba de su mecanismo y salía impelido hacia lo alto.

El Rastreador hizo lo mismo y, casi al instante, notó el brusco tirón del velamen, aparentemente hacia atrás y hacia arriba. En realidad, el paracaídas solo lo estaba frenando. La sensación era parecida a estampar un coche a toda velocidad contra un muro y que saltara el airbag. Pero duró tres segundos apenas; después quedó flotando en la noche.

El BT80 tiene muy poco que ver con el equipo que utilizan los paracaidistas para saltar en unas maniobras militares. Es un colosal rectángulo de seda con forma de colchón, una gran ala que permite, desplegada a gran altitud, sobrevolar durante kilómetros las líneas enemigas sin que ningún radar ni el ojo humano puedan detectarlo.

A los Pathfinder les gustaba además por otra razón. Se abre sin ruido alguno, a diferencia de los convencionales, que lo hacen con un chasquido y por tanto pueden llamar la atención de un centinela en tierra.

A unos doscientos cuarenta metros el capitán soltó su Bergen, que cayó hacia delante y quedó colgando de su cordón de seguridad unos tres metros y medio más abajo. El Rastreador le imitó; a escasa distancia por arriba, el resto del grupo hizo otro tanto.

El marine vio cómo el suelo, distinguible ya a la luz de las estrellas, se acercaba hacia él, oyó el golpe seco de la Bergen al impactar contra la arena e inició la maniobra final de frenado. Alargó los brazos hacia arriba para agarrar las dos palancas acodadas que controlan el velamen y tiró hacia abajo. El paracaídas se hinchó, reduciendo la velocidad de caída, y de ese modo pudo tocar tierra correteando sobre la arena. Luego la lona perdió su forma, se aflojó y quedó desparramada sobre el suelo hecha un embrollo de seda y cuerdas de nailon. El Rastreador se desenganchó los arneses del pecho y las piernas a fin de liberarse por completo del paracaídas. A su alrededor, los seis comandos estaban realizando la misma operación.

Miró su reloj. Pasaban cuatro minutos de las dos de la madrugada. Podía decirse que iban bien de tiempo. Pero despejar su rastro y formar en línea de marcha no se hacía en un momento.

Hubo que recoger los siete paracaídas, además de los cascos y mascarillas de oxígeno ya inservibles, así como las botellas. Lo juntaron todo en un montón y tres Pathfinder lo cubrieron con piedras.

De las Bergen sacaron sus pistolas y gafas de visión nocturna. Había suficiente claridad para no necesitarlas por el camino, pero sí marcarían la diferencia cuando atacasen la aldea, convirtiendo la negrura de la noche en una difuminada y verdosa imagen diurna.

Dai, el experto galés en comunicaciones, estaba rebuscando entre su material. Gracias a la tecnología moderna y al apoyo logístico de los drones, la tarea del grupo resultaría más sencilla.

Allá en lo alto, invisible, había un Global Hawk RQ-4 operado por el J-SOC desde la base aérea MacDill, en Tampa. En ese momento los estaba observando, y también vigilaba la aldea. Podía detectar asimismo a cualquier ser vivo gracias al calor corporal, mostrando en la pantalla una pálida mancha de luz que destacaba sobre el entorno.

El cuartel general del J-SOC había ido transmitiendo todo cuanto Tampa veía, sonido e imagen, a la sala de comunicaciones de Yibuti. El cabo Dai estaba montando y verificando su conexión directa con Yibuti, a fin de saber en qué punto se encontraban exactamente, dónde estaba la aldea, la ruta para llegar hasta la zona del objetivo y si en ella se registraba alguna actividad.

Tras conversar en voz baja con Yibuti, Dai informó al resto del comando. Ambos controladores podían verlos como siete pálidas manchitas en el desierto. La aldea parecía dormir a pierna suelta, nada se movía. No había ningún ser humano fuera del grupito de casas, y en el interior de las mismas no podían ser detectados. Pero toda la riqueza del villorrio, es decir, un rebaño de cabras, cuatro burros y dos camellos, estaban en un corral o atados en el exterior. Y se veían con toda claridad.

Había unas manchas más pequeñas moviéndose por allí: los perros. La unidad se encontraba a unos 4.800 metros de la aldea y la línea de marcha óptima era cero-dos-cero según la lectura de la brújula.

El capitán de paracaidistas llevaba su propia brújula Silva y su dispositivo SOPHIE de toma de imágenes térmica. Para cerciorarse de que Tampa estaba en lo cierto, David conectó el aparato y con su haz trazó un círculo a su alrededor. Todos se quedaron paralizados al ver aparecer un pequeño punto en lo alto de un cerro que bordeaba la cuenca arenosa donde Barry había elegido aterrizar.

Era una mancha de calor demasiado pequeña para corresponder a un hombre, pero lo bastante grande para ser una cabeza que estuviera observándolos. Fuera lo que fuese, emitió un gemido grave y se esfumó. Era un chacal. A las 02.22 emprendieron la marcha en fila india hacia el norte.

16

Avanzaron a paso ligero y más o menos en fila, con Ricitos en cabeza para dar aviso a la primera señal de resistencia. No hubo ninguna. David iba el segundo. Apuntaba con su aparato térmico a derecha e izquierda, pero no apareció ninguna otra criatura de sangre caliente.

Dai llevaba su equipo de comunicaciones metido en un macuto y este en lo alto de la Bergen, por detrás de su cabeza, y un auricular en un oído por si Tampa, siempre vigilante desde la estratosfera, comunicaba cualquier novedad vía Yibuti. A las cuatro menos diez se puso a la altura de David y le susurró:

—Ochocientos metros, jefe.

El resto del camino lo hicieron agachados, cada uno de ellos doblado bajo los cuarenta kilos que llevaba a la espalda. Mientras avanzaban, unas nubes aparecieron en el cielo, enturbiando aún más la escasa visibilidad.

El capitán se detuvo e hizo un leve gesto con el brazo hacia abajo. El resto del grupo se pegó a la arena. David sacó un monocular de visión nocturna y miró hacia el frente. Y entonces la vio: la primera de las casas como cubos achatados que conformaban la aldea. La brújula Silva los había conducido hasta el umbral del blanco que perseguían.

Guardó el monocular y se puso las gafas especiales. Los otros seis lo imitaron. Para todos ellos, la tenue claridad nocturna cada vez más exigua se convirtió en un túnel de luz verdosa casi subacuática. Lo que hacen las gafas de visión nocturna es captar todo el centelleo de la luz ambiental y concentrarlo en un foco unidireccional frontal. Se pierde así conciencia espacial, lo que obliga a volver la cabeza para ver algo a izquierda o derecha.

Teniendo el objetivo a la vista, los siete hombres ya no necesitaban las Bergen pero sí, y mucho, la munición y las granadas que había dentro. Se las guardaron en los bolsillos tras bajar las mochilas al suelo y despojarse de los arneses. Sus fusiles M4 llevaban ya un cargador lleno.

David y el Rastreador avanzaron reptando uno junto al otro. Lo que veían ante ellos en ese momento era exactamente igual a una de las imágenes fijas que el Global Hawk les había proporcionado allá en Yibuti. Había una especie de callejuela que, desde el centro de la aldea, avanzaba hacia el desierto, donde ahora se encontraban agazapados. En el lado izquierdo de esa calle estaba la casa grande que habían identificado como la del cacique y que ocupaban el Predicador y su grupo.

Un pequeño perro salvaje se acercó correteando, se detuvo y olfateó el aire. Luego apareció otro. Estaban los dos escuálidos, seguramente tenían la rabia, y parecían habituados a rebuscar entre la basura, a comer excrementos o, en los días de fiesta, entrañas de algún cabrito degollado. Los vieron olisquear de nuevo, sospechando que allí había algo, pero todavía no estaban alarmados como para echarse a ladrar y desencadenar un concierto perruno.

El Rastreador se sacó algo del bolsillo de la pechera y lo lanzó cual pelota de béisbol en dirección a los chuchos. Aterrizó con un golpe sordo en la arena. Los perros dieron un brinco y olisquearon el aire, sin ladrar todavía. Carne cruda de buey. Se aproximaron, volvieron a olfatear, y el que iba delante se zampó el pedazo. Otro trozo más voló por los aires hacia el segundo can. Desapareció tan rápido como el primero.

El Rastreador lanzó una salva de pedazos de carne hacia el callejón. Aparecieron más perros, un total de nueve, vieron a los dos adelantados comiendo aquellos manjares e hicieron lo propio. Había veinte trozos, más de dos por cabeza. Cada chucho se zampó al menos uno. Luego empezaron a olfatear para ver si quedaba algún pedazo más.

Los primeros en comer empezaron a tambalearse. Las patas se les doblaron y finalmente cayeron de costado, dando débiles zarpazos al aire hasta que dejaron de moverse. Los otros siete corrieron la misma suerte. Diez minutos después del primer bocado, todos los perros estaban tendidos en el suelo, inconscientes.

David se incorporó un poco e hizo señas de avanzar, fusil en ristre. El dedo sobre el gatillo. Le siguieron cinco hombres. Barry se quedó atrás para vigilar el exterior de las casas. Dentro de la aldea se oyó rebuznar a un burro. No se percibía el menor movimiento. O sus enemigos dormían profundamente, o estaban emboscados a la espera. El Rastreador se decantaba por lo primero. Los hombres llegados de Marka eran unos extraños en la aldea y los perros también les habrían ladrado a ellos. Estaba en lo cierto.

El grupo de ataque penetró en la callejuela y se aproximó a la casa del lado izquierdo. Era la tercera y estaba orientada hacia la plaza. Los comandos pudieron divisar una puerta hecha de tablones viejos y gruesos, traídos quién sabe cuándo de algún otro lugar, ya que en las cercanías no parecía haber más que matojos de hierba de camello. La puerta tenía dos tiradores de anilla pero ninguna cerradura. David la empujó suavemente. La puerta no se movió. Atrancada desde el interior. Un sistema burdo pero efectivo. Habría hecho falta un ariete. Hizo señas a Tim, el hombre de las municiones, señaló la puerta y se apartó un poco.

Tim tenía en sus manos algo parecido a una pequeña corona de flores. La insertó en el resquicio entre las dos mitades de la puerta de doble hoja. De haber sido metálica, habría bastado con imanes o con masilla. Al ser de madera, tuvo que emplear chinchetas. Una vez fijada la corona, Tim colocó la pequeña espoleta e indicó a los otros que se retiraran.

Retrocedieron unos cuatro o cinco metros y se agacharon. Puesto que se trataba de una carga hueca, no habría onda expansiva. La furia del explosivo plástico PETN se dirigiría toda hacia delante, cortando la madera como una sierra eléctrica en menos de un segundo.

Cuando hizo explosión, al Rastreador le sorprendió que el ruido fuese tan leve: un chasquido apagado, como una ramita al partirse. Los cuatro primeros irrumpieron por la puerta, que se balanceó suavemente al ser empujada; el barrote que servía para atrancarla había quedado hecho trizas. Tim y Dai permanecieron fuera cubriendo la plaza, con las tres pick-ups, los burros y las cabras en su corral.

El capitán fue el primero en entrar en la casa, seguido del Rastreador. Había allí tres hombres, que trataron de levantarse del suelo aún medio dormidos. La hasta entonces silenciosa noche cobró vida con el fuego de dos M4 en modo automático. Eran los tres miembros del grupo de Marka, los guardaespaldas del Predicador. Antes de incorporarse del todo ya habían caído. Se oyeron gritos procedentes de una habitación interior más allá de otra puerta.

El capitán se cercioró de que los tres estuvieran muertos. Pete y Ricitos entraron desde la callejuela. El Rastreador dio un puntapié a la puerta interior e irrumpió en la estancia. Rezó para que Ópalo, dondequiera que estuviese, hubiera reaccionado a la primera ráfaga de fuego poniéndose a cubierto, preferiblemente debajo de una cama.

En el cuarto había dos hombres. A diferencia de sus compañeros de la otra estancia, se habían agenciado dos de las camas de la casa, simples armazones de tablas con mantas de pelo de camello. Se habían levantado, pero la oscuridad absoluta les impedía ver nada. El más corpulento, sin duda el cuarto guardaespaldas, debía de haber estado dormitando, aunque no a pierna suelta. Debería haber estado despierto haciendo la guardia nocturna, pero era evidente que no había sido así. Ahora estaba en pie, empuñando una pistola, y abrió fuego.

La bala pasó rozando la cabeza del Rastreador; sin embargo, lo que más le dolió fue el fogonazo, muy amplificado por las gafas de visión nocturna. Fue como si le hubieran enfocado un reflector a la cara. Disparó a ciegas, pero en modo automático, barriendo el espacio de derecha a izquierda. La ráfaga alcanzó a sus dos oponentes, el cuarto paquistaní y el otro hombre, quien resultó ser Jamma, el secretario privado del Predicador.

Mientras tanto, fuera, en la entrada a la plaza, tal como habían acordado, Tim y Dai acribillaron la casa del lado opuesto, donde estaban los hombres del clan sacad llegados de Garacad. Los comandos dispararon ráfagas largas contra las ventanas. No tenían cristales, tan solo simples trozos de manta claveteados alrededor. Sabían que sus disparos quedaban demasiado altos, así que encajaron cargadores nuevos y esperaron la reacción de los de dentro. No tardó en llegar.

En la casa principal se oyó un ruido suave de algo arrastrándose. El Rastreador se volvió en la dirección del sonido. Un tercer camastro, arrimado al rincón: alguien debajo, una gorra de béisbol vista de refilón.

—Quédate ahí —gritó—. No te muevas. No salgas.

El ruido bajo la cama cesó y la gorra desapareció de su vista.

Giró en redondo encarando a los tres que estaban detrás de él.

—Todo bien aquí. Id a ayudar a los otros.

En la plaza, seis de los hombres de Garacad, convencidos de haber sido traicionados por los de Marka, cruzaron corriendo el espacio abierto Kaláshnikov en ristre, pasando semiagachados entre las tres camionetas aparcadas y los burros que roznaban y trataban de desatarse a tirones.

Pero las nubes ya tapaban todo el cielo y la oscuridad era casi total. Tim y Dai eligieron cada cual a un adversario y lo abatieron. Los fogonazos alertaron a los otros cuatro, que levantaron los cañones de sus armas rusas. Tim y Dai se tiraron rápidamente al suelo. Detrás de ellos, Pete, Ricitos y el capitán salieron al callejón, vieron los fogonazos de los Kaláshnikov y echaron también cuerpo a tierra.

Desde el suelo, los cinco paracaidistas abatieron a otros dos hombres. El quinto se detuvo en su carrera para meter un cargador nuevo en su arma. Era claramente visible junto al corral, y dos proyectiles de M4 le destrozaron la cabeza.

El último estaba agazapado detrás de uno de los vehículos técnicos, fuera de la vista. El tiroteo cesó. Tratando de encontrar un blanco en la oscuridad, el hombre asomó la cabeza por un costado del morro de la camioneta. No sabía que sus enemigos llevaban gafas de visión nocturna; su cabeza, vista a través de ellas, era como un gran balón verdoso. Una bala le voló la tapa de los sesos.

Lo que siguió fue un silencio denso. No hubo más reacción desde la casa de los piratas, pero a los Panthfinder les faltaban dos. Tenían que abatir a ocho y solo habían contado seis cuerpos. Se aprestaron a salir a la carga y arriesgarse a sufrir alguna baja, pero no fue necesario. Desde el otro extremo de la aldea les llegó ruido de disparos, tres en total, a intervalos de un segundo.

Al percatarse de que había mucho movimiento en el poblado, Barry había abandonado su inútil vigilancia y había rodeado la zona. Gracias a sus gafas especiales vio a tres figuras que salían corriendo por la parte de atrás de la casa de los piratas. Dos llevaban túnica, mientras que el tercero, trastabillando y gimiendo, era llevado casi a rastras por los dos somalíes. Tenía el cabello rubio.

Barry ni siquiera dio el alto a los que huían. Salió de detrás de unos arbustos cuando estaban a unos veinte metros de distancia y disparó. El del Kaláshnikov —el tuerto Yusuf— fue el primero en caer; el otro, que más tarde fue identificado como Al-Afrit, el Diablo, recibió dos balazos en pleno pecho.

El gigante se acercó a sus víctimas. El muchacho rubio estaba tendido entre ambos, en posición fetal, sollozando.

—Tranquilo, chico —dijo el veterano sargento—. Todo ha acabado. Vamos a llevarte a casa.

Intentó levantar al joven, pero las piernas no le respondían, de modo que lo agarró como a un muñeco, se lo cargó al hombro y echó a andar a paso vivo hacia el centro de la aldea.

Con sus gafas de visión nocturna, el rastreador escrutó la habitación donde había muerto el último hombre de Marka. Pero aún faltaba uno. Había una abertura lateral, no una puerta propiamente dicha, sino una simple manta cubriendo el hueco.

Se lanzó a través de ella rodando sobre el suelo, a fin de quedar por debajo de la línea de fuego de quien pudiera dispararle desde el interior. Una vez dentro saltó hacia un lado, listo para apretar el gatillo.

Miró en derredor. Era la última habitación de la casa, la mejor, el cuarto del cacique. Había una cama con una colcha, pero estaba vacía, con la manta echada a un lado.

En una chimenea ardían aún unas pocas ascuas, de un blanco casi doloroso a través de las gafas, y sentado en un sillón grande, observándole, había un viejo. Se miraron durante unos segundos. Luego, el anciano dijo en tono sereno:

—Dispáreme si quiere. Soy viejo y me ha llegado la hora.

Habló en somalí, pero el Rastreador sabía suficiente árabe para entender lo fundamental. Le respondió en árabe.

—No quiero matarle, jeque. Usted no es la persona que busco.

El viejo lo miró sin temor. Lo que él veía era a un monstruo vestido de camuflaje y con ojos de rana.

—Eres *kuffar*, pero hablas la lengua del sagrado Corán.

—Así es, y estoy buscando a un hombre. Un hombre malvado que ha matado a mucha gente. También a musulmanes, mujeres e incluso niños.

—¿Lo conozco yo?

—Ha tenido que verle, jeque. Ha estado aquí. Tiene los ojos del color del... —El Rastreador se detuvo: aquel viejo no habría visto nunca el ámbar—. De la miel recién extraída del panal.

—Ah, sí. —El anciano hizo un gesto como desdeñando algo que no le gustara—. Se ha marchado con la ropa de las mujeres.

Por un momento el Rastreador sintió una punzada de desesperada frustración. Había escapado, envuelto en un burka, escondido en el desierto donde sería imposible encontrarle. Pero luego se fijó en que el viejo estaba mirando hacia arriba y lo comprendió.

Cuando las mujeres de la aldea lavaban sus prendas con agua del pozo, no se atrevían a colgar la colada en la plaza, ya que las cabras, que se volvían locas por las espinas de hierba de camello y hacían trizas la ropa. De ahí que montaran tendederos en los tejados.

El Rastreador salió por la puerta del fondo. Había unos escalones adosados a la casa. Dejó el M4 apoyado en el muro y sacó su pistola. No hizo el menor ruido al subir por la escalera de adobe, pues la goma de sus botas de saltar lo amortiguaba. Al llegar al tejado miró a su alrededor. Había seis toscos tendederos.

Los examinó uno por uno. Para las mujeres *jalabeeb*, para los hombres *macawis* de algodón, todos puestos a secar sobre armazones de ramas. Vio uno que parecía más alto y estrecho. Un largo *salwar kameez* paquistaní blanco, una cabeza, una barba poblada. Y se movía. Entonces sucedieron tres cosas. Todo fue tan rápido que casi le costó la vida.

La luna emergió por fin de detrás de las nubes, tan llena

y deslumbrante que destrozó su visión nocturna al instante, cegando al Rastreador al concentrar toda la luz en sus gafas.

El hombre que tenía enfrente se abalanzó sobre él. El Rastreador se arrancó las gafas mientras con la otra mano levantaba su Browning de trece disparos. El agresor tenía el brazo derecho alzado y en su extremo resplandecía algo.

El Rastreador apretó el gatillo de la Browning. El percutor cayó... sobre una recámara vacía. Probó otra vez y sucedió lo mismo. Era muy raro, pero no imposible. Sabía que el cargador estaba lleno, y sin embargo no había ninguna bala en la recámara.

Con la mano libre, la izquierda, agarró un *sarong* de algodón, hizo una bola con él y lo lanzó contra la afilada hoja que descendía peligrosamente hacia su cuerpo. La tela se envolvió alrededor del metal, de forma que cuando la punta le alcanzó el hombro amortiguó el efecto. Tiró la Browning y echó mano a la funda que llevaba en el muslo derecho, de donde sacó su cuchillo de marine, una de las pocas cosas que conservaba de cuanto se había traído de Londres.

El hombre de la barba no empuñaba una *jambiya*, el puñal curvo y corto pero básicamente ornamental típico de Yemen, sino un *billao*, un cuchillo grande y afiladísimo que solo emplean los somalíes. Con dos tajos de *billao* se puede arrancar un brazo; una puñalada directa, y su punta fina como una aguja puede traspasar el torso del adversario hasta la espalda.

El atacante giró la muñeca de forma que sostenía el arma desde abajo, listo para asestar una cuchillada hacia arriba, tal como haría un matón callejero. El Rastreador recuperó al fin la visión. Se fijó en que su adversario iba descalzo, lo que le ayudaba a tener un buen agarre sobre el tejado. Pero las suelas de goma de sus botas servían para el mismo fin.

La siguiente embestida del *billao* fue rápida y baja, buscando el vientre, pero era justo donde él la estaba esperando. Con la mano izquierda detuvo la muñeca que subía hacia él, la pun-

325

ta de acero a menos de ocho centímetros de su cuerpo. Entonces notó que algo le agarraba la muñeca.

El Predicador era doce años más joven que él, y su vida ascética en las montañas había hecho de él un hombre muy duro. En un combate de fuerza bruta cuerpo a cuerpo habría salido sin duda vencedor. La punta del *billao* avanzó unos centímetros hacia el diafragma del Rastreador. Este se acordó entonces del monitor de paracaidismo que había tenido en Fort Bragg, un hombre que, además de ser experto en caída libre, era muy entendido en lucha.

«Al este de Suez y al sur de Trípoli no saben pelear —le explicó un día tomando unas cervezas en el club de los sargentos—. Se centran solo en sus armas blancas. No tienen en cuenta las pelotas ni el puente.»

Se refería al puente de la nariz. El Rastreador echó la cabeza atrás y luego la impulsó violentamente hacia delante. El golpe sobre su propia frente, fue brutal, y supo que le saldría un buen chichón; pero oyó claramente cómo se partía el tabique nasal del Predicador.

Este le soltó la mano, y el Rastreador hizo bascular su brazo hacia atrás y le asestó una cuchillada. El filo entró limpiamente entre la quinta y la sexta costillas del costado izquierdo. A unos centímetros de su cara vio aquellos ojos ambarinos preñados de odio, cómo se apoderaba de ellos una expresión de incredulidad al sentir que el acero penetraba en su corazón y que la luz de la vida se iba extinguiendo.

El Rastreador vio que el ámbar se volvía negro a la luz de la luna y notó cómo el cuerpo de su adversario languidecía. Pensó en su padre en la cama de la UCI y se inclinó hacia delante hasta que sus labios quedaron justo encima de la poblada barba negra. Y entonces susurró:

—*Semper Fi*, Predicador.

Los Pathfinder formaron un anillo defensivo a la espera de que despuntara el día, a pesar de que desde Tampa les aseguraron que ningún grupo hostil se dirigía hacia la zona. El desierto solo era territorio de los chacales.

Recuperaron las mochilas Bergen, y con ellas el material sanitario de Pete. El experto en primeros auxilios atendió al cadete Ove Carlsson. El muchacho estaba desnutrido, traumatizado e infestado de parásitos tras su largo cautiverio en Garacad. Pete se ocupó de sus heridas lo mejor que pudo y le administró una inyección de morfina. Carlsson se sumió en un sueño profundo, el primero en semanas, en una cama colocada frente a un buen fuego.

Ricitos examinó a la luz de una linterna los tres vehículos técnicos que había en la plaza. Uno estaba totalmente acribillado como consecuencia del tiroteo y difícilmente volvería a rodar. Los otros dos quedaron más o menos en condiciones cuando hubo terminado de revisarlos. En los bidones que llevaban había gasolina suficiente para varios centenares de kilómetros.

Al rayar el alba, David habló con Yibuti para informar de que la patrulla podía utilizar esos dos vehículos para trasladarse hasta la frontera etíope. Muy cerca de allí estaba el aeródromo que habían designado previamente como mejor punto de rescate, si es que lograban llegar. Ricitos calculó unos trescientos kilómetros de autonomía o diez horas de trayecto, contando con las paradas para repostar y cambiar algún neumático. Todo ello suponiendo que no encontraran resistencia por el camino. Les garantizaron que el Hercules C-130, que ya había regresado a Yibuti, los estaría esperando.

El agente Ópalo, el etíope negro como el carbón, se alegró lo indecible de poner punto final a su peligrosa misión como agente infiltrado. Los paracaidistas abrieron sus paquetes de comida y pudieron apañar un desayuno más o menos pasable, cuyo punto álgido se concentró en torno a un llameante fuego y varios tazones de té cargado, dulce, con un poco de leche.

Los cadáveres fueron retirados de la plaza de la aldea para que los lugareños procedieran a enterrarlos. El Predicador llevaba encima un buen fajo de papel moneda somalí, billetes que entregaron al cacique por las molestias causadas.

El maletín con el millón de dólares en efectivo resultó estar debajo de la cama que el Predicador había ocupado antes de huir al tejado. David, el capitán, argumentó que, puesto que habían abandonado en el desierto medio millón de dólares en paracaídas y demás material, y dado que ir a recuperarlos no resultaría muy buena idea en las presentes circunstancias, quizá fuera conveniente reembolsar al regimiento esa parte equivalente del botín. Todo el mundo estuvo de acuerdo.

Al amanecer improvisaron una camilla en la plataforma de uno de los vehículos técnicos para el cadete, que seguía durmiendo. Luego cargaron las Bergen en el otro vehículo, se despidieron del cacique y partieron.

Ricitos no se había equivocado mucho en sus cálculos. Ocho horas después de abandonar aquel diminuto pueblo en medio del desierto, llegaron a la invisible frontera etíope. Tampa les informó en el momento en que la estaban cruzando y los guió hacia el aeródromo, que apenas si podía llamarse tal cosa. En lugar de pista de cemento había unos mil metros de durísima gravilla apisonada. Ni torre de control ni hangares; tan solo una manga de viento que respondía espasmódicamente a la caprichosa brisa del asfixiante día que ya tocaba a su fin.

En un extremo de la pista divisaron la tranquilizadora mole de un Hercules C-130 con distintivos del Escuadrón 47 de la RAF. Fue lo primero que vieron desde kilómetro y medio en las arenas del Ogaden. Mientras se acercaban, la rampa trasera empezó a descender y Jonah bajó corriendo a recibirlos junto con los otros dos dispensadores y los dos empaquetadores. No iba a haber trabajo para ellos: los siete paracaídas, a cincuenta mil libras la unidad, se habían perdido.

Al lado del Hercules les esperaba una sorpresa: un Beech King Air blanco con el distintivo del programa World Food Aid de Naciones Unidas. Dos hombres de tez muy morena con ropa de camuflaje para desierto aguardaban junto al aparato. Lucían ambos en cada hombro una insignia con una estrella de seis puntas.

En el momento en que el convoy de dos pick-ups se detuvo, Ópalo, que iba en la plataforma del vehículo de cabeza, saltó y fue corriendo hacia los dos hombres. Intercambiaron enérgicos y viriles abrazos. El Rastreador sintió curiosidad y se aproximó a ellos.

El comandante israelí no se presentó como Benny, pero sabía exactamente quién era el estadounidense.

—Tan solo una pregunta —dijo el Rastreador—, y luego me despido. ¿Cómo es que un etíope trabaja para vosotros?

El comandante puso cara de asombro, como si fuera algo obvio.

—Es un *falasha* —respondió—. Son tan judíos como pueda serlo yo.

El Rastreador recordaba vagamente la historia de la pequeña tribu de judíos etíopes que, hacía solo una generación, había sido expulsada de Etiopía tras recibir un trato brutal de su dictador. Miró al joven agente e hizo el habitual saludo militar.

—Muchas gracias, Ópalo. *Todah rabah… y mazel tov.*

Con el combustible justo para llegar a Eliat, el Beech despegó primero. Después lo hizo el Hercules, dejando en tierra las dos maltrechas pick-ups a merced de la siguiente partida de nómadas que se acercara al aeródromo.

En un búnquer subterráneo de la base aérea MacDill, en Tampa, el sargento mayor Orde los vio partir. Vio también, muy hacia el este, un convoy de cuatro vehículos que se dirigían hacia la frontera etíope. Un grupo perseguidor de Al-Shabab. Sin embargo, ya era demasiado tarde.

Una vez en Yibuti, Ove Carlsson fue trasladado al avanzadísimo hospital de la base estadounidense, donde aguardó hasta que llegó el reactor privado de su padre, con el magnate a bordo, para recogerlo.

El Rastreador se despidió de los seis Pathfinder antes de subir a bordo de su Grumman rumbo a Northolt, Londres, para seguir luego hacia Andrews, Washington. La tripulación de la RAF había dormido durante el día y estaba a punto para volar en cuanto se completara el repostaje.

—Una cosa —les dijo—. Si alguna vez tengo que volver a hacer una locura parecida, ¿puedo pediros que vengáis conmigo?

—Eso está hecho, colega —respondió Tim.

El coronel de marines no recordaba cuándo había sido la última vez que un soldado raso le había llamado «colega». Y lo cierto es que le gustó.

El Grumman despegó a medianoche. El Rastreador se quedó dormido hasta que cruzaron la costa de Libia y adelantaron al sol naciente camino de Londres. Era otoño. En el norte de Virginia los árboles lucirían un manto dorado y rojo, y él se alegraría mucho de contemplar una vez más aquel maravilloso espectáculo.

Epílogo

Cuando la noticia de la muerte del jefe de su clan llegó a Garacad, los hombres de la tribu sacad a bordo del *Malmö* se limitaron a abandonar el barco sin más. El capitán Eklund aprovechó la oportunidad que se le presentaba, para él inexplicable, levó anclas y zarpó mar adentro. Dos lanchas de combate de un clan rival trataron de interceptarlo, pero desistieron cuando un helicóptero procedente de un destructor británico les instó a pensárselo mejor. El destructor escoltó al *Malmö* hasta puerto seguro en Yibuti, donde pudieron repostar antes de reanudar el viaje, esa vez en convoy.

El señor Abdi supo también de la muerte del jefe pirata y se lo comunicó a Gareth Evans. La noticia del rescate del muchacho les había llegado ya; poco después se enteraron de que el mercante sueco había podido escapar. Evans logró frenar, justo a tiempo, el pago de los cinco millones de dólares.

El señor Abdi ya había recibido su segunda gratificación de un millón de dólares y se había retirado a una agradable casita en la costa de Túnez. Seis meses después unos ladrones entraron en la villa y, al ser sorprendidos por Abdi, lo mataron.

Mustafa Dardari fue liberado de su estancia forzosa en Caithness. Lo llevaron a Londres con los ojos vendados y lo soltaron en una calle cualquiera. Una vez allí, descubrió dos cosas. En primer lugar, la educada negativa oficial a creer que no había estado en su vivienda londinense todo aquel tiempo, puesto que no podía demostrar lo contrario; su explicación de lo que le había ocurrido fue considerada absurda. Y en segundo lugar, descubrió que se había dictado una orden de deportación contra él.

Los Pathfinder regresaron a su base en Colchester y reanudaron su actividad normal.

Ove Carlsson se recuperó por completo. Se sacó un máster en administración de empresas y entró a formar parte de la naviera paterna, pero nunca más volvió a navegar.

Ariel se hizo famoso dentro de su reducido y, para la mayoría de la gente, incomprensible mundo al inventar un cortafuegos impenetrable incluso para él. Su sistema fue adoptado por muchos bancos, empresas de defensa y departamentos ministeriales. Por consejo del Rastreador, se puso en manos de un astuto y honesto gestor que consiguió que el muchacho pudiese vivir holgadamente.

Sus padres se mudaron a una casa más grande dentro de la misma finca, y él continuó viviendo con ellos, siempre encerrado en su estudio.

El coronel Christopher «Kit» Carson, alias Jamie Jackson, alias el Rastreador, se licenció cuando decidió que había llegado el momento, se casó con una viuda muy atractiva y montó una empresa de seguridad privada para gente adinerada que debía viajar al extranjero. Le fue bastante bien. Eso sí, no volvió a pisar Somalia.

Agradecimientos

A todos aquellos que me ayudaron a recabar la información que contiene este libro, mi más sincero agradecimiento. Como ocurre tan a menudo, prácticamente la mitad de esas personas preferirían que no las mencionara. Pero tanto las que estáis a la luz como las que trabajáis en las sombras sabéis quiénes sois, y contáis con mi gratitud.